TERMINA EL DESFILE
seguido de ADIÓS A MAMÁ

colección andanzas

Libros de Reinaldo Arenas
en Tusquets Editores

ANDANZAS
Antes que anochezca
El mundo alucinante
El color del verano
Celestino antes del alba
El palacio de las blanquísimas mofetas
Otra vez el mar
El asalto
El portero
Termina el desfile
seguido de Adiós a mamá

FÁBULA
Antes que anochezca
El mundo alucinante
Celestino antes del alba
El portero

REINALDO ARENAS
TERMINA EL DESFILE
seguido de ADIÓS A MAMÁ

TUSQUETS
EDITORES

1.ª edición en Andanzas: diciembre de 2006

Diseño de la colección: Guillemot-Navares
Reservados todos los derechos de esta edición para
Tusquets Editores, S.A. - Cesare Cantù, 8 - 08023 Barcelona
www.tusquetseditores.com
ISBN: 84-8310-368-0
Depósito legal: B. 45.726-2006
Fotocomposición: Foinsa, S.A. - Passatge Gaiolà, 13-15 - 08013 Barcelona
Impreso sobre papel Goxua de Papelera del Leizarán, S.A. – Guipúzcoa
Impresión: Reinbook Imprès
Encuadernación: Reinbook
Impreso en España

Índice

Termina el desfile

Comienza el desfile 11

Con los ojos cerrados 27

La Vieja Rosa 33

A la sombra de la mata de almendras 81

Los heridos 88

El reino de Alipio 105

El hijo y la madre 112

Bestial entre las flores 119

Termina el desfile 153

Adiós a mamá

El traidor 187

La torre de cristal 196

Adiós a mamá 211

El cometa Halley 231

Algo sucede en el último balcón 250

La Gran Fuerza 257

Memorias de la Tierra 260

Final de un cuento 270

Termina el desfile

Comienza el desfile

Detrás –pero casi junto a mí– viene Rigo, silbando y haciendo rechinar sus botas. Y después, las hijas de los Pupos, con los muchachos de la mano, hablando, cacareando, muertas de risa, llamando a Rigo para decirle no sé qué cosa. Y más atrás vienen los Estradas, y Rafael Rodríguez, y los hijos de Bartolo Angulo y de Panchita, y Wilfredo «el Bizco». Y después, los nietos de Cándido Parronda. Y más atrás los hijos de Caridad, la de Tano. Y Arturo, el hijo de la Vieja Rosa. Y la gente de la Loma, y de la Perrera, y de Guayacán. Y delante las mujeres de las carretas, barrigonas, y el grupo de rebeldes, y todos los muchachos del barrio. Y más allá la gente de a caballo. Y las bicicletas, y hasta un camión. Y Nino Ochoa, en muletas. Y otro camión que nos da alcance al pasar El Majagual. Y nosotros, y nosotros que nos echamos a un costado del camino. Pasa el camión repleto de gente que agita los sombreros y saca una bandera. Qué escándalo. Y el polvo del camino, levantándose, cubriéndonos, bajando otra vez como un humo rastrero, y luego, por los cascos de los caballos (que ya se acercan, que ya están junto a nosotros, que ya van delante de nosotros), alzándose otra vez, formando una nube que nos envuelve y casi me impide verte. Más atrás vienen todas aquellas gentes que no sé quiénes son, y que parecen cantar. O quizá traen un radio. No sé. Están muy lejos. A lo mejor solamente hablan y desde aquí parece como si cantaran. Porque todo parece cantar. Y hasta la voz de Rigo –que ya me alcanza de nuevo, que ya va a mi lado– cuando me dice «Huelo a cojón de oso» es como un canto. «Y yo también», digo. «Y yo»... Y ya los dos caminamos juntos. Y ya nos confundimos con el barullo que se agranda. Y él se me pierde entre la gente; pero me espera. Y de nuevo camina a mi lado. Y otra vez me habla de los olores. «Pero, qué baño», me dice. «Qué baño cuando llegue por fin a casa.» Y yo lo vuelvo a mirar, riéndome. Te miro. Te veo con ese uniforme deshilachado, caminando a mi lado entre el tropel de la gente y los caballos, entre el tumulto. Tú, con ese formidable uniforme destartalado que se te cae a pedazos; y la escopeta al hombro, amarrada con alambres. Y la gente que se te acerca. Y las Pupos, que ya te sacan conversación. Conversan contigo, conversan para ti. Para mí no, qué va, a mí de ningún modo. Yo nada traigo encima. No quise traer nada. No pude... Estaba en el arroyo llenando las latas de agua para las tinajas de mi tía Olga. Allí estaba cuando sentí el tiroteo. Otra vez el tiroteo, pensé. Pero después oí risas, y el escándalo de «Viva Cuba libre» (ese grito que, aunque parezca increíble, aún no se ha gastado), y eché a correr, dejando las latas en el mismo paso del arroyo, sin despedirme de mi tía. Así, jadeando, llegué hasta el camino real. Ya las Pupos estaban en la talanquera. Ellas, y la gente que iba llegando, me dieron la noticia, que yo, de pronto, no pude creer. Estaba en el arroyo llenando las latas de agua (ya era el segundo viaje), y pensaba: Madre mía, esto no tiene fin; esta gente no ganará nunca la guerra con esas armas destartaladas. Siempre estaré aquí, escondido, huyendo; sin volver jamás a

Holguín. Durmiendo con las ratas en la prensa de las viandas. Sin otra esperanza que una reclamación lejana de un tío, que hace siglos lava platos y nos escribe. *Las carretas, las garrochas que se clavan en los lomos de los bueyes. «Caminen, condenados.» Los cascos de los caballos: la polvareda que se alza, que asciende, que nos envuelve, que nos cae de pronto como un gran mosquitero. Hasta que tú apareces de nuevo, con el uniforme desharrapado, con la escopeta que bamboleas, que te ajustas a la espalda, que enarbolas triunfante.* «Tira un tiro», me dijiste. Yo cogí el arma y traté de aculatarla en el pecho. «Así no», dijiste. Y yo te devolví la escopeta sin hacer el intento. Pero entonces esperaba; allí, en el campamento, esperé durante un mes y pico. Entre los rebeldes, sin hacer nada; oyendo sus cuentos de relajo; espantando las guasasas. Tomando, a veces, un trago de ron. Comiendo la carne chamuscada de las vacas que nos regalaban, o que (según ellos) comprábamos a crédito. Pero llega la noticia: no se reciben más alzados si no traen armas largas. Y con la noticia llegan cuarenta y ocho hombres y siete mujeres que han sido rechazados desde la Sierra porque no hay cabida para tanta gente desarmada. Y cada día son más los que quieren alzarse, sin traer siquiera una pistola. «¡Armas largas!» «¡Armas largas!» «Si no traen armas largas no podemos admitirlos.» Y en verdad, qué puede hacer un ejército sin armas. Hay que regresar. Pero ya es tarde. Dejé un papel en la cama. Decía: «Querida mamá, me voy con los rebeldes porque aquí no hago nada». Así decía. Y también: «No le digan nada a nadie». Y mi nombre. *Y ahora que ya pasamos por el río del Majagual, la caravana se va agrandando, se alarga y se ensancha; y ya se nos acerca la gente de Las Carreteras, la de Perronales y Guajabales. Todos vienen detrás de nosotros, nos alcanzan y ya se nos ade-*

lantan. Gritan, caminan: casi corren. Se confunden en la polva-
reda. Y tú, con el uniforme, sudando, tan orgulloso; alzando la
escopeta. Nombrando los diferentes olores de tu cuerpo. «También
yo»..., digo. Y hago silencio. Y miro para mis manos –tan callo-
sas de cargar las latas de agua. Y luego, casi con pena, miro mi
ropa. Y seguimos andando. Tú sin darte cuenta de nada, con-
versando. «Y la vieja, y la vieja, y todo el mundo esperándome»,
dices. El tropel por momentos es ensordecedor. Alguien pasa de
mano en mano una botella de Paticruzado. Tomamos. Y ahora,
rojos por el ron y el sol, entre la nube de polvo que baja y se le-
vanta, se mece delante de nosotros y luego se empina tapándonos
la cara, borrándonos por momentos, seguimos avanzando... Te-
nía yo razón: la gente que viene detrás cantaba. Está cantando;
alguien trae una guitarra. Al pasar por el río Lirio, las risas, los
cantos y el tropel de los caballos son tremendos. Casi no te oigo. Me
hablas a gritos. «Qué», pregunto yo también a gritos. «Que cómo
te fue, chico, dónde te metiste después que saliste de Velasco.»
Y seguimos trotando sudorosos. Tú, con el uniforme que de mo-
jado se te pega a las nalgas. Así, entre la polvareda que sigue le-
vantándose. Dentro de media hora, o antes, entraremos en Hol-
guín. Nada le respondo; pero el cuchillo que tú me regalaste viene
aquí, debajo de la camisa. Lo palpo, con pena, pero no te lo en-
seño. Los dos juntos casi corremos. Huyendo de los caballos sal-
tamos a un costado del camino. Tú sigues hablando. «Sí», digo.
«Sí», aunque ya casi no te oigo entre el tropel. Y de pronto, nada
escucho. Nada. Nada oigo aunque sé que el escándalo es tre-
mendo. Alguien me mira, alguien tropieza conmigo y sigue an-
dando. Las mujeres quizá griten, quizá lloren de alegría. Qué sé
yo; porque ya nada oigo. Es sólo el silencio. Veo, sí; veo que en-
tras en el río. No lo cruzas por el pedregal. Las botas que rechi-
nan se zambullen en el agua revuelta. Yo, detrás, casi a tu lado,
también hundo mis pies. El agua nos refresca. Quizá ya no es-

14

tamos tan sofocados. Pero las manos me siguen sudando como siempre. Porque todo es insoportable; porque en los últimos meses hasta se fueron las luces; la escuela cerrada y el pueblo bloqueado por los rebeldes, sin una vianda, sin una gota de leche. «Virgen Santa», dice abuela, «nos moriremos de hambre.» Y yo en la sala, ya sin poder oír a Miguel Aceves Mejía. Y yo en la sala, dándome sillón, sin saber qué hacer. Y abuelo regando el *flit* noche tras noche; sin nada que comer y con esta casa llena de mosquitos, de cucarachas y ratones. ¡Ratones!, cualquier día vendrán silbando hasta mi cama, me tomarán por los pies y me llevarán hacia no sé qué sitio, a sus cuevas oscuras; allá, donde termina el mundo... Por eso, y porque estaba hasta la coronilla de este pueblo maldito que nunca ha visto, ni verá jamás, el mar. Porque ni de día ni de noche casi se puede salir a la calle. Y ya sólo me queda la sala (ese horno), pues la cocina y el comedor son territorios de abuela, abuelo y mi madre. Y, como si eso fuera poco, sin un quilo; porque la fábrica cerró hace tiempo. Así estoy, sin saber qué hacer, oyendo el tiroteo. Noche tras noche, noche tras noche oyendo el tiroteo. «Están ya en Bayamo.» «Están ya en Cacocún.» «Tomaron la Chomba.» «Entraron anoche en la Loma de la Cruz.» Ahorita toman el pueblo y yo aquí, en este balance, enchoclado; escuchando el zumbido del aparato de *flit* que el viejo maneja con una habilidad increíble. Y la vieja: «Ay, que nos morimos de hambre». Y el viejo: «Comemierdas, piensan ganar la guerra con banderitas». Y mi madre: «Qué destino, qué destino». Y Lourdes: «¿Me quieres o no me quieres? Dilo de una vez». Y estas cucarachas, y estos mosquitos inmortales. Por eso, y por este condenado calor (el techo de la casa es de fibrocemento), y por este pueblo caliente y central, sin aceras ni portales, casi sin árboles. Por eso y por qué sé yo cuántas cosas más. Y sin una peseta para comprar ron. Ni un medio, que es lo que cuesta el trago más barato. Sin poder fabricar aquel vino de tamarindos fermentados (porque tampoco los tamarindos llegan a este pueblo). Sé que andan cerca. Sé que en la frontera de la loma pusieron un cartel que decía: «Hasta aquí llegan los hombres». Sé que a Holguín, según dicen, le enviaron una caja llena de blúmeres. Pero yo no. Yo no resisto más este lugar espantoso. Yo... *Comienza el tercer cruce del río. Los caballos en el agua, encabritándose. Uno se echa en la corriente. Gran escándalo de mujeres. Seguimos caminando. Tú delante, volviéndote, mirándome. Para ti, los elogios; para ti, las miradas de las Pupos. Te ajustas la escopeta al hombro y sigues conversando. Los dos vamos empapados.* Así que esa noche, después de la comida, fui a ver a Tico. «Chico», le dije, «aquí no hacemos nada, ¿qué tú crees? ¿Por qué no nos alzamos?» Pero él estaba en el sofá casi dormitando. Los padres, sentados en la sala. «Paso mañana bien temprano a buscarte», le dije. «Podemos ir a pie hasta Velasco. Allí están los rebeldes. Les decimos que queremos alzarnos, y ya.» «Sí», dice él, y sigue casi acostado en el sofá. «Hasta mañana», le digo. *Y ahora el tiroteo, el escándalo, las risas y los cantos. Dentro de pocos minutos estaremos en el pueblo.* De noche. El viejo riega de nuevo el *flit*. No sé qué es más horrible, si la furia de los mosquitos, o ese olor a petróleo. No sé. Pero mañana bien temprano estaré lejos. Me voy. Amaneciendo me levanto; me visto sin hacer ruido. (Por suerte, los viejos no hicieron nada esta noche; otras veces no me dejan pegar los ojos con sus escándalos.) «Querida mamá», escribo en el papel. Salgo despacio. Abro con cuidado la puerta. Estoy ya en la calle. *El trotar de los caballos, el es-*

cándalo del gentío; risas. Y más allá las carretas. Y ahora pasan las bicicletas, rozándome, revolviendo el polvo que nos sube a la cara. «Vamos a montarnos en una carreta», dices. *Pero no hacemos ni el intento. Seguimos caminando entre el barullo, sudorosos. Pita un camión.* «Paso», grita el chófer. *El camión se abre paso entre la muchedumbre que salta a los lados.* «Paso», «paso», *sigue gritando el chófer.* «Tico», dije no muy alto. «Tico», dije otra vez. Pero no respondió. Estaba dormido, o tal vez se hacía el dormido. Salí por la carretera de Gibara; caminé por el borde sin pedir botella. Voy solo hasta Aguasclaras. Allí me uno a un grupo de mujeres recién paridas que van hasta Velasco. «Mi padre vive allá», les digo. Doy un nombre. Les ayudo a llevar los muchachos. Pasamos por la represa; desde allí nos llaman los casquitos. Ahora sí me hundí; pero no. «Es la misma gente de la semana pasada», dicen los casquitos. Y seguimos andando. Después de treinta kilómetros de caminata entramos en Velasco. *Voces, de tan altas, increíbles. Otra botella de Paticruzado.* «Bebe tú primero», *me dices.* «No, tú», *digo; pero bebo yo. De nuevo enrojecemos. Qué calor, qué polvareda. Estamos pegajosos. Uno al lado del otro seguimos avanzando. Él me sigue hablando.* Pero no hay ni un rebelde en este pueblo. Y los cuarenta y cinco quilos que llevaba me los comí de panqueques en cuanto llegué. Me siento en el parque, debajo de un higuillo. Espero; pero no pasa ni un alzado. Sólo hay un hombre frente a mí, en el otro banco, mirándome. Hace rato que me mira. A lo mejor es un chiva y me tiene fichado. Se para. Viene hasta mí. Tal vez me lleve a la jefatura, allí me sacarán los ojos... «Y tú, ¿de dónde eres?», me dice. «Soy de Holguín.» Y los dos hacemos silencio. Así estamos un rato, sin dejar de mirarnos. «¿Y tienes familia aquí?» «No.» Y volvemos al silencio. Él sigue mirándome.

Pero luego, quizá ya por la tarde, después de mirarnos durante un siglo, me habla en voz baja, pero muy gruesa. «Muchacho», dice, «tú viniste a alzarte, ¿verdad?» «Sí», digo, y pienso que ahora no tendré escapatoria, que ya... «De mis siete hermanos», dice, «el único que no está alzado soy yo. Aunque también estoy medio arisco.» Y me lleva para casa de su madre. Después, al campamento. «Mire lo que me hicieron los guardias cuando entraron en el pueblo», me dice la madre mientras me pasea por toda la casa. «Los muy malditos, me rompieron hasta los garrafones de manteca.» Por la noche, el hombre me guía hasta los rebeldes, en la sierra de Gibara. Allí estás tú, a la entrada. Haciendo la guardia con esa escopeta desvencijada. «¡Alto!», dices. El hombre te saluda y te da la contraseña. «Traigo a este muchacho que quiere alzarse», te dice y me señala. Tú me miras; luego enciendes un cigarro y me brindas uno. *Detrás de las carretas repletas de mujeres barrigonas, el estruendo de los caballos; detrás de los caballos, los camiones pitando; y luego las bicicletas, y después el gentío de a pie. Y por encima de todo, la gran polvareda que sube y baja, se apaga y se alza de nuevo como un estallido, envolviéndonos. Delante y detrás, arriba y abajo, por todos los sitios, la gran polvareda que levanta el desfile.* Y yo seguí acompañándote en las guardias, aunque más nunca me prestaste la escopeta. Hacíamos los dos la misma posta, y hablábamos. Y así un día. Y el otro. Y el otro. «Mira esta foto», me decías. «Es la de mi madre, la pobre»... «Mira esta foto», me decías. «Es la de mi novia; la cogida que le voy a dar cuando salga. Aquí llevo once meses; imagínate qué atraso»... *Delante y arriba, abajo y detrás, la gran polvareda. Y ahora ese canto. Un himno. Que tú también cantas. Y hasta yo abro y cierro la boca, como si cantara; pero sin hacerlo. Sudamos a chorros.* Sólo que al mes y pico de estar allí llegan los cuarenta y ocho hombres y las siete mujeres de la Sierra. Llegan enfangados, destruidos por la caminata. Tú y yo les traemos agua en las cantimploras. Y luego, todos, esperamos la llegada del Capitán. Y su discurso. «Hijos», dice, «no podemos admitir más soldados rebeldes que sólo cuenten con la voluntad. Se necesitan armas largas. Si no es así no podemos alistarlos.» ¡Armas largas! ¡Armas largas!... Dejas la guardia por un momento y bajamos al cocal, donde no hace tanto sol. Nos agachamos. Cogemos unas malvas y empezamos a comérnoslas. Así estamos un rato. Pero no mucho; porque ya no puedo seguir aquí, y tú tienes que volver a la guardia. «Me voy, digo.» Y ya cuando estamos de pie te metes una mano en la camisa. «Toma», me dices. Y me entregas un cuchillo con funda y todo. «Vete a Holguín, raja un casquito, quítale el rifle. Y ven para acá.» No te digo nada. No te doy las gracias. Es tarde. Bajo la Sierra y llego a Velasco. Al oscurecer salgo para Holguín. «Se lo entierras», dijiste. *Suena un radio portátil en la polvareda, se impone sobre el barullo. La voz del radio; los himnos del radio. Las grandes noticias. Confirmada la huida. La lista de los que se escapan. La lista de los capturados. Gritos de viva. Gran escándalo. Las Pupos que se desmollejan de la risa. Un caballo, encabritándose, amenaza con patear a las mujeres que se apartan chillando. Y ya estamos en el Atejón. Dentro de cinco minutos entraremos en Holguín.* Espero a la medianoche para entrar en el pueblo. Toco a la casa. «¿Quién es?», pregunta abuelo en voz baja, detrás de las persianas cerradas. «Soy yo», digo. «Soy yo.» Él abre la puerta con mucha cautela. «Muchacho», dice. Y detrás mi madre, envuelta en una sábana; y abuela. Las dos dando gritos. Las dos abrazándome y llorando. La sábana de mi madre se corre y queda casi desnuda. «Silencio», dice abuelo en voz baja. «Silencio, que los vecinos se van a dar cuenta.» «Ay, muchacho», dice mamá, y continúa abrazándome. Logro al fin separarme de ella. La aparto. Y ya de pie, en el centro de la sala, empiezo a hablar. «Vengo a matar un casquito para quitarle el arma y volver a la Sierra.» Y saco el cuchillo. Y entonces, por primera vez, lo desenfundo y lo contemplo, deslumbrado. Es un cuchillo centelleante; sin estrenar. Cabo de tarro y filo formidable, como una navaja. Mi madre da un grito y se tira en el balance. «Estás loco», dice abuela, «crees que con catorce años eres ya un hombre. Déjate de faineras y entra en el cuarto.» Abuelo, farfullando, se me acerca y trata de quitarme el cuchillo. Pero yo me le escapo de un brinco. Llego a la puerta de la sala; salgo casi corriendo. «No griten», oigo que dice abuelo, «que nos van a quemar la casa por culpa de ese come bola.» *La caravana de las bicicletas que pasa atropellándonos de nuevo, levantando la tierra reseca; algunas van ponchadas y las llevan en hombros o las depositan en las carretas, estibadas de mujeres y muchachos. Una de las Pupos llama a gritos a su hijo, que se le ha extraviado. Se oye el estruendo de la guitarra; siguen los cantos. El desfile es imponente. La tercera botella de Paticruzado llega a nosotros. Sudorosos, seguimos marchando muy juntos. Tu brazo húmedo roza con el mío ya empapado.* El casquito, de pie, hace la guardia frente a la planta eléctrica. A veces se mueve. Camina de uno a otro extremo de la gran portería metálica. El rifle al hombro. El casquito silba. El casquito va y viene. Se queda quieto. Mira para todos los sitios. Yo me voy acercando. A veces, con disimulo, me palpo el cuchillo por encima de la camisa. El casquito lleva botas relucientes; pantalones de kaki ceñidos al cuerpo fuerte y delgado. Parece jabao, aunque en la oscuridad no lo puedo distinguir muy bien. Me sigo acercando. Es muy joven el casquito. Le cruzo por el frente. En la otra esquina me paro. Miro para atrás. Creo que él también me mira. Sigo caminando. Me detengo. Regreso. Ya, un poco más cerca, me vuelvo a parar. Lo miro. Él también me mira. Nos estamos mirando hace rato. Ahora camina de un lado a otro de la gran portería. Ahora me mira y me da jamón. A lo mejor piensa que soy un maricón y le estoy sacando fiesta. Da dos o tres pasos más, avanzando hacia mí. Silba. Retrocede. Se vuelve de frente, y se rasca de nuevo. Sigue silbando. Por un rato me quedo en la esquina, mirándolo. Luego echo a andar rumbo a la casa. Toco en la puerta. Es ya de madrugada. Nadie me pregunta quién soy. La puerta se abre, y de nuevo mi madre, envuelta en la sábana, se me tira al cuello. «Ay, muchacho», dice, «tú estás loco. Dame acá ese cuchillo. No ves que tú eres lo único que tengo.» Sigue llorando mientras me abraza. En el pasillo veo a mis abuelos. Iguales. Inmóviles. Mi madre continúa hablándome, y yo pienso en lo ridículas que suenan sus palabras. Y al verla, bañada en lágrimas, abrazándome y diciéndome tantas tonterías, siento deseos de darle una trompada. Pero no lo hago. Y, aunque no sé por qué, también empiezo a llorar. *La gente, y después los perros que ladran asustados, que se revuelcan en la polvareda; que gritan cuando alguien los patea desconsideradamente. Y luego el rechinar de las carretas, el tropel de los caballos; el ruido de los camiones. Las bicicletas se pierden en el camino polvoriento. Y tú a mi lado, la escopeta al hombro, el uniforme empapado cubierto por el polvo, hablas. Hablas. Hablas. Una mujer se te acerca y te regala una sonrisa desprestigiada. Sigues hablando y yo trato de escucharte. A veces, como sin querer, me palpo el cuchillo por sobre la camisa. Estamos ya entrando en el pueblo. «Hijo de*

la Gran Puta», le grita una de las Pupos a alguien que le ha pe-
llizcado una nalga. Paso un día debajo de la cama, escondido. «No le fríen huevos», dice abuelo, «que el ruido puede traer sospechas.» Por la noche, el tío Benedicto detiene su automóvil frente a la casa. Mi madre me tira una toalla en los hombros. Abuela me encasqueta un sombrero viejo. Mamá y yo montamos en el carro, que echa a andar con los faroles apagados. La máquina nos deja en el Atejón. «Es peligroso seguir en auto», dice Benedicto, «los casquitos, o los rebeldes, nos pueden parar y hasta quitar la máquina»... Y ahora, la aburrida peregrinación con mi madre. A casa de Arcadio, a casa de Guilo. Por todas las casas conocidas. Un día aquí y otro allá. En cualquier lugar donde nos den un plato de comida. Hasta que al fin, después de muchos ruegos por parte de mi madre (que yo nunca he abierto la boca para pedir nada), logro meterme en casa de tía Olga. Y allí me quedo (mamá regresa para el pueblo) cargando agua y leña, trabajando durante todo el día para ganarme la comida; escondido de los guardias. Y algunas veces, mientras voy con las latas de agua rumbo al arroyo, empiezo a cantar. Y un día me puse a pescar pitises. Y una vez me cogió la noche en el arroyo. Entonces saqué el cuchillo que me regalaste, y que siempre llevo debajo de la camisa, y me puse a mirarlo. Y luego le pasé el dedo por el filo –cómo cortaba–... Y así estuve mucho rato; pasándole la mano; silbando no muy alto debajo de los cupeyes, en el arroyo. Regresé muy tarde a la casa. Mi tía estaba impaciente. Ese día las tinajas se quedaron a medias. Pero al otro día las llené. Y al otro. Y al otro. Y al siguiente. Y siempre así: llenando las tinajas. Aquí, en este monte inútil por donde no pasa ni un rebelde, y sólo se oye el tiroteo lejano. Y me pregunto qué

será de tu vida en la Sierra. Y sigo cargando agua. Yendo y viniendo al arroyo. Y algunas veces me baño en el charco; y algunas, para entretenerme, pesco pitises; y algunas me pongo a silbar. Y algunas veces creo que lo mejor sería... Y así estoy, con los pantalones arremangados, metido en el arroyo, pensando, cuando oigo el tiroteo. El tiroteo cercano. Y después el escándalo de la gente, y los gritos de «¡Viva!». Y dejo las latas, y echo a correr por la sabana, rumbo al camino real. «Huyó Batista», me dicen en la portería de la finca las hijas de los Pupos y toda la gente que ya va llegando. Y yo así, harapiento, corro con el grupo hacia el pueblo. Ya detrás viene la gente de Guayacán. Aparecen las bicicletas. Una carreta llena de mujeres baja por la lonja muy despacio, siguiéndonos. Pasamos por los Cuatro Caminos y allí nos encontramos con el primer grupo de rebeldes. Viene a pie desde Velasco, disparando al aire, gritando «Viva Cuba, cojones» y miles de cosas más. Entre ellos estás tú. Te llamo a voz en cuello. Tú, en cuanto me ves, dejas el grupo. Vienes corriendo hasta mí. Me tiras el brazo por la espalda. Y empiezas a hablarme. *Banderas y banderas. Delante y detrás. Arriba y abajo; en las arcadas que de pronto se improvisan en las calles; en los postes de telégrafo de la primera avenida; colgando de los laureles; en las puertas y ventanas de todas las casas. Dispersas por el suelo. Amarradas a largas retahílas de cordeles, agitadas por el viento. Banderas. Miles y miles de banderas colocadas con urgencia hasta en los más mínimos recovecos. Trapos rojos y trapos negros. Papeles de colores. Papeles, papeles. Trapos. Porque ya estamos entrando en Holguín. Y nosotros debajo de las banderas. Y todos gritando. Soltando vivas. Cantando. Y delante: banderas, amarradas a los palos de las escobas, a los trapeadores, a cualquier cuje, agitándose. Y los carros, pitando constantemente. Y todos los muchachos de la loma a un costado de la calle, viéndonos cruzar. «Ahí van los rebeldes», grita alguien. «Ahí van los rebeldes.» Y ya todos te rodean. Y las putas de la Chomba y de Pueblo Nuevo ya se te acercan. Y una te toca la cara. «Pero qué joven es», dice, «ni siquiera tiene barba.» Y tú las miras y te echas a reír. Banderas, banderas.* Y, de pronto, un estruendo aún mayor que los demás estruendos, y gritos de «¡Paredón, paredón!». «Han cogido a un Tigre de Mansferrer», gritan todos y echan a correr rumbo al barullo. Los rebeldes tratan de evitar que maten al esbirro; corren y lo protegen con los fusiles. Una vieja se acerca y logra darle un golpe. El pueblo brama. Pide la muerte. El esbirro no dice nada. Mira al frente. Parece estar en otro mundo. Así seguimos avanzando por toda la avenida repleta de banderas. Hasta que surge en medio de la calle, frente a nosotros, una mujer alta y flaca. Cerrada de negro. Es la madre de una de las víctimas del esbirro. La mujer detiene la comitiva. «Por Dios», dice, «no lo maten, no lo maten. Castíguenlo, pero no lo maten.» Bañada en lágrimas sigue hablando. Pero ustedes, y todos nosotros, echamos a andar. La mujer va quedando atrás, en el centro de la calle repleta de banderas. Llegamos al parque infantil. Ya casi es de noche. Alguien ha arreglado el tendido eléctrico y se encienden las luces. En todos los radios comienzan a sonar los himnos más recientes que yo aún no había oído. Un grupo de rebeldes lleva al esbirro para el cuartel. Tú te quedas en el parque, rodeado de gente. Las mujeres de La Chomba te brindan cigarros. Te llevan para un banco y empiezan a hacerte preguntas. Tú hablas, siempre sonriendo; siempre mostrando la escopeta; pero si alguien trata de tocarla, tú no se lo permites. Yo te sigo observando, cada vez es más la gente que te rodea, que te hace preguntas, que te elogia. Levanto la mano. Trato de despedirme, de decirte: «Ya nos veremos por ahí». Pero no puedo acercarme. Todos te han rodeado. Es posible que te lleven a hombros. Ahora se oyen más estruendosos los himnos. Alguien, a voz en cuello, los parodia junto a mí. «Viva, viva», dicen unos muchachos harapientos parados sobre la fuente de las jicoteas. Me voy abriendo paso por un costado del parque, donde el tumulto es menor. Es ya de noche. Suenan los primeros cohetes. De repente, el cielo estalla en fuegos artificiales. Tomo la calle Diez de Octubre y llego a mi barrio. Todos están alborotados; algunos vecinos me saludan entusiasmados. Me apuro y llego a la casa. Mi madre y mis abuelos están en el portal, esperándome. Los tres me abrazan al mismo tiempo. Los tres dicen: «Hijo». Yo entro en la casa. «Debes estar muriéndote de hambre», dice abuela, «¿quieres que te prepare algo?» «No», digo. Y me siento en el comedor. En ese momento entran Tico y Lourdes. «Y qué, caballón», me dice Tico. Yo le doy la mano y abrazo a Lourdes. En el radio, que mamá acaba de prender, una mujer recita un poema patriótico. En la calle siguen retumbando los himnos. Y ahora llega abuelo, desde la venduta, con una bandera roja y negra y un 26 enorme en el centro. «Caray, muchacho», dice, y me entrega la bandera. «Sal a la calle con ella», me dice mamá, «todos los vecinos te están esperando.» Por un momento me quedo de pie, con la bandera en la mano. «Estoy cansado», digo finalmente, y tiro la bandera en el baño. Prendo la luz. Me saco el cuchillo de la camisa y lo coloco en el borde del inodoro. Antes de desvestirme contemplo mi miserable ropa de civil, sudorosa y mugrienta. En el radio, la mujer sigue declamando con voz atronante. En la calle retumban los himnos y el bullicio de todo el pueblo.

«Apúrate», dice mi madre al otro lado de la puerta; «te estamos esperando.» No le respondo. Desnudo me coloco bajo la ducha y abro la llave. El agua cae sobre mi cabeza, rueda por mi cuerpo, llega al suelo completamente enrojecida por el polvo.

1965

Con los ojos cerrados

A usted sí se lo voy a decir, porque sé que si se lo cuento a usted no se me va a reír en la cara ni me va a regañar. Pero a mi madre no. A mamá no le diré nada, porque de hacerlo no dejaría de pelearme y de regañarme. Y, aunque es casi seguro que ella tendría la razón, no quiero oír ningún consejo ni advertencia.

Por eso. Porque sé que usted no me va a decir nada, se lo digo todo.

Ya que solamente tengo ocho años voy todos los días a la escuela. Y aquí empieza la tragedia, pues debo levantarme bien temprano –cuando el pimeo que me regaló la tía Grande Ángela sólo ha dado dos voces– porque la escuela está bastante lejos.

A eso de las seis de la mañana empieza mamá a pelearme para que me levante y ya a las siete estoy sentado en la cama y estrujándome los ojos. Entonces todo lo tengo que hacer corriendo: ponerme la ropa corriendo, llegar corriendo hasta la escuela y entrar corriendo en la fila, pues ya han tocado el timbre y la maestra está parada en la puerta.

Pero ayer fue diferente, ya que la tía Grande Ángela debía irse para Oriente y tenía que coger el tren antes de las siete. Y se formó un alboroto enorme en la casa. Todos los vecinos vinieron a despedirla, y mamá se puso tan nerviosa que se le cayó la olla con el agua hirviendo en el piso cuando iba a pasar el agua por el colador para hacer el café, y se le quemó un pie.

Con aquel escándalo tan insoportable no me quedó más remedio que despertarme. Y, ya que estaba despierto, pues me decidí a levantarme.

La tía Grande Ángela, después de muchos besos y abrazos, pudo marcharse. Y yo salí enseguida para la escuela, aunque todavía era bastante temprano.

Hoy no tengo que ir corriendo, me dije casi sonriente. Y eché a andar, bastante despacio por cierto. Y cuando fui a cruzar la calle me tropecé con un gato que estaba acostado en el contén de la acera. «Vaya lugar que escogiste para dormir», le dije, y lo toqué con la punta del pie. Pero no se movió. Entonces me agaché junto a él y pude comprobar que estaba muerto. El pobre, pensé, seguramente lo arrolló alguna máquina, y alguien lo tiró en ese rincón para que no lo siguieran aplastando. Qué lástima, porque era un gato grande y de color amarillo que seguramente no tenía ningún deseo de morirse. Pero bueno: ya no tiene remedio. Y seguí andando.

Como todavía era temprano me llegué hasta la dulcería, porque aunque está lejos de la escuela, hay siempre dulces frescos y sabrosos. En esta dulcería hay también dos viejitas de pie en la entrada, con una jaba cada una, y las manos extendidas, pidiendo limosnas... Un día yo le di un medio a cada una, y las dos me dijeron al mismo tiempo: «Dios te haga un santo». Eso me dio mucha risa y cogí y volví a poner otros dos medios entre aquellas manos tan arrugadas y pecosas. Y ellas volvieron a repetir «Dios te haga un santo», pero ya no tenía tantas ganas de reírme. Y desde entonces, cada vez que paso por allí, me miran con sus caras de pasas pícaras y no me queda más remedio que darles un medio a cada una. Pero ayer sí que no podía darles nada, ya que hasta la peseta de la merienda la gasté en tortas de chocolate. Y por eso salí por la puerta de atrás, para que las viejitas no me vieran.

Ya sólo me faltaba cruzar el puente, caminar dos cuadras y llegar a la escuela.

En ese puente me paré un momento porque sentí una algarabía enorme allá abajo, en la orilla del río. Me arreguindé a la baranda y miré: un coro de muchachos de todos tamaños tenían acorralada una rata de agua en un rincón y la acosaban con gritos y pedradas. La rata corría de un extremo a otro del rincón, pero no tenía escapatoria y soltaba unos chillidos estrechos y desesperados. Por fin, uno de los muchachos cogió una vara de bambú y golpeó con fuerza sobre el lomo de la rata, reventándola. Entonces todos los demás corrieron hasta donde estaba el animal y tomándolo, entre saltos y gritos de triunfo, la arrojaron hasta el centro del río. Pero la rata muerta no se hundió. Siguió flotando boca arriba hasta perderse en la corriente.

Los muchachos se fueron con la algarabía hasta otro rincón del río. Y yo también eché a andar.

«Caramba», me dije, «qué fácil es caminar sobre el puente.» Se puede hacer hasta con los ojos cerrados, pues a un lado tenemos las rejas que no lo dejan a uno caer al agua, y del otro, el contén de la acera que nos avisa antes de que pisemos la calle. Y para comprobarlo cerré los ojos y seguí caminando. Al principio me sujetaba con una mano a la baranda del puente, pero luego ya no fue necesario. Y seguí caminando con los ojos cerrados. Y no se lo vaya usted a decir a mi madre, pero con los ojos cerrados uno ve muchas cosas, y hasta mejor que si los lleváramos abiertos... Lo primero que vi fue una gran nube amarillenta que brillaba unas veces más fuerte que otras, igual que el sol cuando se va cayendo entre los árboles. Entonces apreté los párpados bien duros y la nube rojiza se volvió de color azul. Pero no solamente azul, sino verde. Verde y morada. Morada brillante como si fuese un arco iris de esos que salen cuando ha llovido mucho y la tierra está casi ahogada.

Y, con los ojos cerrados, me puse a pensar en las calles y en las cosas; sin dejar de andar. Y vi a mi tía Grande Ángela saliendo de la casa. Pero no con el vestido de bolas rojas que es el que siempre se pone cuando va para Oriente, sino con un vestido largo y blanco. Y de tan alta que es parecía un palo de teléfono envuelto en una sábana. Pero se veía bien.

Y seguí andando. Y me tropecé de nuevo con el gato en el contén. Pero esta vez, cuando lo rocé con la punta del pie, dio un salto y salió corriendo. Salió corriendo el gato amarillo brillante porque estaba vivo y se asustó cuando lo desperté. Y yo me reí muchísimo cuando lo vi desaparecer, desmandado y con el lomo erizado que parecía soltar chispas.

Seguí caminando, con los ojos desde luego bien cerrados. Y así fue como llegué de nuevo a la dulcería. Pero como no podía comprarme ningún dulce pues ya me había gastado hasta la última peseta de la merienda, me conformé con mirarlos a través de la vidriera. Y estaba así, mirándolos, cuando oigo dos voces detrás del mostrador que me dicen: «¿No quieres comerte algún dulce?». Y cuando alcé la cabeza vi que las dependientas eran las dos viejitas que siempre estaban pidiendo limosnas a la entrada de la dulcería. No supe qué decir. Pero ellas parece que adivinaron mis deseos y sacaron, sonrientes, una torta grande y casi colorada hecha de chocolate y de almendras. Y me la pusieron en las manos.

Y yo me volví loco de alegría con aquella torta tan grande y salí a la calle.

Cuando iba por el puente con la torta entre las manos, oí de nuevo el escándalo de los muchachos. Y (con los ojos cerrados) me asomé por la baranda del puente y los vi allá abajo, nadando apresurados hasta el centro del río para salvar una rata de agua, pues la pobre parece que estaba enferma y no podía nadar.

Los muchachos sacaron la rata temblorosa del agua y la depositaron sobre una piedra del arenal para que se oreara con el sol. Entonces los fui a llamar para que vinieran hasta donde yo estaba y comernos todos juntos la torta de chocolate, pues yo solo no iba a poder comerme aquella torta tan grande.

Palabra que los iba a llamar. Y hasta levanté las manos con la torta y todo encima para que la vieran y no fueran a creer que era mentira lo que les iba a decir, y vinieron corriendo. Pero entonces, puch, me pasó el camión casi por arriba en medio de la calle, que era donde, sin darme cuenta, me había parado.

Y aquí me ve usted: con las piernas blancas por el esparadrapo y el yeso. Tan blancas como las paredes de este cuarto, donde sólo entran mujeres vestidas de blanco para darme un pinchazo o una pastilla también blanca.

Y no crea que lo que le he contado es mentira. No vaya a pensar que porque tengo un poco de fiebre y a cada rato me quejo del dolor en las piernas, estoy diciendo mentiras, porque no es así. Y si usted quiere comprobar si fue verdad, vaya al puente, que seguramente debe estar todavía, toda desparramada sobre el asfalto, la torta grande y casi colorada, hecha de chocolate y almendras, que me regalaron sonrientes las dos viejecitas de la dulcería.

1964

La Vieja Rosa

Por último salió al patio, casi envuelta en las llamas, se recostó a la mata de tamarindo que ya no florecía, y empezó a llorar en tal forma que el llanto parecía no haber comenzado nunca, sino estar allí desde siempre, bañando sus ojos, produciendo ese ruido como de crujidos, igual al de la casa en el momento en que las llamas hicieron tambalear los troncos más fuertes, y aquel andamiaje centelleante viniese abajo entre un enorme chisporroteo que atravesó la noche como una explosión de fuegos artificiales. Seguía llorando, y el rostro, cubierto por una aureola rojiza, parecía, por momentos, el de una niña desorientada en medio de esas tormentas que solamente suceden en las ilustraciones alucinantes de los cuentos de brujas y otras fantasmagorías que ella nunca había leído. Pero a veces, cuando las llamas estallaban casi delante de sus ojos, chamuscándole las pestañas, su cara se deslumbraba con todas las características que el tiempo se había encargado de ensartarle. Entonces se veía, claramente, que se trataba de una vieja. Y de haber pasado alguien del barrio, habría confirmado que aquella mujer no podía ser otra que la Vieja Rosa. Los tizones, aún llameantes, saltaban por los aires y caían sobre las altas yerbas del patio. El fuego se multiplicaba, alzándose de pronto por todos los sitios y amenazando con fulminar a la mujer, a la que se le hacía cada vez más difícil la respiración. Estaba rodeada por las llamas, y de haber gritado posiblemente nadie hubiese oído su llamada, confundida con el crepitar de las yerbas y el estallido de los árboles que al momento se dispersaban en el aire convertidos en breves remolinos de ceniza. Estaba rodeada por el fuego, y en otros tiempos hubiese dicho aterrada, o, por lo menos, lo hubiese imaginado: *Dios mío, he aquí el infierno.* Y aun cuando se sintiese perdida hubiese comenzado a rezar. Pero ahora no rezaba, ni llamaba, ni siquiera veía el fuego, que ya saltaba intranquilo hasta su falda. Veía, eso sí, otras realidades aún más importantes para ella. A su lado no había llamas, ni yerbas, ni crujidos, ni siquiera los restos de la casa abrasándose; y, ella era solamente Rosa, pues a nadie se le hubiese ocurrido agregarle a esa mujer tan joven (con aquellas piernas formidables que nadie sabía cómo podía conservarlas sin un rasguño), el calificativo de *la vieja.* Era solamente Rosa. Rosa la hija de Tano; Rosa, la más chiquita de la familia; Rosa, la que había alcanzado a oír los radios de pilas; Rosa, la de las piernas sin náñaras. Rosa la de Pablo. Y Pablo llegó, como todos los domingos, y se dirigió a la casa, sonando las espuelas, silbando, caminando con ese andar de potrico joven que superaba al del caballo en el que se iba ya el atardecer, después de haber hablado durante un rato con el viejo, después de haberle cogido las manos a ella, y de haberle dicho que lo dejara sentar en el sofá, a su lado, pues muy pronto sería la boda. Pero ella, como siempre, no solamente le prohibió sentarse a su lado, sino que también retiró la mano y mencionó la palabra *honor,* y *familia,* y *respeto.* Y Pablo se movió inquieto en la silla, y cuando llegó la hora de marcharse se puso de pie muy serio, con las manos en los bolsillos. Y ahora, el estallido de los últimos horcones de la casa coincidió con el estallido de los polleros y el de la mata de anoncillos, y un grupo de pájaros, entre chillidos, cayeron chamuscados delante de sus ojos, que no vieron nada. La mata de tamarindo resplandeció rojiza y las ramas más bajas crujieron suavemente al ser tocadas por las primeras llamas. Era el día de la boda, y ella fue, como siempre, a darle el maíz a las gallinas, y tentó a las que estaban por poner, y mató de una pedrada a un ratón que se comía los pollos recién nacidos; luego fue al pozo, cargó un cubo de agua fría y se bañó en el excusado, detrás de la prensa de las calabazas y el maíz. Los invitados fueron llegando y ella los saludó a todos, y les brindó turrones de coco, y un ponche bastante aguado, casi una limonada. Y la casa se fue llenando de gente y hasta estaban allí las hijas de los Pupos. *Las muy putas,* pensó. Y se puso furiosa. Y le dijo a la madre que las botara de la casa o no habría boda. Pero en ese momento venía Pablo del mangal; había amarrado el caballo y estaba ya en el corredor. Entró el novio, y un barullo enorme se alzó entre los invitados; los más jóvenes fueron a saludarlo, y le dieron palmaditas en la espalda, y le hablaron, sonriendo, a los oídos. Qué dichosa eres, se atrevió a decirle una de las Pupos, con voz maliciosa y mirando hacia Pablo. Pero ella no le contestó; viró los ojos, le dio la espalda y fue hasta la cocina, donde la madre y otras viejas del barrio preparaban la comida y los dulces. Los turrones de coco no van a alcanzar, dijo. Al poco rato se vio bajar un automóvil por la sabana. Todos los muchachos salieron al corredor. Ahí viene el cura, gritaron. Y fueron hasta la talanquera, y contemplaron solemnes cómo aquel hombre prominente, vestido con una bata negra y sandalias, bajaba del auto, los saludaba y echaba a andar hacia la casa. Entró el cura en la sala y todos se pusieron de pie; algunos hombres se persignaron y las mujeres le llevaron los niños de brazo para que les diese la bendición. El cura averiguó cuántos niños estaban sin bautizar y propuso un bautizo colectivo para la semana siguiente. Luego comenzó la boda. Rosa se vio rodeada por las luces de las altas velas, refulgiendo entre las arecas que la madre había colocado en el improvisado altar; miró a Pablo, que ahora, muy serio, contemplaba cómo el cura esparcía la bendición levantando una mano, más allá observó las cabezas inclinadas de los invitados, los muchachos encaramados en las ventanas, las viejas llorosas sonándose la nariz en los rincones, las hijas de los Pupos, tristes, mirándola a ella desde el centro de la sala donde el resplandor de la tarde entraba por la puerta y las bañaba a raudales, dándoles un aire de completa desolación. Entonces, ella las miró fijamente, como retándolas, y se sonrió. A medianoche salieron los dos, ella y Pablo, de la casa; él delante, sobre la montura del caballo; ella en las ancas, sujetándose a la cintura del hombre. El caballo dio un respingo, Pablo lo espoleó; y los tres se perdieron por la sabana. Luego cogieron el camino real. Al llegar a un recodo de árboles que bordeaban un arroyo, Pablo detuvo el caballo; bajó de un salto; la tomó a ella por la cintura y la sentó sobre los altos yerbazales. No puedo llegar hasta la casa, dijo él. Vamos a quedarnos aquí y después seguimos. Rosa, ya estamos casados, siguió diciendo. Y respiraba con fuerza. Y la voz le salía muy ronca y baja. Ella, todavía aturdida por la carrera a caballo, no sabía qué decir. Falta muchísimo, dijo él, y la abrazó. Y ella sintió como otro brazo potente que le rozaba los muslos. Y de pronto se zafó del hombre, lo miró casi aterrada, le dio una bofetada y echó a correr rumbo al caballo, que se comía impasible las margaritas del arroyo. Muy serios siguieron caminando, y ya de madrugada llegaron a la casa. Él comenzó a preparar el café, y ella mientras se quitaba los zapatos, oyó cantar los grillos y pensó, con alegría, que pronto sería de mañana. Luego entraron al cuarto. Un ramal de fuego cruzó por entre los itamorreales, carbonizó el caballo muerto sobre el cantero de los lirios amarillos, y se esparció, como una ola candente, por sobre la yerba de Guinea que al momento estalló entre los escarceos de las gallinas, que revoloteaban asustadas; las llamas siguieron extendiéndose, cruzaron la cerca de alambre y llegaron al mayal viejo, que al instante empezó a arder como una larga mecha bien empapada en combustible. El fuego llegó hasta los sembrados, y el maizal, ya amarillento, trepidó con furia, desapareciendo con un profundo resplandor. Algunas lechuzas, enceguecidas, volaban sin rumbo, cayendo a veces donde el círculo de las llamas era más poderoso. La Vieja Rosa seguía llorando a un ritmo acompasado, sin aumentar ni disminuir la intensidad, sin prestar atención al fuego que de vez en cuando parecía querer saltar hasta sus manos. La primera noche no sucedió nada. Pablo se quitó la camisa, se acostó junto a ella y le pasó los brazos por las caderas. Ella permanecía vestida, y cuando él fue a quitarse los pantalones, dio un grito. Estoy cansada, dijo luego, más tranquila; mañana será distinto. Él no terminó de desabotonarse el pantalón; se sentó en la cama, le cogió las manos y, abrazándola, se acostó de nuevo a su lado. Rosa seguía con los ojos abiertos, mirando el techo que no se veía. Y pensaba si no era pecado a pesar de todo, a pesar de estar cansada y a pesar de que el cura la había bendecido. Virgen santísima, pensaba, a lo mejor yo no he nacido para estas cosas. Así se quedó dormida. Por la mañana, Pablo la despertó, trayéndole hasta la cama una taza de café. Con el vestido estrujado se puso de pie, tomó el café y salió al patio. Pablo fue hasta ella; muy despacio se le acercó por detrás, pasándole la mano por los senos. No tienes ni un santo en el cuarto, dijo entonces ella, sin mirarlo. Mañana vamos a traer los míos. En cuanto se hizo de noche se acostaron. Rosa se tiró en la cama con el vestido que había usado durante el día, pero Pablo, antes que ella pudiese protestar, se quitó toda la ropa, y desnudo se acostó a su lado. Durante mucho rato estuvieron los dos en silencio. Poco a poco fue distinguiendo su cara, el pelo revuelto que le caía sobre los ojos; luego, con gran cuidado, bajó la vista y contempló el pecho repleto de vellos, la cintura; y, por último, llevó su mirada hasta los muslos, y allí se detuvo, aterrada ante aquel músculo prominente que se erguía, brillante, entre las piernas del hombre. Pablo no hablaba, con las manos cruzadas bajo la cabeza seguía boca arriba, mirando sin ver el techo; y aunque algunas veces sentía deseos de arrancarle el vestido, permanecía quieto; el sexo, muy tenso, testimoniaba la urgencia casi dolorosa de penetrarla. Así pasaron la noche. Pero al amanecer, no pudo más, y casi llorando acercó su cara a la de Rosa y comenzó a morderla con tal furia que de pronto ella quedó desconcertada. Bestia, dijo enseguida. Pero él, enfurecido, palpaba con los labios el cuerpo de la mujer, le apretaba las caderas; por último llegó hasta las rodillas y le besó los muslos y los pies. Bestia, le seguía repitiendo ella mientras lo sentía resollar sobre su cuerpo. Y aunque tuvo que hacer un gran esfuerzo para no gritar, resistió en silencio. Después volvió a decir *bestia, bestia*, pero esta vez las palabras sonaron como lejanas y con un acento de resignación. Al otro día no se levantaron; cuando estaba oscureciendo, Pablo, en los espasmos de un placer del cual había perdido la cuenta de sus repeticiones, oyó que la mujer le decía: *Mañana sí vamos a buscar los santos.* Fueron. Cuando llegaron del viaje, con el serón repleto de figuras de yeso, retratos de Vírgenes, cruces de plata y centenares de cadenas, medallas y bustos de mártires y santos casi desconocidos, Rosa comenzó a instalar un gran altar en una de las esquinas de la casa. Todo el día lo pasó colocando las figuras, armando largas barbacoas para poner las imágenes más grandes, clavando jarrones repletos de flores en las vigas de las paredes; y ya por la tarde cuando, sudorosa, terminó la monumental instalación, se tiró de rodillas y rezó durante dos horas. Pidió, ante todo, que el ganado se multiplicase, que la abundancia no los abandonara nunca; luego rezó por Pablo, porque se conservara fuerte. Oh, Dios, y que nunca llegue a envejecer. Ni yo tampoco, Dios mío. Y ya su ruego no era un ruego sino una especie de protesta angustiosa. Oscurecía y aún no había terminado la plegaria. Fue entonces cuando presintió, o casi imaginó, la presencia de una sombra que vigilaba a sus espaldas. Al momento miró hacia atrás. Pero no había nadie. Estaba sola en el cuarto. El sol entraba por la ventana y llegaba hasta la cama bañándola con un pálido resplandor que a cada momento se iba diluyendo en la sombra. Y de pronto sintió un miedo desconocido. Y salió casi corriendo del cuarto. Pablo, dijo desde la sala. Pablo, siguió repitiendo y fue hasta el patio. Allí estaba él, cerrando con cuidado la talanquera que daba al potrero. Qué te pasa, le dijo, y la abrazó. Nada, dijo ella. Y los dos entraron en la casa. Era completamente de noche y Pablo encendió el quinqué... El primer hijo que tuvieron era fuerte y sano y le pusieron los nombres de Pablo Armando (aunque siempre se le llamó solamente por Armando). Otro hombre para que trabaje, dijo Rosa, y Pablo sonrió. Luego vino Rosa María (solamente se le conoció por Rosa), rubia, casi albina, pero muy saludable. Y cuatro años después llegó Arturo, sietemesino y llorón, con fiebres constantes; fue un milagro que se salvara. Que sea Tu voluntad, dijo Rosa al terminar la cuarentena, frente al promontorio de los santos. Al año siguiente tuvieron otro hijo que no lloró al nacer. La comadrona dijo que era ciego. Murió al otro día de haber nacido. Rosa, tirada en la cama, apenas podía hablar; el cuerpo se le estremecía de constantes convulsiones; y por un momento pensó que ella también iba a morirse. «Si me salvo de ésta», dijo –y ahora no se dirigía a Dios ni a nadie en particular–, «no volveré a parir más nunca.» Se salvó. Y para no salir preñada, jamás volvió a tener relaciones con Pablo. En vano fueron los resoplidos del hombre a medianoche, sus paseos, desnudo, por el cuarto con el sexo erguido apuntando hacia todos los rincones. Durante más de un mes estuvo realizando las mismas ceremonias. Se desnudaba, se acostaba junto a ella, y durante horas permanecía excitado, tocándose el miembro, rogándole a Rosa, entre sollozos, que lo atendiera. Al principio él mantenía la esperanza de que todo se resolviese como la primera vez, cuando la boda; pero Rosa se mantuvo firme y no hizo caso a los requerimientos del hombre, que algunas veces golpeaba la almohada o pateaba en el suelo, y hasta se fue acostumbrando a aquellos escándalos, y terminaba por dormirse, arrullada al son de los resoplidos y las quejas, llevándose, antes de cerrar los ojos, la imagen de aquel falo erguido, oscilando en las tinieblas. En cuanto ella se dormía, Pablo comenzaba a masturbarse a su lado, luego también se iba quedando dormido. Puerco, le dijo ella una vez que la despertó el chirrido de la cama y lo vio, jadeante, desahogándose a sí mismo. Puerco, volvió a repetir y se quedó dormida. Desde entonces, él no volvió a masturbarse. Y más adelante, los dos, en la cama, hablaban del tiempo, de las cosechas, de los muchachos que estaban creciendo y necesitaban zapatos. Así se quedaban dormidos. La finca producía cada vez más. Los dos se levantaban temprano y se iban para el campo; araban la tierra; mudaban de potreros al ganado; construían nuevas cercas. Más adelante, Rosa determinó que sería conveniente contratar algunos jornaleros. Ella misma hizo la elección entre los campesinos más pobres y más trabajadores; a los que se les podía pagar menos y producían más. Ella misma, una vez que había hecho el contrato, revisaba el trabajo; les cocinaba a los obreros, descontándoles el almuerzo del jornal; y llevaba la cuenta de todos los trabajadores en un almanaque amarillento que le había regalado su madre el día de la boda. Pablo iba perdiendo su condición de marido y de hombre de la casa. Había desistido ya de tener relaciones con Rosa, y ahora deambulaba por la finca, o se quedaba dormido entre los cañaverales; algunas veces iba hasta el río y permanecía durante horas mirando la corriente. Había ido allí con Rosa en los primeros días de matrimonio. Se habían desnudado y se habían zambullido durante un rato en el río. Luego salieron los dos a la orilla, y, sin decir nada, se quedaron acostados sobre la yerba; sin sentir los abujes; oyendo, si acaso, sus respiraciones ascendentes; tampoco fue necesario hablar cuando él se le subió encima, despacio, colocando primero una pierna sobre la pierna de ella, apoyando luego las manos en su cadera; penetrando por fin, suavemente, ya sin dificultad, en aquel cuerpo conocido. Y aunque no llegaron a dormirse, estuvieron un rato flotando en un letargo neblinoso, por el que desfilaban los árboles, el río y el cosquilleo de la yerba en sus cuerpos. Pero ahora estaba solo, y no miraba las aguas que corrían delante de sus ojos; y el paisaje, siendo el mismo, era otro; y el movimiento de las mínimas yerbas, o el escándalo de algún pájaro era como un acompañamiento que servía de fondo a su tristeza... Un día, Pablo fue como siempre al pueblo, a vender la cosecha, pero no regresó hasta la madrugada. Dando golpes echó abajo la puerta de la sala, y entró en la casa, derribando los muebles y riendo a carcajadas. Estaba completamente borracho. Rosa, con los tres muchachos a su alrededor, lo miró durante un segundo. Luego comenzó a injuriarlo. Todo un desfile de ofensas (que nada tenían que ver con su comportamiento) llegaron hasta los oídos de Pablo, que ni siquiera escuchaba. Después, Rosa lo tomó con brusquedad por los hombros y lo llevó hasta la cama. Lo desvistió, lo cubrió con una frazada; y se quedó de pie, mirándolo; apagó el candil y se acostó a su lado. Los muchachos ya se habían dormido; el reloj despertador sonaba sobre el escaparate casi al compás de los sapos de la laguna; un olor a tierra fresca llegaba a veces por las hendijas del cuarto. La claridad de la noche caía sobre el rostro del marido, dándole el aspecto de un adolescente indefenso. Rosa se sentó en la cama, las sábanas rodaron por sus senos y la dejaron desnuda hasta la cintura; con gran cuidado fue corriendo la frazada que envolvía a Pablo, su cuerpo, lechoso a la luz de la noche, parecía resplandecer ante sus ojos. De pronto se vio con una mano levantada que iba a

42

acariciar, casi con ternura, los muslos del hombre. Mientras su mano se deslizaba lentamente, creyó que el escándalo de los sapos había cesado, y entonces se quedó quieta, la mano inmóvil sobre el cuerpo del hombre. Pero luego, el escándalo de todos los animales de la madrugada pareció surgir con más violencia. El olor a tierra empapada le llegó más fuerte; respiró profundo aquel olor, y su mano, suave, pero con firmeza, avanzó hacia aquella región del hombre que tantas veces, siendo casi una niña, había tratado de imaginar. Estaba como en éxtasis, la mano tocando la región maravillosa; y de haberse aplacado por un momento el barullo de la noche, hubiese podido escucharse la agitación creciente de su sangre. Entonces miró para la esquina del cuarto donde se alzaban todos los santos, y los vio emerger, como figuras alucinantes, en medio de las tinieblas; y por un momento vio como una especie de resplandor que se agitaba entre aquellos cuerpos estáticos. Al instante, retiró la mano; asustada se cubrió la cabeza con las sábanas y comenzó a rezar en forma apresurada. Al otro día, Rosa instaló una cama en el último cuarto de la casa, junto a la prensa del maíz. Mejor será que duermas aquí, le dijo a su marido. Él no respondió. Caminó hasta aquel pequeño cuarto, donde los ratones trajinaban continuamente, y se tiró sobre la colombina, que lanzó tres breves quejidos. Rosa fue hasta el altar, seguida por los tres niños. Allí los hizo arrodillar. Y los cuatro entonaron el avemaría... Las cosas siguieron progresando en la finca. La cosecha de maíz fue muy abundante; los precios habían subido; y la fiesta de Nochebuena quedó extraordinaria. Rosa había invitado a toda la familia y alguna gente del barrio. Sentada a uno de los extremos de la mesa cortaba el lechón con precisión extraordinaria, hablando sobre lo difícil que era conseguir semillas de calabaza para la cosecha de primavera. A la medianoche, cuando la risa de los visitantes se hizo más estruendosa, su madre la llamó al patio, y la llevó hasta los árboles que crecían junto al pozo. Mira, le dijo, señalando para las ramas más elevadas. Pablo colgaba de uno de los gajos más altos del anoncillo. Rosa se persignó. Mientras decía Dios mío, pensaba: *Lo ha hecho para fastidiarme la Nochebuena. Para eso lo hizo.* Había organizado aquella fiesta (a pesar de que sentía en el alma derrochar el dinero y las viandas) para mostrarle al barrio y a la familia cuál era su situación. Y además, decía, porque de todas las fiestas del año ésta es la única que no se puede dejar de celebrar. Así pensaba. Y ahora veía el cuerpo de su marido, que apenas se balanceaba bajo la rama del árbol. Lo hizo bajar. Adquirió la postura apropiada. Y entró, dando gritos, en el comedor. Después de la muerte del marido, Rosa parecía preocuparse más aún de la finca. La mayor parte del día la pasaba en el campo; peleando con los jornaleros cuando no hacían las cosas como ella estimaba más conveniente; insultando al tiempo cuando interrumpía, con sus aguaceros imprevistos, la siembra del maíz; lanzándole piedras a las vacas que saltaban el cercado y se comían los retoños de boniato. Al caer la tarde caminaba hasta la casa, regañaba a los muchachos si no habían hecho lo que les había ordenado; y al fin iba hasta su cuarto y se tiraba de rodillas frente al altar; sin embargo, había ahora en su forma de rezar algo que la diferenciaba completamente de su manera anterior: su palabra no brotaba como una larga súplica, envuelta en un inconfundible acento de sumisión, su entonación no parecía ser la de una plegaria, sino la de una orden. Había demasiada seguridad en su voz. Y algunas veces, al dirigirse a las imágenes, que ahora se habían multiplicado, cualquiera que la escuchase desde la sala hubiese podido pensar que se dirigía a uno de sus peones del campo. Sus hijos habían ido creciendo, escuchando esa voz autoritaria que ponía en movimiento a todos los hombres de la finca, que podía ordenar que aquel rancho que estaba debajo de la ceiba fuese derrumbado y convertido en carbón. Así siguieron creciendo los muchachos; y si era cierto que no habían salido como ella lo hubiese deseado, la obedecían en todo, y esto era un consuelo. Armando tenía ya dieciocho años; iba todas las tardes al pueblo y regresaba por la madrugada, algunas veces muy alegre, guiado por el caballo, que conocía el trayecto y cargaba el cuerpo inconsciente del muchacho. Rosa, la hija, vestía aún como una niña, aunque tenía quince años usaba unos grandes lazos azules en la cabeza; la mayor parte del tiempo lo empleaba, por orden de la madre, en aprender a bordar y en jugar, sin interés, con las grandes y rústicas muñecas de coco que todos los años le dejaban, junto a la almohada de la cama, unos Reyes que ella bien sabía que no existían. Y Arturo, el misterioso Arturo, pasaba el día sobre los gajos de los árboles, semidormido entre las hojas, soñando sueños que ni él mismo podría descifrar; algunas veces, por la noche, se sentaba en una de las esquinas del gran corredor de la casa y se quedaba, durante horas, silbando, mientras su figura apenas se destacaba en la penumbra. Tenía once años y era el hijo que más preocupaba a Rosa. Sin embargo, no hay por qué sobresaltarse, se decía a sí misma, tratando de convencerse. Lo cuidaba más que a los otros; todos los meses lo llevaba al médico, y lo hacía dormir junto a ella, en el cuarto poblado por las figuras de santos. Algunas veces, por la madrugada, sentía cómo el muchacho se revolvía entre las sábanas. Entonces lo abrazaba; él se iba quedando dormido, muy arrebujado al cuerpo de la madre. Luego, en la claridad casi distante, Rosa oía cantar los gallos, veía cómo la sombra se iba haciendo menos densa y, desde la cama, pensando que estaba en la casa y que los hijos dormían cerca de ella, sentía como una gran paz, una quietud que se confundía con el silencio de la madrugada, y que tenía que ver con la seguridad de las piedras de la casa, con el frescor de la hora y con las rítmicas respiraciones de sus hijos. Una noche descubrió, en medio de esa gran calma para ella inexplicable, que ya no era joven y que en el barrio no le decían Rosa, sino la Vieja Rosa. La Vieja Rosa era para todos los vecinos una de las mujeres más extrañas y ricas del lugar. Algunos hombres se sentían orgullosos al decir que eran sus empleados. La enorme finca que, poco a poco, ella había agrandado, comprando tierras a los vecinos, ganando hipotecas, ya no se conocía con otro nombre que no fuera el de las Tierras de la Vieja Rosa. El número de jornaleros siguió aumentando, las cosechas se daban cada vez mejor. Más adelante, la Vieja Rosa arrendó todas las tierras colindantes a su finca y las dio a trabajar a partido. Sus hijos la seguían obedeciendo en todo y trataban de no disgustarla. Armando seguía yendo por las noches al pueblo, y, según se comentaba, era el novio de casi todas las muchachas del barrio. Algunos vecinos decían que no solamente era el novio y que lo habían visto salir a medianoche de una de las casas cercanas. Cuando la Vieja Rosa se enteraba de esos comentarios sonreía diciendo: *Para eso es hombre; seguramente él no obliga a ninguna mujer a que le abra las piernas...* La hija, después de muchas súplicas, convenció a la madre para que la mandase a estudiar al pueblo, y se fue para casa de unos parientes lejanos que la Vieja Rosa abastecía ahora de carnes, viandas y dinero. Arturo seguía cada vez más flaco y más alto, ya alcanzaba la estatura de su madre. Cuando salían los dos a recorrer la finca por las tardes, resultaba muy difícil diferenciarlos desde lejos. De sus tres hijos era Arturo el que ella más quería; para él eran los regalos más costosos e inútiles; cualquier capricho del muchacho se convertía en ley; y en la casa, cuando él dormía, había que andar muy despacio y no mover los asientos. Sin embargo, algunas veces, la Vieja Rosa lo miraba con desconfianza y le parecía que su hijo era un desconocido. Y así, cuando Arturo se empecinó en comprarse un radio de pilas que costaba un dineral, y se hizo construir una torre a un costado de la casa, donde se instaló con el radio y comenzó a reunirse con los muchachos del barrio, el rostro de la Vieja Rosa se volvió un poco más sombrío. Un día, mientras caminaba por la cocina inmensa, se sorprendió hablando sola y gesticulando con las manos en el vacío. Salió al patio y vio la figura de su hijo mayor, *hermoso como un potrico joven,* perdiéndose a caballo por un recodo del camino; y, por un momento, no vio al hijo, sino al padre, y se llevó una mano a los labios. Enseguida entró en el cuarto, con gestos bruscos se arrodilló junto al altar y empezó a rezar. Cuando se puso de pie ya era de noche. Al otro día llegaron a la casa tres hombres desconocidos. La Vieja Rosa los observó desde el patio, mientras abrían la talanquera, y se llevó las manos a los ojos para protegerse del sol y ver mejor a los visitantes: eran tres muchachos muy jóvenes; lucían unas barbas incipientes y vestían con unos uniformes verduscos y desharrapados que les bailaban en los cuerpos. Buenas tardes, dijeron los tres. (En ese momento salió Armando de la casa.) Qué quieren, les respondió la Vieja Rosa. Uno de ellos empezó a hablar. Esa tarde se enteró la Vieja Rosa de que había guerra, que el país estaba en revolución; y que esas gentes harapientas que venían a pedirle una vaca para comérsela pues (y esto se sabía sin que lo dijeran) se estaban muriendo de hambre, pensaban tumbar al gobierno con aquellas escopetas, amarradas por alambres, que seguramente al disparar les estallarían en las manos. Así que quieren una vaca, dijo la Vieja Rosa y volvió a mirarlos con la cara hosca y desconfiada; pues aquí todas las vacas son lecheras, mejor será que vayan a otra parte. Queremos comprarla, dijo uno, y se tocó los bolsillos como señalando el dinero. La Vieja Rosa los miró, ahora más asombrada. Usted dirá el precio, dijo el que había hablado. Llévalos al potrero y enséñale las vacas horras, le ordenó la Vieja Rosa a Armando. Los cuatro jóvenes se perdieron rumbo al potrero. Ella se quedó mirándolos por un instante. Luego fue hasta el corredor y allí se detuvo, observando un sunsún que revoloteaba nervioso sobre el cantero de los lirios amarillos. En ese momento bajaba Arturo del cuarto. El radio estaba a todo volumen. Quién era esa gente, dijo el muchacho. Nadie, respondió la madre; unos compradores de reses. Subió la voz en forma increíble y gritó: acaba de apagar ese radio maldito. El muchacho subió hasta su cuarto, pero no apagó el radio. Al rato regresaron los cuatro hombres. Armando traía una novilla, con una soga atada por los cuernos. Amarró la res a uno de los horcones del rancho y llamó a la madre. La Vieja Rosa miró la novilla que escarbaba con una pata en el suelo levantando un polvo rojizo, y dijo: Cien pesos. Uno de los jóvenes sacó el dinero y se lo entregó. Bien, dijo ella, si quieren les puedo dar un papel. Ellos dijeron que no era necesario, y se fueron. Armando los acompañó hasta el camino real. Cuando regresó, la madre aún estaba en el corredor y hablaba sola frente a la mata de pensamiento chino cuajada de flores. Así que quieren tumbar al gobierno, le decía ahora al hijo. Y parecía como si revisara los gajos del pensamiento chino. El hijo se quedó callado; fue hasta una de las esquinas del corredor y se sentó despacio en el quicio; cogió una yerba muy fina y se la llevó a los labios. Creo que les has cobrado demasiado por la novilla, dijo, no valía ni siquiera cincuenta pesos. Pero la Vieja Rosa ya no lo oía; había descubierto un bibijagüero junto al tronco de la planta, y pensaba: Otra vez las bibijaguas acabarán con las flores; tendré que regar ceniza, o comprar algún insecticida. Después fue hasta el cuarto, guardó el dinero en el escaparate, y se quedó de pie, mirando las imágenes de yeso. En el momento de persignarse le pareció oír un ruido en una de las esquinas del cuarto. Se volvió. Y por un momento creyó ver una especie de sombra gigantesca que se agitó brevemente a un costado de la cama. Pero el ruido cesó; la sombra desapareció en el aire; y ya ella no estaba segura de haber visto u oído nada. Que Dios nos ampare, dijo en voz alta. Se persignó de nuevo y comenzó la oración. Como de una región distante le llegaba la música del radio, confundida con el silbido de Armando, que aún seguía sentado en el quicio del corredor. Por fin, salió del cuarto. Bañada por el resplandor del atardecer, atravesó el comedor; y, deslumbrada por aquella claridad que ya no calentaba, se quedó de pie, y escuchó el cantar de los gallos en la tarde y el vocear de los peones que ya llevaban las reses para el corral. Y le pareció, sin saber por qué, que aquellos ruidos, tan conocidos, sonaban tristes, distintos a pesar de ser los mismos que había escuchado siempre. Después fue hasta la cocina y ordenó que pusieran la mesa. Al otro día por la mañana, cuando llamó a Armando para que fuese a ordeñar las vacas, nadie le contestó. Entró en el cuarto del hijo y halló la cama revuelta y vacía. Enseguida fue hasta la cocina y se tomó una taza de café. Más tarde apareció Arturo, somnoliento. Parece que Armando se fue con los rebeldes, le dijo la Vieja Rosa. Y le sirvió el café. Instintivamente le acarició el pelo revuelto. Allá él, dijo después como disculpándose. Ya volverá. Y agregó: *si es que se salva*. Arturo se quedó embelesado, mirando a la madre. Pero, cómo lo sabes, preguntó luego. Porque no soy idiota, dijo ella. Y el hijo bajó la vista. Luego vinieron los meses más difíciles. Todos los caminos estaban bloqueados, la cosecha no se podía llevar al pueblo, las viandas se pudrían en el campo; y, como si eso fuera poco, una avioneta que bombardeaba todos los días el sao, le derrumbó tres carboneras a la Vieja Rosa y le mató una vaca en pleno potrero. Pero la Vieja Rosa no permaneció tranquila. Comenzó a comerciar con unos contrabandistas de reses que se hacían pasar por rebeldes y vendían la carne en el pueblo; negociaba las viandas con los vecinos; cuando éstos no tenían dinero para pagar, ella los ponía a chapear en la finca. Un día llegaron a su casa dos rebeldes pidiéndole ayuda. La Vieja Rosa los miró con gran calma. Luego empezó a hablar. Posiblemente haya sido yo la que más ha cooperado con la Revolución en este barrio, dijo. Tengo un familiar en la Sierra, si es que a estas alturas él no se encuentra muerto y yo con un hijo menos. Los rebeldes se pusieron de pie y se marcharon luego de haberse despedido en voz baja. Así llegaron las navidades, y, como todos los años, la Vieja Rosa se sentó a la mesa y se dispuso a celebrar las Pascuas. La hija había vuelto unos meses antes, cuando cerraron la escuela y los alumnos se fueron a la huelga; venía muy habladora y desarrollaba unas fatigantes tesis económicas, que aunque la Vieja Rosa no las comprendía, sospechaba que no eran muy convenientes para la seguridad de la casa. Sólo Arturo le seguía fiel y se mantenía junto a ella; y aunque continuaba con la costumbre de encerrarse en el cuarto con los amigos y oír música hasta la madrugada, no la molestaba en nada, y era incapaz de contradecirle en otra cosa que no fuese la de no bajar el radio de volumen. Con los dos hijos a la mesa, y algunos vecinos que invitaba todos los años, la Vieja Rosa cortó el lechón, sirvió la comida y dio la señal para comenzar la oración antes de la cena. A medianoche se fueron casi todos los invitados, y sólo quedaron los amigos de Arturo, que, completamente borrachos, hablaban sobre la mesa y aplaudían a Rosa, la cual, parada sobre un taburete, improvisaba un discurso. La Vieja Rosa, que también había bebido bastante, se sintió mareada. Huyendo de aquel alboroto que la confundía fue hasta su cuarto, encendió el quinqué, y se sentó sobre la cama poniendo las manos en las rodillas. Así estuvo durante un rato, hasta que de pronto volvió a sentir como un aleteo a sus espaldas, pero esta vez ni siquiera se molestó en mirar hacia atrás. De todos modos, no es más que el efecto del vino tinto, se dijo, tratando de imponerse esa idea. Luego apagó el quinqué y se acostó. Desde el comedor llegaba el barullo de sus hijos y el de los invitados. Ahora parodiaban una especie de canción infantil que se alzaba, a veces muy desentonada, con unos agudos insospechables, y luego descendía, convirtiéndose casi en un balbuceo lejano. Por un rato estuvo pensando en Armando. En realidad, desde aquella tarde en que llegaron por primera vez los rebeldes, ella había sospechado que algo iba a suceder; y cuando vio al hijo marcharse con los demás jóvenes rumbo al potrero, ya sus presentimientos se habían esclarecido, y pensó: *El cambio va a empezar por Armando.* Por eso, al otro día, al ver que él había desaparecido, no gritó ni dio la alarma en el barrio; se limitó, simplemente, a aceptar, como se acepta una catástrofe incontrolable, que Armando se había ido con los rebeldes. Y aunque no sabía nada de él, algo le decía que estaba vivo y que un día de esos aparecería completamente arrepentido de aquella aventura. Pues si de algo estaba segura era de que aquella gente, de escopetas armadas con alambres mohosos, no ganaría nunca la guerra. Sí, sin duda alguna el hijo volvería, cansado, flaco y maloliente. Y ella saldría al corredor a recibirlo. Y lo abrazaría. Y aunque de momento no le reprocharía nada, lo miraría y con eso él comprendería lo que le estaba diciendo: bien sabía yo que ibas a volver; ésas son ideas de locos o de gente muerta de hambre que no tiene otra cosa que perder más que la vida. Así sería. Y oyendo la canción de los muchachos (estaban ahora en lo más bajo de la escala, en el balbuceo), se fue quedando dormida. Cansado, flaco y maloliente llegó Armando la otra semana. Pero lucía muy contento: la Revolución había triunfado. Venía con un grupo de rebeldes, dando voces y soltando tiros al aire con aquellas escopetas destartaladas. Entraron al corredor. La Vieja Rosa y sus dos hijos salieron a recibirlos. La algarabía era imponente. Todos los vecinos habían venido detrás de los jóvenes, y los abrazaban, y los levantaban en hombros, y les pedían detalles de las distintas batallas. Armando entró en la sala e invitó a sus amigos a sentarse. Fue hasta la cocina y ordenó que al instante matasen una vaca. La Vieja Rosa lo seguía a distancia, parpadeando, un poco temerosa y desconfiada; por momentos pensaba si sería verdad que aquel que ordenaba, sin contar con ella, que matasen una vaca, como si fuese el dueño de la finca, era su hijo, Y dudaba al verlo ahora más grueso, con las espaldas más anchas, con esa seguridad casi ordinaria y aquella fuerza con que la abrazó, dejándola sin respiración. Pero estos razonamientos le resultaron demasiado oscuros, y hasta sintió que le dolía la cabeza. Era y no era. Había regresado y se había quedado. Y, sobre todo, había ganado la guerra. Pero, cómo era posible. Y por un momento pensó que estaba siendo víctima de una estafa; aunque tampoco pudo explicarse de dónde venía el engaño ni cuáles eran sus dimensiones. Aturdida salió al patio. Unos hombres traían una res atada por el cuello. Ésa está preñada, dijo la Vieja Rosa. Vayan al potrero y cojan otra. Y se sintió satisfecha al ver que la obedecían, que soltaban al animal, y salían de nuevo rumbo al campo. Ella había demostrado quién era la que mandaba en la finca. Sin embargo, desde aquel día las cosas no volvieron a poseer, para la Vieja Rosa, aquel equilibrio invisible que hasta entonces habían conservado. Los hijos estaban en la casa; los jornaleros seguían trabajando y las cosechas eran abundantes, pero algo había cambiado. Y ella notaba, con preocupación, que la gente era ahora demasiado optimista; y hasta algunos jornaleros se fueron de la finca sin darle explicaciones, y no volvieron, como en otros años, a pedirle de favor que los emplease de nuevo. Meses después, su hija se fue para el pueblo a seguir los estudios; Armando ya no paraba en la casa y parecía muy preocupado por la finca. Andaba siempre en reuniones, agrupando a los campesinos en distintas organizaciones. Una vez fue a La Habana. Estuvo seis meses en la capital recibiendo un curso de superación política. Solamente Arturo permanecía en la casa, ajeno a aquel trajín que ella no le encontraba pies ni cabeza, oyendo incansable el radio. Durante dos años la Vieja Rosa siguió observando en el barrio aquel constante tropel. Por último muchos peones se marcharon definitivamente de la finca y se fueron a trabajar a la cooperativa que se había fundado en el barrio. Entonces, ella volvió a tomar el arado; sembró casi todas las tierras, y cuando llegó el verano recogió la cosecha y la llevó a vender al pueblo. Una mañana los lecheros no pasaron a recoger la leche, ni siquiera los ordeñadores habían venido esa madrugada. Furiosa, la Vieja Rosa llamó a Arturo. Vamos, le dijo. Tienes que ayudarme a ordeñar las vacas y llevar la leche al pueblo. El muchacho bajó del cuarto, todavía medio dormido, bostezó, y luego salió con su madre hacia el corral de las vacas. Desde ese día se levantó con el sol, a la voz de la mujer, y llevó la leche al pueblo. Armando, luego del viaje a La Habana, paraba menos en la casa. Entraba y salía con urgencia, cargando papeles, acompañado a veces por un amigo uniformado y con armas relucientes. También él había colgado aquella mohosa escopeta en la pared del comedor, y ahora llevaba a la cintura una brillante pistola. Algunas veces, la Vieja Rosa iba hasta donde colgaba el arma polvorienta, la descolgaba con mucha desconfianza, y movía pensativa la cabeza. Cómo es posible, se decía, y volvía a colocar el arma en la pared. Luego iba hasta el altar donde las imágenes se agrupaban en forma desordenada y rezaba durante horas. Una tarde, Arturo, al llegar del pueblo, le entregó una carta de su hija. Decía que ya estaba terminando sus estudios y pensaba casarse. La Vieja Rosa quedó desconcertada al leer la carta. Cómo era posible que hubiese decidido casarse sin siquiera consultarlo con ella; sin ella conocer al novio; sin ella saber cuál era su familia y a qué se dedicaban sus padres; y su madre, pensaba, a lo mejor no es una mujer de confianza. Enseguida le escribió a Rosa comunicándole su preocupación. Por fin, a fines de diciembre llegó la hija. La madre, después de abrazarla la recibió de nuevo con las mismas palabras que usaba en las cartas. Rosa le dijo que no se preocupara, que el novio era muy trabajador y ya estaba terminando los estudios. A lo mejor es muy trabajador, dijo la Vieja Rosa, pero eso no quita que sea un muerto de hambre. La hija soltó la risa. Si trabaja no se morirá de hambre, dijo. Si no tiene en qué caerse muerto querrá vivir de tus costillas, es decir, de la finca, dijo la Vieja Rosa. Me importan un pito tus tierras, dijo la hija. Él ni siquiera sabe que tú tienes una finca. No le he dicho que soy del campo. Virgen Santa, bramó la madre, no te conoce y así piensa casarse contigo; debe ser un loco. Luego siguió farfullando y peleando en voz baja. Pero la hija no le respondió. Al otro día se fue para el pueblo. Ya en la talanquera, la Vieja Rosa le dijo: Lo único que te pido es que no le des la seguridad de matrimonio hasta que yo lo conozca. La semana que viene voy al pueblo. La hija besó a la madre, le sonrió y se marchó. La Vieja Rosa le hizo la señal de la cruz; luego se quedó mirándola por un rato, hasta que subió la sabana. Después fue hasta el pozo y empezó a sacar agua para regar los semilleros de la próxima siembra. Por un momento, al asomarse al pozo para lanzar un balde, le pareció que sobre el agua, junto a su rostro, había otro rostro, luminoso y sonriente. La Vieja Rosa miró hacia atrás, asustada, pero no vio a nadie. Levantó la vista hacia los árboles. Los pájaros de la tarde entonaban miles de escarceos inclasificables y saltaban entre las hojas. Se quedó mirándolos. Por sobre las ramas más altas de la ceiba le pareció distinguir como el resplandor de una luz que ascendía hasta perderse en las últimas hojas. Es el sol, dijo enseguida; y dejó que la soga se deslizase por la roldana. El balde tocó la superficie del agua, y la imagen de su rostro se fragmentó. Luego regó con cuidado todos los canteros; arrancó las yerbas que crecían junto a las posturas; y removió los terrones más gruesos, esparciéndolos alrededor de los tallos tiernos. Y, sin saber por qué, mientras sumergía las manos entre las hojas frías y húmedas, se fue sintiendo alegre, y de pronto empezó a sonreír; y hasta tuvo deseos de cantar. Pero no recordaba la letra de ninguna canción. Y como tampoco sabía silbar, empezó a tararear, con los labios cerrados, un canto inventado por ella en ese mismo momento. Al otro día, muy temprano comenzó a escribirle una carta a Rosa. Le decía que pensara bien lo que iba a hacer, que no se apurase en casarse; por último le insinuaba que aunque el novio no parecía que estuviese enterado, de que ella, su madre, tenía una finca, bien podía, quizá, saberlo y estarlo disimulando hasta después del matrimonio. Desconfía de la gente, le decía, algunas veces crees que te van a dar la mano y lo que te dan es una trompada. Su hija no le contestó. La madre volvió a escribirle; y ahora relataba todo el trabajo que había pasado para poderlos criar a ellos, los hijos; para que ella, Rosa, pudiese estudiar; y cómo se había sacrificado sobre la tierra para que ella, Rosa, estuviese en el pueblo y viviese como una persona decente, sin que nada le faltase. Pero tampoco recibió respuesta; y cuando le preguntaba a Arturo por la muchacha, él respondía con palabras breves que casi no se entendían. Está muy ocupada, decía. No la pude ver hoy, contestaba otras veces. Hasta que después de un mes sin haber obtenido respuesta de la hija, y de haberse cansado de las vagas contestaciones de Arturo, la Vieja Rosa decidió ir al pueblo. Te digo siempre que averigües quién es el novio, y tú, como una panocha, no te preocupas por nada, le dijo ese día al muchacho. Por eso, mañana mismo aparejo el caballo y me voy contigo. A mí sí que no me engañan con recados a media voz. Si ella no me contesta es por algo, y yo tengo derecho a saber lo que pasa. Arturo no dijo nada y subió hasta su cuarto. Al otro día, la Vieja Rosa aparejó su caballo, se puso los pantalones de montar, y ya estaba por salir cuando su hijo se le acercó, y le dijo: Creo que es mejor que no vayas a ver a Rosa, mamá. Así acabarán de decirme qué se traen ustedes entre manos, dijo ella con impaciencia. Es que Rosa se casó hace más de quince días, dijo él. La Vieja Rosa miró fijamente a su hijo, luego fue despacio hasta donde él estaba, levantó la mano y le soltó en la cara una bofetada; enseguida repitió el golpe en el cuello y en las orejas; por último se contuvo, se paró, roja de furia, frente al muchacho, y dijo: Cabrón, y me lo dices ahora, sabrá Dios con qué sinvergüenza se habrá casado esa vejiga. El hijo, frente a la madre, levantó una mano para llevársela a la parte golpeada; pero no terminó la acción; luego bajó los párpados y se miró la punta de los pies. Por qué no me lo dijiste antes, dijo la madre; y ahora sus palabras sonaban con un breve acento de ternura. Es que no me atrevía, respondió el muchacho. Por qué, dijo la madre. Dime, qué pasa con Rosa. El hijo caminó hasta una de las esquinas del rancho, poniendo distancia entre él y su madre. Desde allí dijo: Mamá, es que el marido de Rosa es un negro. Ay, Dios, exclamó la madre, y luego volvió a gritar, con tanta furia que las palomas alzaron el vuelo y se refugiaron en la mata de tamarindo. Ay, Dios, volvió a repetir y golpeaba el suelo con los pies y se llevaba las manos a la cabeza. Así echó a correr hacia la cocina. Mamá, dijo Arturo, siguiéndola a distancia. La Vieja Rosa llegó hasta el fogón y tomó un cuchillo de mesa. Me voy a matar, dijo. Qué desgracia tan grande, Virgen Santísima, esto no puede ser... Y siguió hablando, alzando el cuchillo y apuntándose para el pecho, pero sin descargar el golpe. Arturo se le acercó y empezó a forcejear con ella, tratando de quitarle el arma; mientras, la madre le golpeaba la espalda con la mano libre. Cuando llegó Armando, los separó y se apoderó del cuchillo. La Vieja Rosa soltaba ahora unos bufidos muy roncos y se llevaba las manos al estómago como si estuviese adolorida. Qué es lo que le pasa, dijo Armando. Nada, contestó Arturo, es que ya se enteró de lo de Rosa. Ya era hora de que se enterara, dijo Armando. Con ese escándalo cualquiera piensa que se está acabando el mundo. Así que tú también lo sabías, le dijo la madre, entre resoplidos. Pues claro que lo sabía, dijo Armando; y si no te lo había dicho era por Arturo, que no quería disgustarte. Qué desgracia tan grande, bramó la Vieja Rosa. Ay, mamá, dijo Armando, déjate de faineras, que esas cosas ya no se usan; ahora todo el mundo es igual. Salvaje, dijo la madre. Hablas como si fueras hijo de una yegua y no mío. El día que yo sea igual que un negro me ahorco. Armando caminó hasta la sala, se quedó un momento de pie y luego salió al patio. Arturo estuvo un rato junto a la madre, tratando de calmarla, pero ésta ni lo miraba; finalmente le dijo que se fuera y la dejara sola. El muchacho salió de la cocina. La Vieja Rosa se quedó inclinada sobre el fogón, resoplando con fuerza. Ay, Dios mío, pensaba, qué prueba me has mandado, yo no merezco estos castigos. Ah, pero que no piense que se lo voy a perdonar; mañana mismo le escribo. Ya no es mi hija. Aquí que no ponga más nunca un pie, que se vaya, que se muera de hambre. No quiero saber nada de esa maldita. Un negro, decía ahora en voz alta, un negro. Pero si es increíble. Qué tiempos estamos viviendo. Adónde iremos a parar. Y seguía hablando, alzando las manos, golpeando con los pies las paredes del fogón que soltaba trozos de ceniza. Hasta que sintió a sus espaldas (y esta vez con mayor fuerza) la presencia de una figura resplandeciente y un breve chasquido. Qué pasa, carajo, dijo con voz ronca, volviendo furiosa la cabeza. Pero allí sólo estaba ella. Y aparte del resplandor y el chisporroteo de las brasas del fogón, ningún otro ruido ni luz se percibía en la cocina. Al otro día le escribió la carta a Rosa. La envolvió en un papel de cartucho y se la entregó a Arturo cuando ya éste estaba montando en el caballo. A ver si se te olvida darle este papel, le dijo. Que no se te pierda. El muchacho se guardó la carta en el bolsillo de la camisa y marchó hacia el pueblo. Comenzó a caer una llovizna muy fina que casi no era llovizna, sino como una densa neblina que envolvía los árboles, emblanqueciéndolos. La Vieja Rosa miró por un momento todo el campo cubierto por aquella blancura, y sintió su cara húmeda y sus manos frías y empapadas. El hijo ya se perdía en la llovizna. Durante varios días estuvo cayendo aquella neblina, que al fin se convirtió en un aguacero cerrado que desgajaba los árboles y retumbaba sobre las canales de zinc. Los primeros aguaceros los pasó la Vieja Rosa en la casa, caminando desde la puerta de la sala hasta el rancho, donde estaba la prensa del maíz, mirando caer el agua, que restallaba en el patio, levantando como pequeñas humaredas; pero viendo que no escampaba, salió por la tarde al campo. Revisó todas las siembras, mudó de lugar los animales, y regresó, ya oscureciendo, con una jaba llena de pollos casi ahogados y varios racimos de plátanos que el viento había derribado. A través del aguacero que repicaba sobre el techo, oyó la música del radio; de vez en cuando también oía risas. Su hijo parecía conversar con algún amigo. Por la mañana ya había escampado y todos los árboles relucían al sol y despedían un olor húmedo y agradable que llegaba hasta la casa, mezclado con el sabor de la tierra empapada. La Vieja Rosa salió al patio; fue hasta el semillero y comenzó a resembrar las posturas arrancadas por la lluvia. El tiempo vuelve a serenarse, pensó. Y se llegó hasta el pozo rebosado, estiró las manos y bebió de aquella agua todavía fresca. Aún estaba inclinada cuando escuchó voces de mujeres en el patio. Las mujeres llegaban ya hasta la puerta de la cocina. La Vieja Rosa, mirándolas con desconfianza, fue hacia ellas. Venían de parte del administrador de la cooperativa y estaban citando a todos los vecinos para una reunión. La Vieja Rosa les brindó café; luego les preguntó qué tipo de reunión era ésa a la que tenía que ir todo el mundo. Las mujeres le dijeron que no sabían bien lo que iba a discutir, pero que se hablaba de agrupar a todas las fincas del barrio en una cooperativa. La Vieja Rosa recogió las tazas vacías y las llevó hasta el fregadero. Y a qué hora es esa reunión, dijo, mirando por la ventana de la cocina hacia los pinos del patio. Hoy por la noche, dijeron las mujeres; así no se interrumpe la producción. Luego se marcharon. Por la tarde llegó Armando. Traía una gran cantidad de papeles que tiró sobre la mesa del comedor y comenzó a hojearlos. La Vieja Rosa se le acercó por detrás y estuvo un rato contemplándolo en silencio. Por fin, el hijo se volvió y la miró. Ah, dijo. Mucho trabajo, preguntó la Vieja Rosa, mirando los papeles. Sí, dijo el hijo. La Vieja Rosa se quedó callada. Luego dijo: Hoy vinieron a verme tres mujeres. Dicen que tengo que ir a una reunión en la cooperativa. Y se volvió a callar. Y miró de nuevo para los papeles que el hijo, ensimismado, revisaba. Pero yo no voy a ir, dijo luego. Mejor es que vayas, dijo el hijo; si tú quieres yo te acompaño. También tú vas a estar allí, preguntó la madre. Pues claro que sí; si hasta tengo que hablar, le contestó el hijo. Al oscurecer, la Vieja Rosa se puso un vestido negro que la hacía sudar brutalmente, se calzó los zapatos de paseo, que ya casi no le servían, y salió con Armando rumbo a la cooperativa. La cooperativa estaba en la finca que había sido de los Estradas. Habían construido una tribuna de madera y allá arriba se había encaramado su hijo, sentándose detrás de una larga mesa, junto con el administrador, otros hombres y algunas mujeres. Todo el barrio estaba reunido alrededor de la tribuna; los campesinos hablaban en voz alta, discutían y se reían a carcajadas. La Vieja Rosa miró aquel andamio en forma de barbacoa, y reconoció, detrás de la gran mesa, a las hijas de los Pupos, riendo y hablándose en los oídos. Por fin, uno de aquellos hombres de barba larguísima empezó a hablar. De entre aquella retahíla de palabras agudas que manejaba el orador, como «bienestar», «explotación», «producción» y «revolución», la Vieja Rosa sacó en «conclusión» que lo que quería era que todos los campesinos entregaran sus tierras y se agrupasen en una gran cooperativa. Mientras oía aquel largo discurso miraba a las hijas de los Pupos y por un momento le pareció que ellas también la miraban y se reían. Cuando el hombre de la barba terminó de hablar estallaron los aplausos. La Vieja Rosa miró sorprendida para todos los sitios y cerró los puños. Luego se paró Armando y también empezó a hablar. Sus palabras, aunque no retumbaban tanto como las del barbudo, tenían el mismo significado. La Vieja Rosa le dio la espalda a la tribuna, tropezó con un campesino que la miró con recelo, y echó a andar rumbo a la casa. A mí sí que no me embaucan, dijo ya de regreso. Con grandes pasos atravesó el camino real, abrió la portería de su finca y entró en sus tierras. Esto no hay quien me lo quite, pensaba mientras cruzaba el potrero. Mucho he tenido que romperme el lomo para que ahora vengan esos babiecas a convencerme con palabrerías. Finalmente llegó a su casa y se detuvo un instante en el centro de la sala. Arturo, gritó desde allí, apaga ese radio maldito. La voz había retumbado con tal fuerza que el muchacho, por primera vez, la obedeció y apagó el radio. La Vieja Rosa entró en silencio en el cuarto y se tiró de rodillas frente al altar... El siguiente año la cosecha fue muy escasa. Durante meses no cayó una gota de agua, y el ganado empezó a enflaquecer. Las vacas casi no daban leche, y el maizal recién sembrado se iba secando en los surcos. Casi todos los obreros se habían empleado en la cooperativa, abandonando la finca; sólo los más viejos seguían trabajando en aquellas tierras. La Vieja Rosa se levantaba cada día más temprano, colaba el café y se iba para el campo a trabajar; chapeaba, cortaba el cogollo para las vacas recentinas; y hasta trató de desviar el río a través de una represa y hacer un regadío para fertilizar los sembrados. Pero todo su trabajo no daba abasto para atender la finca. En los meses siguientes los pocos jornaleros que quedaban se fueron para el pueblo, o decidieron trabajar en las granjas del Estado. La Vieja Rosa pagó el último jornal a sus hombres y les regaló algunas viandas. Ya volverán, pensaba. Pero no volvieron. Y ahora estaba ella sola para atenderlo todo. Armando cada día paraba menos en la casa. Siempre de reunión en reunión, comentaba a solas la madre, perdiendo el tiempo en boberías mientras los matojos llegan hasta el patio y ahogan los sembrados; y Arturo apenas sí servía para llevar hasta el pueblo la poca leche que daban las vacas; y ni siquiera eso lo hacía como la madre lo hubiese deseado. La leche se le cortaba en las cántaras, y los clientes muchas veces no le pagaban. Al quedarse sola, la Vieja Rosa comenzó a trabajar por las noches. A la luz de la luna se veía su alta silueta, cortando los árboles, preparando el campo para la siembra, llevando las vacas hasta el río. Y cuando el tiempo era de viento y no había luna, encendía grandes fogatas a un costado del potrero, e iluminada por ese resplandor araba la tierra, peleando con los bueyes e hiriéndoles furiosa con la punta de la garrocha hasta el amanecer. Pero la finca no progresaba. Seguía sin llover. El ganado moría de sed. Y las reses ajenas se colaban por los portillos de las cercas que ella no había tenido tiempo de cerrar, y se comían los sembrados. La Vieja Rosa seguía trabajando incansable; algunas veces hasta se le olvidaba comer, y había noches en que apenas dormía dos o tres horas. Se fue poniendo más flaca, y unas venas muy azules comenzaron a cruzarle la cara y los brazos. Bajo el sol abrasador del mediodía guataqueaba en mitad del campo, resoplando, llevándose de vez en cuando las manos a la frente, pero sin detenerse a descansar un momento. La cosecha de primavera a pesar de todo fue muy pobre; y muchas vacas murieron de hambre amarradas a las guardarrayas polvorientas. La Vieja Rosa no había podido cambiarlas de lugar. A fines de junio casi toda la finca estaba tomada por los mayales; y la mata de pensamiento chino fue devorada por las bibijaguas. Finalmente llegaron los aguaceros interminables de julio. Bajo los rayos y el constante relampaguear, la Vieja Rosa recorría la finca de un extremo a otro, asegurando las cercas, apuntalando los postes más débiles. Hasta que al fin cayó enferma y tuvo que acostarse. Sentía como si la sangre le hirviera y la cabeza le fuese a estallar. Durante una semana estuvo acostada, peleando en voz baja con Arturo, que no sabía prepararle los cocimientos, o mirando hacia el techo de la casa, y sintiendo estallar la yerba que ahogaba las flores del corredor y subía casi hasta las ventanas. Y ella acostada, sin poder hacer nada. Afiebrada, sudaba a chorros; cerraba los ojos y no podía dormir. En cierto momento, mientras deliraba, vio claramente la figura de su marido junto a la cabecera de la cama. Ve a atender las bestias, que deben estar muriendo de hambre, le dijo la Vieja Rosa. Sí, mamá, contestó Arturo, que estaba en ese momento junto a la madre. Y salió a la cocina. Por fin, una tarde, la Vieja Rosa se sintió mejor y pudo incorporarse en la cama. Caía el sol, y el resplandor entraba por las hendijas de la ventana cerrada. La Vieja Rosa se puso de pie y fue hasta la cocina. Parada junto a la puerta miró el patio. Muchos grillos sonaban detrás de las yerbas altísimas; sobre las últimas ramas del laurel planeaba una bandada de totíes, chillando entre lentos y constantes revoloteos. Por un momento aquel escándalo se le hizo insoportable, y hasta hizo un gesto como para llevarse las manos a los oídos. Luego comenzó a oscurecer, y el escándalo de los pájaros y los grillos fue apagándose en la penumbra. Cómo ha crecido la yerba, dijo la Vieja Rosa, y fue a sentarse en el banco del comedor. Allí, envuelta en las últimas claridades de la tarde, parecía, a distancia, un muchacho desvalido a punto de estallar en sollozos interminables. Vino Arturo de la cocina y le puso en las manos una taza de café caliente. Por la noche llegó Armando; fue hasta la mesa del comedor, y, a la luz del quinqué, comenzó, como de costumbre, a desenvolver unas enormes carpetas llenas de papeles. La Vieja Rosa, envuelta en una frazada, se le colocó detrás. Cómo te sientes, mamá, preguntó el hijo. Ella contestó con un resoplido y fue a sentarse al otro extremo de la mesa, frente a él. Qué tal van esas cooperativas, le dijo luego, con voz aparentemente desinteresada. Bien, dijo el hijo y siguió revisando los papeles. Al poco rato alzó la vista, miró a la madre, y dijo: Y tú, cuándo te decides a integrarte a ellas. Primero muerta, dijo la Vieja Rosa. Esto es mío y no hay quien me lo quite. El hijo volvió otra vez a los papeles. Había en su cara una expresión extraña, como de preocupación. Pero ella pensó que podían ser los efectos de la luz del quinqué, que a cada momento parpadeaba. Estás trabajando demasiado, dijo la madre. Pero el hijo no pareció escucharla; con gestos taciturnos siguió hurgando en los papeles. Días después llegó a la finca un grupo de hombres uniformados; traían una serie de extraños artefactos y comenzaron a desenrollar una cuerda interminable; con ellos venía también Armando. La Vieja Rosa, que se encontraba junto al pozo, regando las posturas, vio la comitiva depositar aquellos instrumentos junto al patio de la casa y se quedó inmóvil, curiosa y asustada. Los hombres continuaron con tranquilidad su trabajo; depositaron un aparato de tres patas que sostenía en los extremos un anteojo, y uno de ellos comenzó a mirar por él; otro caminó hasta el mayal del fondo y clavó una estaca en la tierra. La Vieja Rosa se les acercó más y entonces descubrió a su hijo. Armando, al verla, fue hasta ella y la saludó haciendo un gesto con la cabeza. Y ahora qué pasa, dijo la Vieja Rosa. Nada, le dijo el hijo, están midiendo la finca. Y quién carajo ha dado esa autorización; cómo se atreven a meterse en mis tierras sin pedirme permiso, dijo la madre. El hijo trató de hablarle, pero la Vieja Rosa ya desenvolvía un largo y complicado discurso, intercalando maldiciones y amenazas. Pero, qué coño es esto, decía. Es que no se respetan las cosas ajenas. Si no me enseñan un permiso voy a llamar a la policía. Ya estoy hasta la coronilla de estos abusos. Mamá, dijo Armando con tal fuerza que la Vieja Rosa calló por un momento, la policía son ellos. Y tú también, dijo la madre, y las putas de las hijas de los Pupos, y el negro que se casó con mi hija; todos son la policía. Pero se van a la mierda si no quieren que les caiga a tiros ahora mismo, y tú también, desgraciado. Y fue hasta el comedor, e hizo un ademán como para coger la escopeta que colgaba de la pared. Armando la siguió despacio. Mamá, dijo entonces, ellos te van a comprar la finca. La Vieja Rosa miró al hijo, y, parándose en el centro de la sala, gritó: Y quién carajo les ha dicho que yo vendo la finca. Mamá, dijo Armando, tienes que vender de todos modos; por la ley, las fincas de cinco caballerías en adelante pasan al Estado. Y terminó hablando en voz baja, como con respeto, o temor. De repente, la Vieja Rosa descubrió que el comedor se iba agrandando y despoblándose hasta hacerse infinito; y distinguió al hijo a mucha distancia, haciendo señales con la mano, como tratando de explicar algo. Entonces ella se irguió aún más y fue a dar un grito. Pero un resplandor enorme surgió sobre una de las esquinas del comedor, y vio, ahora con claridad, que unas alas inmensas se alzaban sobre su cabeza, perdiéndose más arriba del techo. Veo visiones, dijo entonces la Vieja Rosa; me quieren volver loca, pero no crean que es cosa fácil. Por fin se calmó. El resplandor cesó. Y el comedor volvió a adquirir sus dimensiones de siempre. La Vieja Rosa, con una voz seca y lejana, dijo: Hijo mío, aquí estoy viviendo hace más de treinta años; aquí naciste tú, Rosa y Arturo; aquí se murió mi marido y aquí también me voy a morir yo. Y el día que me obliguen a dejar esto (y ahora levantó brevemente la voz) cojo un lazo y me ahorco. El hijo se fue acercando más a la madre y trató de ponerle una mano en el pelo. Ella se retiró; luego se acercó despacio; lo miró, parpadeando; y le golpeó, con las dos manos, el rostro. Armando se quedó en silencio. Y eres tú, cabrón, le dijo entonces la Vieja Rosa, quien me trae la noticia. Tú, el peor de los bandoleros del barrio. Mamá, dijo el hijo muy despacio, la Revolución... La Vieja Rosa se volvió enfurecida. Cállate la boca, dijo interrumpiéndolo. Lárgate, ladrón desgraciado. Qué harás, Dios mío, decía ahora levantando las manos hacia el techo, qué harás con un hijo que le roba a su madre. Y, mirando para Armando, sentenció: Así será el castigo que te espera. Irás al infierno. Mamá, dijo entonces el hijo, ahora con más calma, hace años que no creo en Dios. Jesús, dijo la Vieja Rosa, y ahora temblaba. Jesús, dijo de nuevo, y salió dando saltos del comedor. El hijo iba despacio, siguiéndola. La madre se detuvo junto al fogón. Alzó los ojos, esta vez sin parpadear y, con una voz lenta y ronca, preguntó: Y cuándo tengo que irme. El hijo se quedó callado; luego miró la llama que se alzaba y volvía a disminuir sobre sí misma en el fogón. Dan un mes de permiso, dijo entonces. Mientras tanto puedes buscar otro sitio para mudarte. Como dos extraños salieron al patio, y miraron los hombres que saltaban el mayal para llevar la cuerda hacia un extremo de la finca. La Vieja Rosa vio cómo uno de ellos pisoteaba con las botas el cantero donde crecían las posturas de tomate. Cerró los puños, pero no dijo nada. Le dio la espalda al hijo y se fue para su cuarto. Frente al altar estuvo todo el resto del día, sin arrodillarse, sin decir nada, ni persignarse, solamente mirando los santos. Al oscurecer, dejó la habitación y salió de la casa. Regresó por la madrugada. Venía empapada por el rocío y enfangada hasta las rodillas. Se acostó. Ese día, Arturo pudo dormir la mañana. Al mediodía, el muchacho fue hasta el cuarto de la Vieja Rosa, y la vio sentada sobre la cama. Estás enferma de nuevo, preguntó. Estoy muerta, dijo la madre. Quieres que te prepare algún cocimiento, dijo el hijo. Vete a la porra, contestó ella. Pero Arturo no salió del cuarto; fue hasta la cama y se sentó al lado de la madre. Qué pasa, preguntó. Ay, Arturo, dijo ella, el fin del mundo. Y sus palabras parecían resquebrajarse, pero no lloró. Cuando terminó de hablar, el hijo esperó un rato para contestarle; finalmente dijo: Pero si te pagan la finca podemos comprar una casa en el pueblo. Allí estaremos mejor (y ya no podía evitar la alegría); ya tú estás vieja, allí te sentirás más tranquila. Compraremos una casa frente al parque. El muchacho seguía entusiasmado con sus planes. La Vieja Rosa lo miró con una expresión de angustia. Ni siquiera él la compadecía. Vete, le dijo luego, ya me siento bien. Al otro día, la Vieja Rosa se levantó de madrugada; preparó el café y llamó a Arturo. Qué pasa, dijo él. Levántate para que ordeñes las vacas y lleves la leche al pueblo, respondió la madre. Pero, mamá..., dijo el muchacho. Todavía estamos en la finca, dijo la madre; todavía somos los dueños, así que acaba de levantarte. El muchacho se levantó refunfuñando. Si solamente les quedaba un mes allí, lo mejor era pasarlo sin trabajar. Pero, para no contradecirla, se vistió, ordeñó las vacas y llevó la leche al pueblo. Mientras, la Vieja Rosa, con más esmero que nunca, atendía el ganado, chapeaba el sao y desyerbaba los sembrados. Arturo vio una tarde, sorprendido, que la Vieja Rosa cuidaba las posturas para la siembra del próximo año. Pero no le dijo nada; pensó que no eran más que caprichos de viejo. De todos modos, se decía, es mejor que se entretenga en algo, si no sería capaz de volverse loca. Por las tardes, después que había mudado todas las vacas y había trancado las gallinas ponedoras en el pollero, la Vieja Rosa aparejaba el caballo y salía a recorrer la finca; llegaba hasta el río y se quedaba quieta durante un rato. Luego caminaba, al lento trote del caballo, por entre las palmas. Iba hasta el cocal del fondo; amarraba el caballo a un árbol, y se tiraba en la tierra. Entonces se dejaba aturdir por las preocupaciones. Hacía planes; buscaba una salida. Se quejaba. Y al fin, sus pensamientos se manifestaban en voz alta. Y, sin embargo, tengo que largarme, y a pesar de eso seguir viviendo. Y su voz, alta y grave, se confundía con el zumbido de las abejas y el batir de las pencas de los cocoteros. Sólo en los últimos días del mes, la Vieja Rosa dejó de trabajar. Desde el mediodía marchaba para la arboleda, y se ponía a improvisar largos discursos de queja, luego se iba quedando adormecida. Una noche no regresó a la casa. Al otro día Arturo y dos de sus amigos recorrieron toda la finca, buscándola. Ya de regreso la encontraron dormida junto a los altos yerbazales del cocal, cubierta por el rocío. Mamá, dijo el hijo y la Vieja Rosa despertó al momento; apartó las telarañas y se puso de pie. Sin decir nada tomó el rumbo de la casa. Los muchachos la vieron alejarse y se miraron desconcertados. Pero cuando solamente faltaba un día para abandonar la finca, la Vieja Rosa se levantó, como de costumbre, muy temprano, ordeñó las vacas y mandó a su hijo a vender la leche al pueblo. Después recorrió toda la casa; deteniéndose en cada rincón, mirando con calma hasta el clavo más insignificante que atravesaba las paredes. Luego salió al patio y se detuvo junto a la mata de lluvias; estiró una mano y la pasó con cuidado sobre las hojas de la planta. Después se quedó un rato junto al pozo, apoyada en el brocal, mirando el agua que reflejaba su rostro un poco deformado. Cuando llegó la noche, se estaba paseando por un costado del mayal. Luego entró y salió varias veces de la prensa del maíz; miró los altísimos árboles del traspatio. Y por fin, fue hasta el corredor y esperó el día, de pie. Por un momento extendió las manos en la oscuridad, como en un breve gesto de delirio; pero enseguida volvió a recuperar la calma. Finalmente, se sentó en uno de los viejos sillones del corredor, y vio, impasible, cómo el cielo se iba enrojeciendo, y los capullos de las palmas ya resplandecían por el sol. Amaneció. El escándalo de los gallos llenó la mañana. La mata de anoncillos se cubrió de pájaros, que revoloteaban intranquilos; tal parecía que el árbol se iba a desgajar. Luego, como asustados, todos los pájaros alzaron el vuelo, y se fueron perdiendo, en línea recta, por un costado del cielo. Era completamente de día. De lejos llegaba como el ruido de un camión que pasase por el camino real. La Vieja Rosa abrió los ojos y vio un tractor que rompía las tierras de su finca, formando unos enormes surcos que hacían desaparecer el camino, y de pronto le pareció (sintió) que aquel enorme artefacto de hierro trajinaba ahora dentro de su pecho rompiéndole el corazón. Durante largo rato se quedó muy quieta, observándolo; lue-

70

go vio un pitirre que trajinaba sobre la mata de lluvias. Era ya el mediodía y aún estaba sentada sobre el viejo sillón chirriante. Sentía que el sol le quemaba la cara y que el olor a humedad se iba extinguiendo. Desde el cuarto de Arturo, el radio dejó escapar el estruendo de una canción de moda. Y aunque aquella música le era intolerable, la Vieja Rosa no dijo nada. Ni siquiera se movió en el sillón. Llegó el calor abrasador y la calma somnolienta en que hasta los animales, refugiados bajo los árboles, parecen bostezar. Fue entonces cuando apareció Armando. Ella no lo distinguió hasta que estuvo delante de sus ojos. Pasa, le dijo al hijo, y se puso de pie. Los dos fueron hasta el comedor. Se sentaron junto a la mesa. Él le entregó un cartucho con el dinero de la finca. Ella, con gran tranquilidad, fue sacando los billetes, contándolos y poniéndolos sobre la mesa. Bien, dijo después, algo más. Sí, dijo el hijo, y extrajo del bolsillo un papel que le entregó a la madre. Tienes que firmar aquí. Y le facilitó una pluma. La Vieja Rosa leyó trabajosamente el texto del papel; luego miró de nuevo a su hijo; tomó la pluma con el puño cerrado y garabateó su nombre al final de la escritura. Ya está, le dijo al hijo, ahora te puedes largar. Yo me iré por la tarde. Los dos se pusieron de pie. El hijo dobló en silencio el papel y la madre tomó el paquete con el dinero. Muy tiesos, como dos soldados, permanecieron inmóviles por un momento; luego echaron a andar hacia la sala, tan rígidos que parecían marchar. Así salieron al corredor. La Vieja Rosa miró entonces hacia la sabana, donde el resplandor del mediodía formaba espejismos sobre la yerba, y por un momento creyó ver como una gran laguna que se alzaba, reverberante, sobre la tierra. Por fin, comenzó a hablar: Así, dijo, que ya esto no me pertenece; las manos hechas trizas, sí, pero la tierra, no. Y ya que se llevan lo que hicieron estas manos hechas trizas, también deberían llevárselas a ellas; pues ahora quisiera que tú me dijeras qué voy a hacer yo con las manos y sin la tierra. El hijo trató de hablar, pero ella continuó su discurso, levantando las manos, caminando hasta uno de los extremos del corredor, mirando el campo, hablando sin detenerse un instante, sin esperar respuesta a sus interrogaciones, que ya no iban dirigidas al hijo, sino al tiempo, a los árboles, a nadie. Por fin, Armando, convencido de que era imposible entrar en razonamiento con la madre en esos momentos, decidió callarse. Luego se fue de la casa. La Vieja Rosa seguía hablando en voz alta. Y quién hizo esto, decía, sino estas manos, para que ahora ustedes me boten de aquí como si yo fuera una ladrona; pero, quiénes son los ladrones sino ustedes, que, mientras yo trabajaba como una bestia, no eran más que unos vagos y unos borrachos. Y ahora son ustedes los que vienen a hablarme de trabajo y de sacrificio. Váyanse a la porra, malditos. Hablarme de trabajo a mí, que no conozco el descanso. Pero, quiénes son ellos, se preguntaba ahora hablando con otro grupo de personas, quiénes son ellos sino unos envidiosos; quiénes estaban aquella noche encaramados en la tribuna, sino las hijas de los Pupos, las putas, y toda la ripiera del barrio. Y ahora llegan de pronto, y le dicen a uno que tiene que dejarlo todo, como si al decirle esto no lo estuvieran matando. Ah, pero claro; eso es precisamente lo que ellos quieren: que yo me muera, que yo reviente. Malditos asquerosos, negros envidiosos, putas de mierda. Y esto es la Revolución, pues vaya la Revolución al carajo; pues vaya todo a la mierda. Pero se equivocan si creen que me voy a dar por vencida. Este infierno no puede durar mucho. Y mientras tanto, no piensen que me voy a morir de hambre. Ahora mismo dejo este barrio maldito y me voy a otro sitio; aunque sea a un cerro pelado, pero al pueblo sí que no. Otra finca. Eso es lo que voy a hacer con el dinero. Y empezar, lejos de esta chusmería... Luego, comenzó a hablar en voz baja, moviendo lentamente los labios, alzando y bajando los hombros, abriendo y cerrando el cartucho con el dinero. Pensaba, ya en silencio: A mí sí que no me van a volver loca; compro otra tierra que no llegue a las cinco caballerías, y a trabajar de nuevo. Y al momento empezó a recoger la ropa. Y volvió a revisar toda la casa; los muebles, la prensa del maíz, la vitrina repleta de platos rotos que ella no había tirado a la basura. La música del radio resonó entonces, muy clara, en toda la casa. Al menos, Arturo está conmigo, pensó la Vieja Rosa; ahora mismo le avisaré para que me ayude a empaquetar las cosas. Y oyendo aquella música, que de pronto no le pareció tan intolerable, comenzó a subir las escaleras que la llevaban al cuarto del hijo. Subía despacio. Fatigada. Deteniéndose a veces sobre un escalón para tomar aliento. El radio soltaba ahora una música muy baja que en esos momentos fue casi un consuelo para ella. Sin saber por qué, antes de abrir la puerta, se quedó de pie, escuchándola. Entonces oyó, confundida con las notas, las voces de una conversación. Era Arturo, que parecía hablar con otra persona. Pero, quién demonios, pensaba la Vieja Rosa, había podido subir hasta el cuarto del hijo. Era imposible, pues ella había estado en la casa todo el día y no había visto llegar a ninguno de los amigos del muchacho. Quizás él estaba hablando solo. Contuvo la respiración y se acercó más a la puerta. Aunque era muy difícil entender las palabras que le llegaban, la Vieja Rosa dedujo que el muchacho no hablaba solo. Su voz era muy ronca y, de vez en cuando, parecía como si se alzase, temblorosa. Entonces, las palabras se hacían comprensibles. Pero eran sólo palabras sueltas que desconcertaban más aún. Trató de poner mayor atención, y por un momento creyó que el hijo estaba rezando, pero alguien, a veces, le contestaba. Sí, decía la otra voz; y luego sólo se escuchaba la música del radio. Más intrigada aún, la Vieja Rosa permaneció un instante recostada a la puerta, sin decidirse a abrirla. Y, aunque en ese momento no pudo explicarse el porqué, una oscura sensación de terror se le fue instalando en una de las regiones más imprecisas del cuerpo. Con gran cuidado, comenzó a abrir la puerta. Y se asomó a la habitación. Los dos muchachos, casi desnudos, estaban de pie en el centro del cuarto, besándose. Luego cayeron, semejando casi un solo cuerpo, sobre la cama. La Vieja Rosa volvió a cerrar muy despacio la puerta. Comenzó a bajar las escaleras. Cruzó la sala, y sin detenerse, fue hasta la pared del comedor y descolgó la escopeta polvorienta. Con el arma aprisionada en las manos fue otra vez hacia el cuarto. Iba despacio; subiendo con pasos casi marciales los escalones, sin detenerse a descansar en ninguno. Llegó otra vez hasta la puerta de la habitación y la entreabrió con cautela. Las dos figuras seguían abrazadas sobre la cama, y el radio dejaba escapar aquella música suave, que a ella no le había disgustado. Con gran precisión se llevó el arma hasta la altura de los hombros e hizo fuego. La primera descarga resonó en el cuarto cerrado, pasó por sobre los muchachos y fue a dar en el radio, que saltó en pedazos. Los muchachos, aterrados, se pusieron de pie y miraron a la Vieja Rosa, que de nuevo apuntaba hacia ellos. Corrieron hasta la ventana, la abrieron a golpes, y saltaron fuera de la habitación. Con gran estruendo cayeron sobre las plantas del jardín y echaron a correr, subiéndose los pantalones. La Vieja Rosa fue hasta la ventana y volvió a disparar. La descarga hizo blanco en la nuca del viejo caballo que pastaba, impasible, junto a los itamorreales. El caballo se encabritó, soltó un relincho de muerte y cayó, pataleando, sobre el cantero de los lirios amarillos. La Vieja Rosa, casi ahogada, apretó de nuevo el gatillo. La escopeta soltó una sorda explosión y se le deshizo entre las manos. Los muchachos ya se perdían, saltando los primeros mayales del sao. La Vieja Rosa miró la escopeta deshecha a sus pies, y comenzó a bajar las escaleras. Cruzó de nuevo la sala, entró en su cuarto y se quedó rígida, mirando hacia el altar. Dios, decía. Dios... Y no rezaba ni se ponía de rodillas. No estaba allí para implorar, sino para pedir cuentas, para exigir una explicación. Pues, cómo es posible, se decía, que me sucedan estas cosas. Cómo permites Tú que me pasen a mí estas desgracias. Acaso no te he sido fiel; acaso no te he rezado día por día; acaso no te he implorado y me he arrodillado aquí todas las tardes, durante horas hasta que se me pelaban las rodillas y la sangre se me paralizaba en las piernas. Es que Tú no me oyes. O es que ni siquiera mis oraciones han servido de nada. O es que Tú no existes. Y alzó la voz en forma insospechable. Y luego se quedó por un momento en silencio, aguardando. Pero sólo escuchó el escándalo de la tarde, que ya iba cayendo sobre los árboles. Entonces levantó, con un gesto de amenaza, los brazos y se acercó más a las imágenes del altar. Y de nuevo sintió a sus espaldas el deslumbramiento de una claridad intolerable. Y esta vez, cuando, aturdida, se volvió con un gesto de furia, sus ojos se tropezaron con la resplandeciente figura de un ángel. Estaba allí, en el cuarto, a un costado de la cama; las alas enormes, tocando con sus últimas plumas el techo; su silueta luminosa, parpadeando en la habitación; los brazos, ligeramente extendidos como en un gesto de piedad; sus pies, desnudos y rosados, tocando apenas con los dedos el piso; los ojos muy claros, parpadeando ligeramente, mientras sus largas pestañas subían y bajaban como en un acompasado aleteo; y su rostro radiante exhibía una sonrisa indescifrable. La Vieja Rosa lo miró asustada; luego retrocedió hasta un costado del altar. Así permaneció por un momento, mirando hacia el ángel, que seguía sonriendo. Y entonces, un odio, más enorme que todas las pasiones que hasta ahora había concebido, fue desatándose hacia aquella figura resplandeciente. Algo le decía que ella era su peor enemigo. Pues él era quien en cada momento terrible se le había aparecido a sus espaldas, y no, precisamente, para hacerle el bien; las desgracias, desde que él había surgido, se fueron haciendo cada vez mayores. Y ahora que ya no sé cómo voy a seguir viviendo, te apareces completamente, sonriendo y burlándote de mi tragedia. Y recordaba, con una claridad desoladora, cómo aquel resplandor la había seguido día tras día a medida que las cosas empeoraban. Y ya en los últimos meses, ella sentía esa presencia a cada momento, acosándola por todos los sitios; hasta que finalmente, cuando las desgracias habían llegado a su culminación y seguían desbordándose, la presencia del ángel se había convertido casi en su propia presencia; y mientras tenía esta revelación lo veía entre los trastos de la cocina; junto a la mesa, a la hora de comer; en el brocal del pozo, cuando sacaba el agua para los canteros; entre los largueros del techo, cuando se tiraba en la cama buscando el sueño. Y ahora que las desgracias llegaban al límite y la transportaban hacia una región sin tiempo donde las derrotas ni siquiera tenían sentido, la figura de malagüero estaba allí, más clara que nunca, burlándose seguramente de su tragedia. Pues si eres el bien, no tiene sentido que vengas a consolarme cuando ya todo está perdido, sino que tu deber era haber evitado esas desgracias; pero si no evitaste nada, sino que viniste a rondarme cada vez que algo malo me sucedía, qué puedes ser entonces sino el Diablo maldito que viene a reírse de mi desgracia. Y al decir estas palabras, sintió que había sido estafada durante toda la vida. Y palpó las dimensiones de una soledad inmensurable por la que tendría ahora que seguir andando. Pero no eres el Diablo, dijo finalmente, y ahora sus palabras parecían tropezar con la clave aterradora. Eres otra cosa peor. No eres nada. Y tomó una de las figuras de yeso y la lanzó con furia sobre la cabeza del ángel. La imagen se hizo añicos y el ángel siguió sonriendo imperturbable. Entonces, la Vieja Rosa comenzó a lanzarle todas las figuras del altar. Las vírgenes silbaban por el aire e iban a estrellarse contra las alas resplandecientes, el cuello, las largas pestañas oscilantes; a veces chocaban con las manos extendidas y saltaban en mil pedazos sobre la cama. Maldito, le decía la Vieja Rosa, y le tiraba las tablas del altar, las velas enormes, las pesadas medallas que colgaban de la pared. Pero el ángel seguía sonriendo imperturbable. Y, de pronto, la Vieja Rosa creyó notar que aquella sonrisa se extendía transformándose en una carcajada grotesca que retumbaba por toda la casa. Enfurecida, la Vieja Rosa le lanzó los candiles, los cuadros de la pared, los almanaques; los muebles de la sala fueron a estrellarse contra la figura resplandeciente. La Vieja Rosa sentía que aquella carcajada retumbaba con más estrépito. Y ya no le parecía que saliese solamente del ángel, sino de todos los sitios, de la casa, de los árboles y hasta de su mismo cuerpo. Te mataré, desgraciado, dijo ella, alzando de tal manera la voz que se oyó a sí misma por entre el estruendo de las carcajadas. Y corrió por toda la casa; fue hasta la prensa del maíz; y allí cogió dos chiriviscos de palma; los llevó hasta el fogón y les prendió fuego por los extremos. Y mientras esperaba a que las llamas tomaran fuerza en aquella paja reseca, sintió, de pronto, que se estaba convirtiendo en una anciana; y todos los estragos que el tiempo le había hecho los descubrió ahora, de golpe, con un terror indefinible. Así sintió, casi con dolor, cómo la cara se le iba poblando de arrugas que se extendían veloces por el cuello y producían como un cosquilleo de araña alrededor de los ojos, le consumían los labios y bajaban hasta los brazos y las manos. Y cuando atravesó la cocina, provista de las dos antorchas, vio su figura reflejada en el fondo de uno de los latones que colgaba de la pared. Era una anciana. Pero no tenía tiempo para meditar sobre esta tragedia, que sus ocupaciones no le habían permitido descubrir hasta ese momento. Corriendo cruzó la casa y entró en su cuarto. Te voy a achicharrar, le dijo al ángel, que seguía resplandeciendo, y ahora parecía que sus carcajadas se iban elevando. Y por un momento (pero esto ni ella misma lo pudo precisar) creyó ver que aquella figura de adolescente radiante se llevaba una de sus delicadas manos hasta la región del cuerpo donde el hombre ostentaba su virilidad. Y de pronto recordó con terror que su marido había hecho una vez aquel gesto. Y una nueva furia la fue poseyendo. Y alzó los dos chiriviscos y los arremetió contra el ángel, que ella veía riéndose y con la mano colocada en *aquella región maldita*. Entonces, la Vieja Rosa fue prendiéndole fuego a todas las esquinas del cuarto, a la colchoneta de la cama, a los pedazos de tabla que habían formado el altar. Contempló al ángel, aún resplandeciente y sonriendo, pero rodeado por el fuego. De aquí no te escapas, le dijo la Vieja Rosa, y vio cómo la puerta, convertida en una larga llamarada, se venía abajo entre un breve rechinar de bisagras. Salió hasta la sala con las dos antorchas en las manos; al instante le prendió fuego a la vitrina, a las puertas y a los aleros del techo. Después fue hasta el rancho y le dio candela a la prensa de maíz. Regresó casi caminando por sobre las brasas; fue a la sala, donde las llamas llegaban ya hasta el corredor, iluminando todo el jardín. Por el piso corrían las cucarachas; los viejos murciélagos que dormitaban pegados a la cumbrora, volaban a tientas mientras los parales del techo comenzaban a tambalearse. La Vieja Rosa cerró los ojos durante un momento y sintió que el crepitar se iba haciendo cada vez más intenso; las llamas estallaban delante de su cuerpo, que de nuevo se abría paso hacia el cuarto. Allí contempló otra vez al ángel que aún sonreía, pero el humo y la potencia del fuego le habían disminuido su propio resplandor. La Vieja Rosa lo observó en silencio. En ese momento, un paral al rojo estalló sobre su cabeza, y le chamuscó el pelo. Ella se sacudió con las manos y fue hasta la sala, que era ya una gran llamarada. Allí estuvo durante un momento, mirando cómo las paredes se consumían y el fuego comenzaba a expandirse por las ventanas. Por último salió al patio, casi envuelta en las llamas, se recostó a la mata de tamarindo, que ya no florecía, y empezó a llorar en tal forma que el llanto parecía no haber empezado nunca, sino estar allí desde siempre, bañando sus ojos, produciendo ese ruido como de crujidos, igual al de la casa en el momento en que las llamas hicieron tambalear los troncos más fuertes, pues ya no era más que una centella de fuego que se balanceaba, amenazando con precipitarse a cada momento. Cuando llegó la noche, toda la finca resplandecía por las llamas. Los mayales desaparecían, convertidos en una larga estela de fuego; los sembrados y los árboles más antiguos estallaban al viento tras un crepitar de hojas y pájaros achicharrados. Las llamas siguieron alzándose alrededor de la Vieja Rosa, que continuaba llorando con un ritmo acompasado y monótono. Así estaba, soltando aquellos roncos estertores, cuando sintió a sus espaldas un resplandor que no era el de las llamas. Ni siquiera tuvo necesidad de volverse para saber que era él, con su figura de adolescente radiante, sonriendo y con las manos todavía extendidas. La Vieja Rosa siguió llorando; y sólo cuando el humo le fue llenando la garganta hasta casi asfixiarla, y las llamas le quemaron las manos, dejó de llorar y retrocedió hasta tropezar con las piernas del ángel. Así se quedó, sin protestar ni mirarlo, sintiendo aquellas piernas tibias junto a su espalda. Finalmente, se fue agazapando aún más hasta quedar completamente arrebujada a aquel cuerpo. Luego las llamas se aliaron, impulsadas por la brisa de la medianoche, y la mata de tamarindo se contrajo, recorrida por un estallido luminoso. La Vieja Rosa pudo ver su vestido deshecho por el fuego. Y sintiendo que no podía sostenerse en pie, trató de apoyarse aún más contra el ángel. Pero era inútil: el ángel también estaba ardiendo. Aún, por un momento, permanecieron inmóviles. Luego, el fuego fue consumiendo las dos figuras, que ya no se podían distinguir.

1966

A la sombra de la mata de almendras

«Hay que tumbarla», dice una. Y yo salgo a la calle. Las otras dos ríen a carcajadas, sueltan un bufido de alivio y aplauden. «Hay que tumbarla», repiten, girando alrededor de la primera. Por último salen del comedor y se dirigen al patio. Pero yo estoy ya en la calle. Hace fresco. Han pasado los soles brutales de setiembre, y octubre se instala entre los árboles. Es casi agradable caminar sin rumbo por estas calles. Desde aquí no oigo sus escarceos, sus chillidos intolerables, sus constantes idas y venidas por toda la casa, revolviendo, preguntando, sacándole brillo a las losetas del patio. Pues ellas no paran ni un momento, y cuando les dio por tumbar los árboles (decían que daban hojas y tenían que estar barriendo) lo tomaron con tal furor que en una semana acabaron con todos. Sólo la mata de almendras, que está en el fondo del patio, quedó en pie. Sin darme cuenta me voy adentrando en La Habana Vieja. Cruzo por Obispo, y, aunque no me interesa nada, paso la vista por todas las vidrieras, y frente a algunas me quedo un rato, mirando sin ver, o leyendo sin interés los títulos de libros científicos. Me quedo un rato mirando estos libros indeseables, hasta que me doy cuenta de que otra persona los está mirando, y, al parecer, con mucho interés. Es una muchacha estupenda. La contemplo de pies a cabeza y me dan deseos de tocarla. Ella saca de la cartera un peine prominente, se ordena el pelo, me mira y echa a andar, contoneándose un poco. El vestido, corto y estrecho, se ajusta al ritmo de su cuerpo. Sí, estoy seguro de que me ha mirado y por un momento me hizo una seña. O serán ideas mías... De todos modos la voy a seguir. Entonces me llego hasta la única mata de almendras que queda en pie, y me tiro allí, bajo su sombra, y me quedo todo el día dormitando boca arriba. Las hojas me van cayendo casi húmedas sobre la cara. Pero ahora también ese árbol está en peligro. Sus hojas, algunas veces, van a dar hasta el zaguán, o, lo que es peor, entran en la sala. Hace algunos días, una hoja cayó revoloteando, como un pájaro medio muerto, sobre la falda de una de mis tías, que zurcía un pantalón con gestos precipitados. «Esto es el colmo», dijo tirando el pantalón al suelo y agarrando la hoja con tal furia que la deshizo entre las manos. Y ahora va caminando muy despacio. Quizá dando tiempo a que la alcance. La sigo de cerca por todo Obispo hasta que llegamos a La Moderna Poesía. Allí se detiene un momento. Entra en la librería. Y ya sí estoy seguro de que me ha mirado. Recorre todos los estantes, hojea los libros, lee algunas páginas. Éste es el momento de hablarle, pues tal vez se aburre y se va, y como ya es el único árbol que queda en pie, todos los pájaros del barrio se refugian en él. Al oscurecer, el escándalo llega hasta la casa. Mi madre se lleva entonces las manos a los oídos y mira furiosa el patio. Todos los pájaros están instalados en el árbol. Poco a poco me voy acercando, para que no se asusten. Llego hasta el tronco. Y ya, tirado boca arriba, los oigo chillar hasta que se hace de noche. Luego sale de la librería y camina de prisa. Quizás está ofendida porque no le dije nada. Entra en La Manzana de Gómez y se detiene frente a una vidriera; por fin atraviesa el Parque Central, confundiéndose entre la gente. Me apresuro para que no se me escape. Me quedo muy quieto, escuchándolos: el escándalo de los pájaros, las hojas que caen constantemente. Yo trato de recogerlas, de atraparlas en el aire, antes de que lleguen al suelo y ensucien el piso. Pero son muchas, y estamos en octubre. Caen las hojas. Caen las hojas. Caen las hojas. Y por mucho que salte, y por más que me apresure y trate de cogerlas al vuelo, siempre alguna se me escapa, se cuela por la ventana, pasa saltando por entre las sillas, y llega, rodando suavemente, hasta los pies de una de mis tías. Es imposible atrapar las hojas que caen en octubre, y seguirla por entre esta aglomeración de gente es cada vez más difícil. Tal parece como si La Habana completa se hubiese reunido en la calle San Rafael. Las colas interminables; el trajín de la gente que entra y sale de todos los sitios; las máquinas y las guaguas que a toda costa me quieren aplastar. Pero me voy abriendo paso entre el barullo. Corro, a veces orientándome por el retazo azul de su falda. De pronto, se me pierde de vista. La busco por todas partes. Ha desaparecido. Y es que no hay sitio más agradable que éste, junto al tronco siempre húmedo y como en constante muda de piel, cerca de su sombra. Muchos retoños empiezan a despuntar. El color de las hojas recientes es verde tierno. Algunas veces me dan deseos de comérmelas. Y me las como. De pronto, la vuelvo a descubrir, parada frente a la cartelera del Duplex. Casi tropiezo con ella. Me mira. Estoy bañado en sudor. Echa a andar y yo de cerca la voy siguiendo. Así llegamos al Ten-Cent. Durante media hora hacemos turno para el asiento. Nos sentamos; su falda, al cruzar las piernas, se le sube por las rodillas. Pide una soda malteada. Yo pido lo mismo y pago las dos. Ahora sí que me ha mirado en serio. Estoy excitado. Qué problema al levantarme. Cuando estoy allí, dormitando bajo su sombra, siempre sueño más o menos la misma cosa, el mismo sueño, el mismo perro. Porque es con un perro con lo que sueño. Estoy en una casa enorme y llena de gente que habla y habla (no sé qué gente será porque casi no le veo el rostro y no se entiende lo que dice), y cuando voy a salir, aparece el perro en la puerta. Me mira con sus ojos brillantes; sin ladrar viene hasta mí, y me clava los dientes en el tobillo. Vuelvo a entrar en la casa. La gente continúa hablando y hablando. Me llevo las manos a los bolsillos e intento salir con la mayor naturalidad y sin mirar para abajo, ella va delante y parece haberse dado cuenta de mi situación, pero más bien se muestra divertida. Así llegamos a la acera. Y yo, presintiendo que le quedaba muy poco de vida, le hablé a mi madre uno de esos días en que casi está tranquila y ni siquiera fuma. «Menos mal que aún nos queda la mata de almendras», le dije, «si no, nos asaríamos del calor.» Ella me miró distraída, luego dijo: «De seguir en pie sí que nos asfixiaremos, pues cualquier día quedamos sepultados en un montón de hojas». No le digo más, y camino hasta el patio. Allí, las tres tías, escoba en mano, barren con furia. Por un momento me quedo mirándolas: tienen la misma estatura. Altas, flacas y de aire asustado, como si esperaran, temerosas, a que alguien las golpease por la espalda. Las tres barren al mismo ritmo, realizando los mismos movimientos. El árbol, de un dorado intenso, parece incendiado. Algún pájaro, escondido entre las ramas, canta hasta desgañitarse. Y llueve, el público se aglomera en los portales. Ella, en una esquina, parece mirar la calle. No es un aguacero violento. Se trata de esa lluvia que nunca termina. Los árboles del parque Fe del Valle relucen a través de la llovizna. Al fin comienza a caminar hacia la parada de la guagua. Pasa un carro tan repleto que ni siquiera puede abrir la puerta. Llega otro, lo toma. Y yo me subo en el momento en que se cierra la puerta. Pero la conspiración seguía avanzando, y yo sin poder hacer nada. Pensaba, pensaba, y no veía la manera de salvarla. Y algunas veces me daban deseos de pegar un grito, o darle candela a la casa. Por fin decidí hablar con mi padre. «Papá», le dije, «quieren tumbar la única mata de almendras que nos queda. No dejes que la tumben.» Mi padre dejó de leer (siempre he pensado que ese hombrecito que lee el periódico todas las tardes sentado en el portal no es mi padre, pero nunca me he atrevido a decírselo). «Pero también tú estás con la matraquilla de tumbar la mata de almendras», me dice. «Acábenla de tumbar y no fastidien más.» «Pero si yo lo que quiero es que no la tumben», le digo. «Túmbala, túmbala», me dice. «Ya me tienen hasta la coronilla.» Y la guagua va repleta. Y el calor y el escándalo son insoportables. Una mujer, con una cartera monstruosa, no deja de martirizarme. A ella casi no la distingo, pero vigilo la puerta de salida para que no se me escape. Ni siquiera encuentro sitio donde poner las manos. Y como si esto fuera poco, un hombre enorme se le ha colocado detrás; el muy descarado, si sigue así tendré que llamarlo a contar. Pero ¿por qué ella no se aparta? La violan en plena guagua y ni siquiera protesta. Y su casa parece estar en el fin del mundo. Ya vamos llegando a las playas. Y el calor sigue intolerable aquí dentro, y la mujer acosándome con la cartera, y el hombre apretujándola, y el concilio se reunió al fin, y una de mis tías dijo: «Hay que tumbarla». Y las otras la corearon y danzaron a su alrededor. Y mi madre, impasible, sonreía desde la cocina. Y, de pronto, todas empezaron a gritar: «Hay que tumbarla». Y yo sentí un odio nuevo. Y me dieron deseos de matarlas. Y por eso salí a la calle. Las calles de la playa son todas iguales, y están rodeadas por árboles iguales que no parecen árboles, sino cualquier otra cosa que no valdría la pena definir. Rumbo al mar caminamos otras tres cuadras. Hasta que al fin se detiene junto a una casa idéntica a todas las que pueblan este lugar. Abre la puerta y se queda de pie, mirándome. Silbando paso frente a ella con las manos en los bolsillos y mirando la punta de mis zapatos. «Entra», dice, y en ese momento levanto la vista: el concilio ha terminado. Una de mis tías va hasta la cocina y trae el hacha, las demás aplauden. Y ya la comitiva sale al patio. Empezamos en el sillón de la sala (no se puede perder el tiempo pues, según ella, la familia está al llegar). Me quita la camisa y luego me lleva hasta el cuarto. Ya en la cama se desviste con urgencia y al momento me despoja del pantalón y de los calzoncillos. La comitiva, en forma militar, cruza el patio y llega al árbol. Una de mis tías enarbola el hacha, las demás, cogidas de la mano, inician una ronda alrededor del tronco. Luego hacen silencio. La tía aprisiona con las dos manos el hacha y toma impulso. Con minucioso estilo pasa sus manos por mi cuerpo, luego los labios, después los dientes; pero todo es inútil. El primer hachazo retumba, estremeciendo la tarde. Los pájaros alzan el vuelo, o se refugian en las ramas más altas. Mi madre se seca el sudor de la cara, le arrebata el hacha a mi tía y comienza a golpear enfurecida. El árbol se estremece. Las tías, girando alrededor del tronco, lanzan gritos de triunfo, saltan, arrancan las ramas más bajas. Mamá sigue golpeando; resoplando se lleva las manos al pelo; dándose por vencida se sienta a un costado de la cama y se palpa la cara. La veo, desnuda, y por un momento siento deseos de hablarle. Pero no sé qué decirle. Enseguida me pongo de pie; me visto; y, en la puerta, espero la palabra brutal, la ofensa que me corresponde. Pero no dice nada. Y eso es lo peor. Me marcho apresuradamente, atravieso las calles iguales, y ya en la Quinta Avenida tomo la primera guagua. Quizá todavía pueda salvarla. Corriendo entro en la casa, cruzo el zaguán y salto al patio. Allí está ella, agitándose entre la brisa del oscurecer. Llego hasta su tronco y me quedo extasiado, mirándola. «Por hoy te has salvado», le digo. Y me tiro boca arriba en la tierra. El escándalo de los pájaros va disminuyendo. «Si pudiera hacer algo.» «Si pudiera hacer algo», le repito. Pero ella no dice nada. Su enorme silueta se proyecta contra el cielo del oscurecer. Luego comienza a soltarme unas hojas frías y húmedas que caen sobre mi cara, me rozan las manos y van quedando aprisionadas entre mis piernas. «Si pudiera hacer algo», le digo. Y ella me sigue cubriendo con sus hojas. Así pasamos la noche.

1967

Los heridos

Esta mañana, antes de levantarse, todas las tristezas eran lilas. Luego alzó un poco más la cabeza, y las tristezas fueron azules; pero se inclinó más, casi sentándose en la cama, y entonces las tristezas se revistieron de un amarillo violento. Por fin se incorporó; abrió de golpe la ventana de cristales tricolores, y todas las tristezas se mostraron en su pigmentación natural: la calle de un desharrapado color gris; los pinos, siempre indecisos, mostrando su verde negrura; los edificios hiriéndole con su rojo reciente; y el cielo, con su fachada obstinadamente azul.

A la media hora caminó hasta el baño.

Y se lavó los dientes.

Más tarde ya estaba vestido. Entonces fue a la ventana, y la cerró. Observando por el triángulo más bajo del cristal vio cruzar por la acera a una mujer morada, llevando en brazos a un niño morado que apenas si se destacaba contra las fachadas moradas de los edificios.

Al cumplirse una hora exacta de estar parado junto a la ventana fue hasta el único sillón del cuarto.

Y se sentó.

–Los días pasan como perros muy flacos que no van a ninguna parte –dijo en voz alta, y pensó anotarlo para un libro que había planeado escribir. Pero no lo hizo.

En realidad, desde el día en que se encerró en su cuarto, y no respondió cuando la madre lo llamó a comer, y dijo luego _____ _s, que prefería morirse de hambre, pero que no v_____ _ar más nunca *porque esto yo no lo resisto. P_____ _ante este infierno, porque cada día m_____ ⁴ᵉ uno estar asfixiado lo van_____ ᵈᵉⁿ sacar; porque ah_____ ₁ga guardias; y_____ ₂ada de trabajo que estalle. Por_____ npezar a escribir _____ ⊃ iba al trabajo, y _____ y la máquina de es-_____ como un perro al sol*

_____ a de su encierro, cuando _____ e se redujeron a lloriqueos muy n_____ ᵈestaban, Reinaldo bajó de su cuarto, y s_____ ᵉrta de la cocina, mirando la mata de fruta bom_____ ₒrecía junto a la tapia del patio. La madre no desperdició tiempo: con verdadera habilidad desplegó sobre la mesa el contenido del refrigerador y el de las ollas. Y le dijo: «Come». Y lloraba.

Él se sentó a la mesa. Probó la sopa, y aunque se quemó la lengua siguió comiendo. Y pensó que en cuanto terminara con la comida se encerraría en su cuarto y comenzaría a trabajar en el libro. Y aunque, efectivamente, terminó con la comida y se encerró en el cuarto, no pudo escribir nada.

Pero desde entonces bajaba a la cocina tres veces al día, en cuanto su madre lo llamaba. Y ya antes de antier, después de haberse despertado, solamente había permanecido tres horas en la cama, hasta incorporarse y mirar las

89

tristezas por los cristales de colores. Y luego llegó hasta el baño y se lavó los dientes. Y antier, después de haberse despertado, sólo estuvo dos horas en la cama, y contempló las tristezas por una hora, y hasta abrió la ventana. Ayer permaneció una hora en la cama luego de haberse despertado, y miró las tristezas nada más que por media hora, y después se lavó los dientes y hasta tomó un baño tibio; por la tarde bajó a la calle y caminó hacia la playa.

Frente al mar estuvo Reinaldo toda la tarde, mirando las olas rodar como grandes gaviotas muertas que se deshacían en la orilla. Por último empleó un largo rato en contemplar el sol, que comenzaba a sumergirse en el mar. Así le fue cayendo la noche.

–La soledad pulula hasta en los mínimos gajos de los eucaliptos –dijo entonces en voz alta.

Y pensó que esa frase era digna de anotarse para el libro que planeaba escribir. Pero encima no llevaba lápiz ni papel, y decidió anotarla cuando llegara a la casa.

Cuando las sombras eran casi palpables y el mar no era más que un vacío sonoro y negruzco, echó a andar. Pero no fue para la casa. Caminó por la calle real iluminada; tomó una guagua *donde las mujeres provistas de carteras de dimensiones increíbles no cesaron de atropellarme,* y se bajó frente al teatro Amadeo Roldán, donde un grupo de cantantes checoslovacos ofrecía un recital.

Como aún le quedaba casi todo el sueldo del mes sacó entrada para platea. Y entró en el salón cuando apagaban las luces. Guiándose por el resplandor de dos bombillas azules que se debatían en la última bóveda del teatro, localizó un asiento y se sentó.

De pronto, cuando el espectáculo hacía rato que había comenzado y una de las cantantes checas, con una indumentaria brillante, interpretaba una canción popular española, sintió, como quien descubre un dolor insospechado, que le resultaba completamente imposible seguir viviendo. *No, no sentí eso; era algo más; así, mientras aquella gruesa checoslovaca, envuelta en un traje de lamé, se deslizaba como una ballena brillante por todo el escenario, apretando el micrófono como un arma de las más violentas, bañada en un sudor que por desgracia no era sangre y repitiendo «Don Quijote», «Don Quijote», con interminables balidos, sentí, no que no podía seguir viviendo, sino que tenía que morir al momento; pero al momento: sin un instante de tregua, sin esperar por razonamientos ni consuelos. Eso sentí, y era como si de pronto hubiera descubierto que se me caían los brazos y ni siquiera sentía dolor...* Pero siguió sentado, disfrutando del espectáculo, y solamente al final se puso de pie sin aplaudir, y se marchó.

Y ahora estaba sentado en el sillón; con los pies depositados sobre la cama, y repasaba con calma aquel acontecimiento, sin esforzarse por buscar una explicación; luego dejó de pensar, se reclinó más en el asiento, y cerró los ojos. Y como en el resto del día no le sucedió nada de importancia, enseguida se hizo de noche. Y al instante ya estaban resonando las primeras fanfarrias de la madrugada.

Fue entonces cuando le pareció oír que alguien golpeaba con insistencia la puerta de la calle. Contuvo la respiración y escuchó: no cabía duda, alguien llamaba con urgencia. Al momento se puso de pie; bajó corriendo, pero en silencio, las escaleras del cuarto; cruzó como un bólido por la sala (ya en ese momento los golpes retumbaban con mayor insistencia, aunque no parecían ser producidos por una mano, sino por algo más pesado y blando) y abrió la puerta. En ese instante el herido se desplomaba y caía a sus pies.

No sin esfuerzos lo fue introduciendo en la sala; luego cerró la puerta. Apoyándolo sobre sus hombros lo hizo subir las escaleras y lo introdujo en su cuarto. Con mucho cuidado lo instaló en la cama. Entonces prendió la luz y lo observó: las heridas no provenían de ningún arma de fuego; tampoco eran puñaladas; tal parecía como si alguien lo hubiese arañado en forma profunda y con uñas desproporcionadas.

Toda la cara estaba surcada por esos hondos rasguños, y la sangre, deslizándose por los bordes de los labios, se derramaba ya sobre las sábanas. Con cuidado le abrió la camisa y pudo ver que en el lado del pecho, donde más o menos suponía que estaba el corazón, la herida (o el desgarramiento) se hacía más profunda y la sangre casi borboteaba.

–No te vas a morir –dijo Reinaldo en voz alta y para sí mismo.

Y comenzó a desnudarlo. Luego trajo agua del baño y lavó las heridas con la mejor manera que su inexperiencia le permitía. Y trató de contener la sangre con todos los pañuelos y calzoncillos limpios. Cuando le pareció que la sangre casi no brotaba, bajó por esparadrapo y alcohol; también trajo un pomo, casi vacío, con agua oxigenada. Retiró todos los pañuelos y calzoncillos empapados, los tiró en el lavabo y vació en las heridas toda el agua oxigenada que al momento formó espumas como si estuviese hirviendo; y vendó todas las heridas. Fatigado, se quedó inmóvil frente a la cama y contempló al herido por unos instantes: era casi un muchacho. Luego lo cubrió hasta los hombros con la sábana. Al momento bajó a la sala, y con el trapeador limpió las manchas de sangre del piso y de la escalera. Al rato ya estaba otra vez junto al herido, que se quejaba débilmente. Fue por agua y le humedeció los labios. Al poner el vaso en el suelo descubrió la ropa del herido, junto a sus pies. Con cierta inquietud comenzó a registrar en los bolsillos; en el primero encontró un fajo de billetes, «setenta y siete pesos», y los volvió a colocar en su sitio (en realidad eran ochenta); en el segundo bolsillo registrado sólo encontró una caja de cigarros Populares y un peine, «no trae fósforos», dijo, y volvió a guardar los cigarros y el peine; cuando sus dedos registraban el último bolsillo tropezaron con un cartón plastificado, casi sin mirarlo comprendió que se trataba de un carnet de alguna asociación sindical; colocándolo a la altura de sus ojos empezó a leer: el herido se llamaba Reinaldo. Terminando de leer colocó el carnet en su sitio; guardó la ropa, y arrastrando el sillón junto a la cama donde respiraba con fatiga el herido, se sentó. Con un gesto de apreciable ternura le puso una mano en la cara.

–También tenemos la misma edad –dijo luego, con tranquilidad insuperable.

Al otro día todavía estaba sentado junto al herido, que ahora se debatía con quejidos muy breves que casi no eran más que respiraciones frustradas. Entonces oyó que tocaban a la puerta (tocaban y trataban de abrir a la vez).

–Qué quieres –dijo, pues estaba seguro de que se trataba de su madre.

–Abre –contestó ella, siempre tratando de abrir–, que tengo que recoger la ropa sucia.

–Yo te la bajo enseguida –contestó Reinaldo.

–Abre –dijo la madre, y trataba de abrir la puerta, ahora con mayor violencia.

—¡No me fastidies! —le gritó el hijo (ésa era la frase que usaba cuando quería concluir una guerra con su madre) y fue hasta el baño por agua para el herido.

La madre bajó las escaleras, refunfuñando.

Al rato Reinaldo recogió la ropa sucia y bajó a desayunar, antes le había pasado llave a su cuarto.

—Aquí está la ropa —dijo a la madre. Y se sentó a la mesa.

La madre le sirvió el desayuno y lo miró un rato «con sus ojos de vaca cansada», pensó él, luego se marchó de la cocina. Reinaldo se echó entonces el pan en el bolsillo y vertió el café con leche en una botella; procurando que la madre no lo viera, subió hasta el cuarto. Allí trató, con notable paciencia, que el herido se tomara su desayuno; pero el café con leche, apenas llegaba a la garganta, subía hasta los labios y se derramaba sobre la almohada. Reinaldo siguió insistiendo y por un momento se convenció de que el herido había ingerido algunos sorbos. El resto del día lo pasó junto a él y hubo un instante en que el herido abrió los ojos y le sonrió. Reinaldo trató de saludarlo, pero el herido ya bajaba los párpados.

Terminaba la tarde, y el resplandor del sol, fragmentándose contra los cristales de la ventana, bañaba a los dos Reinaldos, con su halo azul, violeta y amarillo violento.

Con los primeros escarceos de la noche se oyó el golpear de la madre contra la puerta del cuarto.

—Estoy dormido —dijo entonces Reinaldo, con furia mal disimulada.

La madre bajó las escaleras maldiciendo.

Pero a la medianoche, cuando Reinaldo casi dormitaba frente al herido, la madre volvió a insistir; ahora trataba de abrir la puerta con la llave de su cuarto. Reinaldo no contestó, pero, con una mezcla de rabia y angustia, pensó que era necesario trasladar al herido.

–Pero no te voy a dejar morir –dijo.

A la mañana siguiente bajó a desayunar. Mientras se comía el pan con mantequilla advirtió que la madre lo iba a abordar con alguna queja; entonces gruñó fuerte, de modo que todas las migas de pan salieron de su boca y se esparcieron por la mesa. La madre fue hasta el refrigerador, y le sirvió un vaso de agua; luego desapareció. Reinaldo realizó con el pan y el café con leche la misma operación que el día anterior. Y se fue rumbo a su cuarto. Allí estaba la madre, forcejeando con la puerta.

–¿Se te ha perdido algún tesoro? –le dijo, con ironía rabiosa.

–Tengo que limpiar ese cuarto –respondió la madre.

–No te preocupes –dijo él–, yo lo sé limpiar.

Con habilidad abrió la puerta, entró, y cerró en las narices de su madre, que lanzó un bramido; pero él no le permitió a sus oídos que lo escuchasen. Comenzó a darle el café con leche al herido, y observó, con alegría, que el vaso se iba quedando vacío. Luego se sentó junto a él y esperó la noche.

Era el tercer día que no dormía, y su cara se había puesto tan pálida que se destacaba en la oscuridad como un pañuelo que flotase. A la medianoche cabeceaba tratando de dominar el sueño; luego se bañó la cara y empezó a caminar de una a otra esquina del cuarto.

–No me voy a dormir –dijo en voz alta.

Pero a la madrugada, cuando un retazo de viento frío, deslizándose por entre las persianas del baño, le rozó el cuello, Reinaldo trasladó cuidadosamente al herido hasta un lado de la cama y se acostó junto a él.

Con la misma sábana quedaron arrebujados.

No era la mañana cuando Reinaldo sintió que algo golpeaba en los cristales de la ventana. Con rapidez se levantó, y caminando hasta la ventana, atisbó desde los cristales; casi con resignación descubrió la procedencia del ruido: era la madre, que colocando una escalera junto a la alta ventana del cuarto, empezaba a ascender con movimientos de tortuga desequilibrada. Reinaldo abrió la ventana y contempló por un momento a la madre, que resollaba fatigada mientras buscaba apoyo en un travesaño.

–¡Ya esto es el colmo! –dijo Reinaldo, con una tranquilidad que aterraba.

La madre, en aquella penosa situación de lagarto a medio ascenso, levantó los ojos y por un momento quedó desconcertada; pero enseguida descendió, y sentándose en el primer travesaño de la escalera, comenzó a sollozar; junto con los sollozos también revolvía unos quejidos muy altos, como si la estuvieran golpeando; y esparcía una mala palabra. El quejido era siempre el mismo, pero la palabra variaba, y era sustituida por otra de más elevado calibre, como si fuese escogida con cuidado de entre un repertorio infinito.

Reinaldo cerró la ventana y se sentó junto al herido.

–Ahora sí que tengo que sacarte de este cuarto –dijo en voz alta, mientras le pasaba una mano por el cuello. Y al momento notó que la mano estaba tibia. El herido desarrollaba una fiebre muy alta.

A medida que avanzaba el día, la fiebre también avanzaba. Al atardecer el herido apenas si respiraba y parecía disolverse en sudores y quejidos mínimos.

Reinaldo caminaba de uno a otro lado del cuarto, vigilando la ventana, tocando al herido, obligándolo a beber un agua donde había disuelto todas las pastillas que encontró a mano. Esperaba la oportunidad para trasladarlo hasta un sitio donde la madre no lo descubriera. Mientras tanto, descubría, siempre con un terror renovado, que el herido se agravaba.

Oscureciendo tocó la madre a la puerta del cuarto.

—Es que no vas a comer —chilló.

—Tráeme todas las pastillas que encuentres en el botiquín —dijo Reinaldo—. Estoy grave.

—¡Virgen santísima! —bramó la madre, junto a la puerta cerrada—. Mejor será que vaya por un médico.

—Si traes un médico me ahorco —dijo Reinaldo, con una sinceridad que detenía.

—¡Virgen santísima! —bramó la madre, pero no agregó más. Y bajó las escaleras.

A los pocos segundos golpeaba de nuevo en la puerta.

—Aquí están las pastillas —dijo.

—Trae acá —dijo el hijo, abriendo la puerta, tomando el frasco de las pastillas y encerrándose de nuevo con una habilidad increíble.

—Y qué es lo que tienes —oyó que decía la madre, todavía apostada junto a la puerta.

—Nada —le respondió.

Echó las pastillas dentro de un vaso con agua y lo llevó a los labios del herido, que parecía dormitar. Luego se sentó junto a la cama y se quedó contemplándolo, hasta la medianoche.

Entonces, lo fue envolviendo en las sábanas con especial esmero.

Cuando el herido estuvo completamente arropado, Reinaldo bajó con él en brazos hasta la sala. Todo era un gran silencio. Reinaldo depositó al herido en el piso. Abrió la puerta de la cocina y salió con él al patio. Allí colocó a aquel largo envoltorio blanco sobre la yerba ya empapada; tomó la escalera de madera (la que había utilizado la madre para su ascenso), afirmó un extremo sobre el alero, y comenzó a escalar la casa con el herido en brazos, realizando equilibrios fantásticos. En la oscuridad, la silueta de Reinaldo, ascendiendo por la empinada escalera, con aquella envoltura larga y blanca que casi parecía flotar entre las sombras, semejaba la ilustración de un libro de cuentos fantásticos. Por fin llegó al techo. Con el herido en brazos se fue deslizando por las tejas que crujían y se hacían añicos; así llegó hasta un costado de la casa, donde el techo iba descendiendo hasta formar una canal en la que se habían acumulado todas las hojas que caían sobre las tejas. Sobre esas hojas depositó Reinaldo al herido y con ellas lo fue camuflageando. Al poco rato, sólo se divisaba entre las canales la camada de hojas de siempre junto a un muchacho increíblemente delgado que parecía manejarlas sin interés.

A la mañana, cuando la madre tocó a la puerta, Reinaldo, desde la cama, le gritó «abre»; la madre entró, con cara y pasos azorados; y cuando él le dijo, con infinita calma «qué quieres», ella se sintió desconcertada y hasta dijo «nada», y, aturdida, entró en el baño; pero allí encontró algo a que asir sus lamentos y réplicas; «Qué horror», dijo, y ahora exhibía en una mano los calzoncillos y pañuelos entintados de sangre que él había olvidado esconder. «Qué horror», volvió a decir, ahora con un gesto de compasión, mientras salía del cuarto. Reinaldo pensó que lo mejor sería estrangularla. Pero en cuanto estuvo solo abrió los cristales de colores, y, encaramándose sobre la ventana, se aferró a los bordes del alero y trepó al techo. El resto del día lo pasó bajando y subiendo; llevando con peripecia notable litros de leche y platos de comida, grandes cantidades de vendas, frascos con jarabes y pastillas y otros medicamentos. A la medianoche se tiró junto a aquel abultado montón de hojas ya húmedas, y mirando al cielo se quedó dormido. Pero a la madrugada, el golpear, ya incesante, de un aguacero le hizo abrir los ojos; todavía medio dormido miró a lo alto como queriendo decir «no puede ser»; y corrió hasta su cuarto, entrando por la ventana. Pertrechándose con todas las sábanas y frazadas, volvió a encaramarse en el techo. Al momento ya abrigaba al herido con las indumentarias de la cama. Él se quedó a su lado y dejó que la lluvia lo fuera calando.

—Así estás más seguro —dijo—. De un momento a otro tiene que escampar.

Pero el aguacero no solamente continuó, sino que fue arreciando hasta convertirse en un chorro gigantesco que ocupaba toda la bóveda del cielo. Reinaldo luchaba contra el agua, desviaba las canales y hasta trataba de construir una especie de represa con las tejas rotas para que el herido no se empapase; pero la corriente fue eliminando las hojas, los pedazos de tejas, las sábanas, y ya se deslizaba, como un arroyo furioso, en dirección al herido. Entonces Reinaldo se tiró al suelo, y pegando su cuerpo contra las canales, hizo la función de un dique; pero el aguacero siguió creciendo, y la corriente empezó a deslizarse por sobre su cuerpo. Reinaldo tomó al herido en sus brazos y lo levantó en alto. Así lo sostuvo, jadeando, hasta que los últimos goterones se fueron disolviendo en el aire.

Era la mañana. Reinaldo depositó con ternura el cuerpo del herido sobre las tejas todavía húmedas, y lo fue destapando. El herido tenía la cara muy amarilla, casi verde y estaba tan frío que Reinaldo, con cierta angustia, lo auscultó.

–No te vas a morir –dijo.

Y corrió por sobre las tejas relucientes, haciendo equilibrios prodigiosos; saltó hasta la ventana del cuarto, y bajó a la cocina. Delante del asombro de su madre empezó a preparar un complicado cocimiento, con hojas, cogidas al vuelo, de todas las matas del patio y con las pastillas que quedaban en el botiquín; también le echó dos huevos que había en el refrigerador, y un poco de yodo y leche. En cuanto aquello hirvió, despidiendo un humo azuloso y un olor indescriptible, salió con el brebaje rumbo al cuarto. El asombro de su madre hizo entonces su estallido en un pequeño chillido que él, desde luego, no escuchó. Con aquel brebaje dentro de un jarro que le abrasaba los dedos, se proyectó hacia el techo y logró asirse a las tejas, pero el recipiente saltó de sus manos y rodando por el techo fue a dar al suelo. Reinaldo lo vio caer sobre la yerba rastrera del patio mientras su contenido se dispersaba en el aire. Enseguida corrió hasta el herido y lo observó por un momento: el muchacho estaba agonizando.

Corriendo bajó Reinaldo hasta la cocina, y delante del asombro de su madre, que ahora estalló en cuanto él hizo su llegada, preparó otro brebaje más complejo; y con más éxito escaló el tejado. Junto con enormes resuellos llegó hasta el herido, que se había puesto completamente morado. «Bebe», le dijo, mientras le llevaba aquel líquido espeso a la boca. Pero el herido no bebió; permanecía muy quieto, con los labios contraídos por donde se desbordaba aquel brebaje azuloso. «Bebe», repitió Reinaldo. Luego puso el jarro sobre las tejas y con gesto de contrariedad acercó sus oídos al pecho del herido. Reinaldo escuchó el trinar de dos sunsunes que hacía rato trajinaban sobre los altos gajos de los pinos. El herido estaba muerto.

En la medianoche, Reinaldo descendió del techo, y salió a la calle. Caminó hasta un parque y se sentó en un banco, bajo los grandes árboles poblados de cuchicheos y de músicas (había instalaciones de radio en la mayoría de los troncos); a lo lejos cruzaba la gente, junto a las ramas bajas y los canteros. Luego caminó hasta el malecón y escuchó durante un rato el bramido del mar. A la madrugada marchó rumbo a la casa.

Con gran cuidado empezó a escalar el techo; ya arriba, caminó hasta el herido y se quedó un rato de pie, mirándolo. Luego se agachó junto a él y depositó su frente junto a la otra frente helada. Enseguida se sentó, y colocando las manos sobre las rodillas, miró hacia lo alto. El aire avanzaba como un cuchillo afilado, y una rana empapada saltó por encima de sus ojos. Los árboles ablentaban las primeras hojas, después del aguacero, que se esparcían sobre las tejas, rodando luego hasta las canales con un breve crujido de papel chamuscado. Una luna enorme cruzaba sin tiempo por el cielo. Luego el frescor de la madrugada lo fue invadiendo como una neblina invisible.

–Oh, Reinaldo, ya no tienes escapatoria –dijo entonces Reinaldo. Y nunca se supo a cuál de los dos se refería.

Las lágrimas empezaron a brotarle muy tibias, como las primeras gotas que ruedan por las canales después de un día abrasador.

Al tercer día de su muerte, el cuerpo del herido fue perdiendo rigidez; las carnes se pusieron blandas y de los oídos salió un agua espesa, como leche cortada. Y al atardecer unas auras sagaces que recorrían el cielo bajaron raudas y se posaron sobre las tejas de la casa. Desde la ventana de su cuarto, Reinaldo las vio descender y rápidamente se encaramó en el techo y trató de ahuyentarlas con amenazas y lanzándoles pedazos de tejas. Las auras alzaron un vuelo corto y al momento volvieron a posarse junto al herido. Reinaldo corrió hasta su cuarto, tomó los periódicos que había debajo de la cama, y cuando regresó cubrió con ellos al herido; luego, para que el viento no lo descubriese, colocó algunas tejas sobre aquella envoltura. El resto del día lo pasó junto al herido, vigilando; y cuando las auras más audaces planeaban muy cerca de su cabeza, él les lanzaba gruñidos y las amenazaba con los puños. Y hasta llegó a golpear uno de aquellos pajarracos tenuirrostros que aturdido cayó revoloteando sobre el patio de la casa donde lavaba la madre.

Así permaneció Reinaldo durante una semana, desempeñando con verdadera pasión su papel de guardián. Se había aprovisionado de una gran cantidad de latas de comida y conservas que guardaba debajo de las tejas, y solamente por la noche bajaba a su cuarto, donde dormía hasta poco antes del amanecer.

Al séptimo día de sus vigilancias empezó de nuevo el aguacero; pero él no trató de cubrirse; se sentó junto al herido y comenzó a observar la lluvia, que no parecía tener prisa. El herido se había ido pudriendo, y de su cuerpo brotaba un olor tan insoportable que Reinaldo pensó que podría llegar hasta la madre, y que de seguirse desarrollando inundaría todo el barrio. Por fin la lluvia fue cediendo y a la medianoche había escampado. Reinaldo bajó entonces a su cuarto, estaba más fatigado que nunca, respiraba jadeando; y tenía los labios completamente morados. Caminó hasta el espejo y se contempló el rostro. Sin dejar de mirarse empezó a ensayar varias formas de sonreír. Por último fue hasta la cama y se acostó, sin quitarse la ropa todavía empapada. Sintió como si estuviese sumergiéndose en un río muy quieto que no tenía fondo. Así se fue quedando dormido.

Cuando despertó, el resplandor tricolor del sol bañaba el cuarto. Casi estaba oscureciendo. De un salto se incorporó de la cama. Abrió la ventana. Y saltó al techo.

Una gran bandada de auras trajinaba sobre las tejas, devorando al herido con una rapidez alarmante. Reinaldo fue hasta la jauría y se le abalanzó, pero ellas siguieron engullendo indiferentes, y aun cuando él las golpeaba con los pies continuaban devorando. Parecían criaturas lujuriosas que se negaran con violencia a abandonar una bacanal. Por último empezó a lanzarles pedazos de teja, a dar gritos y a tomarlas por las patas y golpearlas contra el techo. Pero ellas continuaban devorando. Las más prudentes alzaban el vuelo provistas de un hueso o de una larga tripa, que como una serpentina se iba desenrollando en el aire. Aunque Reinaldo siguió espantándolas, gritándoles, pateándolas, todo fue inútil; al oscurecer, tres de aquellos pajarracos obstinados alzaron vuelo, con el último hueso del herido bien aprisionado entre sus garras. Por el cielo completamente rojizo se fueron desvaneciendo. Reinaldo los vio perderse y se quedó un rato de pie sobre el techo; su cabeza destacándose contra el resplandor del crepúsculo. Una lluvia muy fina comenzó a tamborilear sobre las altas hojas. Reinaldo caminó hasta los bordes del alero y saltó a su cuarto.

Apoyando la cara a los cristales de la ventana vio la lluvia, ahora, de colores, descendiendo hasta la calle.

–Llueve como si el cielo hubiese puesto a funcionar todas sus gárgolas. Llueve como llanto, como si todas las criaturas de lo alto se estuviesen resolviendo en lágrimas. Llueve, y el escándalo de la lluvia es un sollozo tan increíble que ni yo mismo en estos momentos podría superarlo.

Todo eso lo dijo en voz alta, y pensó que sería conveniente anotarlo para un libro que había planeado escribir.

1967

El reino de Alipio

En medio de la tarde, que ya es de un insospechable violeta, Alipio, de pie junto a la baranda del balcón, casi se confunde con las últimas hojas del almendro.

Alipio está inmóvil y mira el sol, que desciende con el acostumbrado paso del que no espera llegar a parte alguna.

Los altísimos gajos del almendro se encienden brevemente. De pronto, todo es silencio. Oscurece.

Alipio, que desde hace rato espera la llegada del crepúsculo, se lleva las manos a los ojos como si pasara un paño engrasado por un cristal opaco. Las manos de Alipio son finas y blancas, un poco torpes. Los últimos resplandores de la tarde acaban de iluminar su rostro.

Alipio sonríe y ya es de noche. En el instante en que terminan las transfiguraciones del día, levanta lentamente la cabeza y mira al cielo.

Las primeras estrellas acaban de aparecer. Venus, dice Alipio, y sonríe. Sus dientes, muy cortos, tienen cierta semejanza con los de un conejo.

Poco a poco el cielo se va llenando de resplandores; de estrellas que de pronto surgen como breves estallidos fosforescentes. Alfa, dice Alipio, y mira hacia Occidente. Zeta, dice, y ahora su cabeza se empina hacia lo más alto del cielo. La Osa Mayor, dice, y sus manos se elevan hasta la altura de los hombros. Por un momento queda en éxtasis; luego se vuelve lentamente hacia el norte y contempla una constelación casi imperceptible. Son las Pléyades, dice Alipio. Pero ya el cielo es un chisporroteo luminoso y él no sabe dónde fijar los ojos. A un costado del horizonte, la constelación de Andrómeda lanza destellos que los ojos de Alipio no quisieran abandonar; al otro extremo, la blancura deslumbrante de Cástor y Pólux, intercambiándose pequeños guiños como dos amigos inseparables. Y casi coronando el cielo, la gran constelación de Orión como un árbol incendiado, que sólo Sirio, la estrella más brillante, puede por momentos opacar. La cabeza de Alipio gira vertiginosamente: el cúmulo global de Omega y el Centauro, dice, levantando las manos como queriendo que sus dedos se mezclen en la constelación. La Cruz del Sur, Arturo, la nebulosa más amarilla y misteriosa. Y sigue nombrando, una por una, las constelaciones, las más insignificantes estrellas que posiblemente hace millones de años que desaparecieron. Por último comienza a saltar sobre el balcón, como si quisiera escaparse hacia lo alto, levanta las manos, corre de un lado a otro, suelta chillidos de júbilo, ríe a carcajadas... En lo alto, las estrellas están ahora en su máxima opulencia; las constelaciones giran vertiginosas, se apagan, surgen de nuevo; se extinguen para siempre. Nuevas estrellas se instalan en los pocos lugares deshabitados, cometas radiantes cruzan veloces o se deshacen en una lluvia luminosa sobre el mar. Alipio ha dejado de danzar. Permanece rígido en medio de la noche transparente. Luego sale de su cuerpo un pequeño ruido. Alipio parece esta noche más feliz que nunca: es noviembre, transparente y sonoro. Noviembre, sonando todas las fanfarrias de la oscuridad; haciendo perceptible hasta el cometa más lejano, aún en gestación. Todo el día lo ha pasado Alipio haciendo mandados. Pero al llegar la tarde, corre hasta su cuarto, y se encierra. No haría entonces un encargo ni aunque le ofreciesen un tesoro. Y así espera la noche, de pie, casi confundiéndose con las últimas hojas del almendro. Y en la madrugada, cuando la última constelación desaparece entre la blancura desgarradora del día, Alipio salta a la cama y duerme dos o tres horas. Así lo ha hecho durante años, y así piensa seguirlo haciendo. Y en el mes de noviembre, las lágrimas de Alipio, ante la contemplación del cielo, adquieren dimensiones insólitas. Salta de un lado a otro del balcón, aprisiona con sus blancos dedos la baranda, toca suavemente las hojas del almendro... Sus seres más queridos son la constelación Luminosa del Dragón –formada por diecisiete astros centelleantes– y Coppellia, la Cabra de la constelación del Cochero. No pudo estudiar Alipio (la única carrera que le hubiese interesado era la Uronografía, pero entonces habría tenido que abandonar las estrellas verdaderas para mirar sus fotografías en los libros). No tiene casa Alipio, sólo un balcón donde puede mirar el cielo a su antojo, y eso le basta. Se siente completamente feliz; levanta aún más la cabeza, y su cuello de lagarto se pone rojizo. El reino de Alipio se abre ante sus ojos. Hasta la lejana constelación de Hércules es visible esta noche; hasta la variable Agol, que cambia de color a cada instante. Alipio siente que un goce renovado le estremece la garganta, le llega al pecho y estalla en el estómago en innumerables cosquilleos... En lo más alto del cielo el gravitar de todas las criaturas luminosas es avasallador. Pero de pronto, Alipio se queda muy quieto, mirando hacia lo alto; un punto luminoso gira alrededor de las estrellas, se desprende de las constelaciones, rueda sobre los astros y enciende la luna. La gran luminaria continúa descendiendo. Alipio permanece estático. El enorme resplandor baja vertiginoso, por momentos se detiene como si tomara impulso, o buscase orientación; luego avanza rápidamente hacia la Tierra. Todas las constelaciones han desaparecido. De la luna sólo se distingue un breve filo que luego se deshace en la claridad. Sólo el gran resplandor es visible. Alipio se lleva las manos a la cabeza, se aferra a la baranda del balcón; se lanza. Y cae sobre el asfalto, y echa a correr despavorido. La luminaria parece una araña gigantesca y candente que hierve enfurecida; lanza chispazos que fulminan a los pájaros de la noche y precipitan las nubes, provocando torrentes de granizo y truenos insospechables. Se detiene de nuevo como buscando orientación. Alipio sigue corriendo. La luminaria ya lo persigue de cerca. Los penachos de las palmas quedan achicharrados; los postes de teléfono y las antenas de televisión se convierten en largas columnas de ceniza y se dispersan. Alipio corre hacia el mar –piensa zambullirse entre las olas–; sus manos ya tocan el agua. Da un maullido: el agua está hirviendo; los peces, saltando inútilmente, caen de nuevo sobre el mar. La luz sigue descendiendo. Alipio, tembloroso, suelta chillidos incontrolables; se aleja de la playa y se refugia bajo un puente, escarba en el suelo tratando de desaparecer. La luz lo descubre y continúa bajando. La ciudad está desierta, parece como si nadie presenciara la catástrofe. A los oídos de Alipio llega como un zumbido, como millones de zumbidos, como un grito terrible que no es un grito porque no sale de garganta conocida. Por un momento Alipio mira al enorme fuego que se le acerca: es como el infierno, como algo lujurioso que nunca pudo imaginar con tales dimensiones y formas. No es sólo una estrella, son millones de estrellas devorándose unas a otras, reduciéndose a partículas mínimas, poseyéndose. Alipio, soltando enormes alaridos, toma la dirección del campo. La luz continúa persiguiéndolo; los árboles desaparecen convertidos en brillantes llamaradas. Un grupo de vacas corre despavorido hacia los cerros lejanos. Alipio va tras ellas. Los animales, enfurecidos, le dan de cornadas, lo patean, cruzan por encima. La luz sigue descendiendo y el calor se hace intolerable; las yerbas, soltando breves chillidos, saltan enloquecidas de la tierra, vuelan, y estallan sobre la cabeza de Alipio. Como atraídos por hilos invisibles, los pájaros van a dar contra el borde de la luz y quedan carbonizados. Alipio echa a correr por entre los altos matorrales que ya se desprenden; se aferra a los troncos más gruesos que se balancean, ceden, y luego entre cortos vaivenes se alzan al viento y desaparecen calcinados. Alipio se tira sobre la tierra despoblada y se aferra al suelo. La gran luminaria lo descubre, indefenso. Ahora su escándalo es como la respiración de un toro en celo, o la de una fiera hambrienta que de pronto descubre un almacén lleno de alimentos frescos. Alipio comienza a desprenderse de la tierra. Flota. Todo el estruendo de la luz parece llegar a su culminación. Alipio se ha desmayado... Los primeros resplandores del día van instalándose en los árboles. Las altas hojas del almendro brillan como planchas metálicas. Poco a poco, Alipio va despertándose, se agita aún inconsciente. Abre los ojos. Se encuentra en medio del campo, acostado en un charco viscoso que le baña los brazos, las piernas y le salpica los ojos. Trata de incorporarse. Un extraño dolor le invade todo el cuerpo. Mira a su alrededor, y es ahora cuando descubre el lodazal pegajoso en el que se encuentra. Pasa los dedos por el líquido espeso y se los lleva a la nariz. Al momento se sacude las manos, se pone de pie, y echa a andar. Es semen, dice. Enfurecido y triste continúa avanzando por el campo despoblado. A su paso va quedando un reguero húmedo.

En medio de la tarde, que ya es de un intolerable violeta, Alipio, de pie junto a la baranda del balcón, casi se confunde con las últimas hojas del almendro. Hace rato que permanece inmóvil, mirando sin ver la gente que trajina por la acera. En el preciso instante en que el sol desaparece, Alipio, de un salto, entra en el cuarto y se acuesta, cubriéndose todo el cuerpo. Son las siete, Alipio, con los ojos muy abiertos, mira el techo. Son las ocho, Alipio, que suda a chorros, no se decide a abrir la ventana. Son las nueve, Alipio piensa que debe de ser de madrugada. Son las doce de la noche. El cielo luce todos sus estandartes característicos. Las estrellas de primera magnitud giran raudas como las ascuas de un molino gigantesco. La Osa Mayor avanza sobre el cielo boreal y toca el Carro de David; se junta la Cola del Centauro con la Cruz del Sur; las tímidas Pléyades avanzan, temblorosas, hacia la Constelación de Hércules. En estos momentos, Coppellia entra en conjunción con la Cabra de la constelación del Cochero, y las Siete Cabrillas titilan junto a Orión, que se expande. La constelación del Zodíaco invade el cielo y se confunde con el Cúmulo de las Pléyades. Las estrellas variables, los cometas insignificantes y el destello de galaxias que ya no existen deslumbran la tierra. La suave constelación del Unicornio aparece por un momento, sus estrellas blanquísimas apenas se distinguen entre la lejanía. Cástor y Pólux, los astros inseparables, están muy juntos. Alfa entra en relación con la constelación del Can Menor. La Gran Nebulosa de Andrómeda reluce en esta hermosa noche de noviembre, transparente y sonora. Las lágrimas de Alipio brotan muy tibias, ruedan por los costados de la nariz, mojan la almohada.

Millones de soles trajinan solitarios por el espacio sin límites.

1968

El hijo y la madre

La madre se paseaba del comedor a la cocina.
La madre caminaba dando salticos como un ratón mojado.
La madre estaba sentada en la sala y se balanceaba en el sillón.
La madre miraba por la ventana.
La madre tenía las manos llenas de pecas diminutas.
La madre dijo: Ah.
La madre se puso de pie y caminó hasta la cocina.
La madre estaba muerta.

El hijo bajó del cuarto (el único cuarto que estaba en los altos, semejando una pajarera gigante) con un libro en la mano. Se sentó. Pero no empezó a leer.

–Enseguida estará la comida –dijo la madre, llegando desde la cocina. El hijo abrió el libro.

La sala era grande, y por las persianas de la ventana, que ocupaba la parte superior de la pared, se colaba un aire, casi viento, que sacudía los cristales, tirando a veces las hojas de la ventana.

–Deberías leer menos –dijo la madre. Cerró la ventana–. O no leer nada. Eso hace daño.

El hijo llevó el libro hasta el estante donde sólo había

revistas y lo colocó sobre ellas. *La madre, en ese momento, se paseaba del comedor a la cocina.* Él la veía entrar y salir en forma vertiginosa. Entrar, salir. Hasta que la velocidad fue tanta que la madre parecía estar fija frente a él. Entonces el hijo fue al sillón que estaba frente al otro, junto a la ventana, y se sentó.

Es posible que ya fueran las cinco; aunque podría ser más tarde. Quizá las seis, o las seis menos cinco. De modo que dentro de cinco minutos llegaría *el visitante.* Y él aún no le había dicho nada a la madre. Y en ese momento estaba al llegar. Se asomó por las altas persianas y vio la luz repercutiendo sobre las hojas del almendro. Pues el caso es que esperaba a un amigo, él, que nunca había esperado a nadie por no tener dónde.

–¿Cómo es que no tienes dónde?

–Vivo con mi madre.

–A las seis estoy allí.

Y él mismo le dio la dirección y le indicó los números de las guaguas que cruzaban por allí. Y ahora el estallido de los pájaros fue colocándose entre las hojas del árbol. Oyendo ese estallido dejó de escuchar la voz de la madre que, desde la cocina, lo llamaba a comer. Hasta que la repetición de la llamada lo obligó a atenderla.

–La comida está servida en la mesa –dijo la madre, ya en la sala, de pie junto a él.

Y él pensó que no había necesidad de tanta palabrería; que hubiese bastado con decir *ven a comer,* o *ya está la comida,* o *ya está,* o *ya.*

La mesa estaba servida para el hijo, y él comía despacio. La madre estaba sentada a la mesa. Pero no comía. Hablaba.

–Ya tienes toda la ropa planchada. Solamente falta el pantalón azul. Tendré que ir a buscarlo.

El hijo pensó: En estos momentos ya está frente a la puerta, y yo aún no le he dicho nada a ella. En estos momentos llega, y como estoy sentado a la mesa saldrá ella a abrir. En estos momentos llega. En estos momentos toca.

La madre se puso de pie y fue hasta el fregadero a lavar los platos que el hijo había vaciado.

Bien podrías haber esperado a que yo terminara de comer para lavar los platos, pensó el hijo. Pero no dijo nada. Y la vio caminar, *dando salticos igual que un ratón mojado*.

Pero terminó la comida y todavía el visitante no había llegado, de modo que el tiempo de poner en conocimiento a la madre iba disminuyendo. Fue hasta la sala y prendió el radio, pero se negó a dar la hora y solamente soltaba música. Una música sin voces, que tanto molestaba a la madre porque «nada decía» y que a él, por eso, le agradaba. Apagó el radio y se acercó hasta la puerta sin mirar para la calle. *La madre estaba sentada en la sala y se balanceaba en el sillón*, casi cantaba. El hijo fue hasta el sillón que estaba frente a la madre, puso una mano sobre el brazo del asiento, y se sentó.

El hijo y la madre estaban de frente. Sentados en dos sillones idénticos, junto a la ventana de cristales y persianas por donde se veían las hojas del almendro en el que los pájaros no cesaban de zambullirse. El sol brillaba sobre la madre y el hijo en forma de cenefa amarillenta. Desde la cocina llegaba el ruido de la gota de agua que se filtraba por la llave del fregadero. El hijo, presintiendo que en ese momento el visitante estaba cerca, fue recobrándose con una animación desconocida. Y trató de hablarle a la madre; pero en ese instante, ella levantaba el cuello sin moverse del asiento y *miraba por la ventana...* Vio el cuello de la madre estirarse; lo vio husmear la primera persiana; lo vio topar el techo con la cabeza y romperlo. El cuello seguía creciendo. Entonces una de las hojas de la ventana fue abierta con violencia por el viento y golpeó la nariz del hijo, reduciéndosela. La madre soltó la risa.

La risa de la madre cerró la hoja de la ventana. La risa de la madre que retumbaba en la gran sala y extinguía el ruido de la gota en la cocina. La risa de la madre, que ahogaría cualquier toque dando en ese momento en la puerta. La risa de la madre ahuyentó todos los pájaros.

La madre dejó de reírse.

–¿Qué te pasa? –dijo.

Él miró la ventana. Luego bajó la vista hasta los dedos de la madre, depositados sobre la rodilla. *La madre tenía las manos llenas de pecas,* aunque no era vieja.

–Nada –dijo. Y vio la cenefa del sol disminuyendo.

Por la calle no pasaba ningún motor. Ningún ruido. El hijo pensó que era el momento –otra vez el momento– y fue a hablar. Pero ahora la madre adquiría ademanes teatrales. Se ponía de pie sobre el asiento, que se tambaleaba. Su cabeza cambiaba de colores, girando. Hasta que toda la sala no fue más que un torbellino luminoso que a él le parecía desolador.

La madre volvió a sentarse y dijo: *Ah.*

Y de pronto, se fue haciendo de noche, como sucede siempre en los lugares sin estaciones. El silencio fue cediendo a un nuevo acompasamiento de sonidos como un mar que de repente echase a andar. Y de haber hablado, las palabras se habrían transformado en extrañísimos símbolos, porque estaba oscureciendo. Pero aún no era de noche. Y los ruidos cedieron como si el intento del mar fuese fallido.

Quedaba junto a la ventana una especie de aureola casi dorada que se desvanecía, y recortaba las siluetas del hijo y la madre, semejándolas.

El hijo levantó la cabeza y miró otra vez para las persianas con un gesto de inevitable angustia.

La madre se puso de pie.

—Mamá —dijo el hijo, y quiso tocarla; pero sintió sus manos tan sudadas; tan sudadas, que ya frente a su asiento se formaba un charco de agua, y no lo hizo para no empaparla. Y pensó, al verse las manos como manantiales, que un signo monstruoso, o tal vez maravilloso, lo diferenciaba del resto de los seres y hasta de las cosas.

La madre caminaba ya por un costado de la sala. Algunas veces parecía que iba por los aires, o que caminaba en un solo pie. La vio al fin desaparecer por la cocina. *Allí se puso a hablar sola.*

El cuchicheo de la madre llegaba hasta la sala, y al oírla, el hijo sintió miedo; más miedo del que hasta ahora había sentido. Y las manos soltaron un sudor casi final que cayó en el mismo sitio donde se había formado el charco. El cuchicheo de la madre fue subiendo hasta hacerse infernal.

Entonces se oyó el primer toque en la puerta.

Terminaba la espera. Ahí estaba. El hijo se puso de pie. Los escarceos de la madre en la cocina adquirían brotes lastimeros e insoportables.

Sonó el segundo toque, más fuerte que el ruido infernal emitido por la bestia de la cocina.

—¿Quién? —dijo la bestia.

Sí, la bestia que ahora echaba espumas y se agrandaba al tú quedarte de pie, indeciso. La bestia plumada y grasosa (por el tizne y la manteca de las ollas) que resoplaba y crecía entre maullidos... Pero el hijo caminó hasta la puerta, y la gran bestia empezó a disminuir; saltaba, tocando el techo y luego descendía, suplicante y soltando chispas por los ojos, hasta los pies del hijo. Pero éste se acercó a la puerta y tomó el pomo.

–¿Qué pomo? Esta puerta nunca ha tenido pomo.

Tomaste el pomo y ya ibas a abrir.

Pero entonces llegó la otra llamada; y el hijo miró a la madre, pequeña, ahogándose en el charco de sudor que habían formado sus manos. Y vaciló. Y tuvo miedo de romper el pacto.

–¿Qué pacto? ¿Quién está hablando de pactos?

El pacto que hiciste con tu madre, el pacto que siempre has sostenido y que ahora te hace dudar: «Mi hijo no tiene amigos», «mi hijo no recibe a nadie en la casa», «mi hijo»... El pacto que por otra parte siempre estás traicionando aunque sea con el pensamiento.

La madre volvió a emerger, enorme, al soltar el hijo el pomo de la puerta. Siguió creciendo hasta alcanzar proporciones bestiales. Y con un ala gigantesca atrajo al hijo hasta su pecho lleno de piojillos.

–¡De piojillos!

Entonces sonó un cuarto toque, y el hijo, despavorido,

–¡Despavorido!

salió corriendo y se refugió en la pajarera de los altos. Entreabrió las persianas del cuarto y atisbó la puerta de la calle. Allí estaba el amigo, real, tocando incansable. Tocando y esperando. Golpeando con golpes seguros. Allí estaba el amigo, esperando. Y la madre dentro, piafando como un caballo; llenando con sus alas inmensas toda la casa... El visitante no cesaba de tocar. Desde lo alto lo viste insistir tanto tiempo que pensaste llamarlo.

–¡No!

Oh, llámalo. Simplemente basta una seña. Llama. Oh, llama. Llámalo.

El visitante volvió a tocar. Insistió de nuevo.

Aguardó.

Luego cerró la reja de entrada y salió a la calle. El hijo lo vio alejarse. Después bajó de nuevo a la sala. En la casa todo era un gran silencio. Caminó a tientas por la sala vacía. Llegó hasta la cocina vacía, y, a tientas, vació de un trago un litro de leche.

–Mamá –dijo, como en otros tiempos, cuando todavía era joven y era hijo–. Mamá –dijo; porque no había aprendido a decir otra cosa. Y recordó todo el día. Y la espera. Y la llegada del visitante. Y se paseó solo dentro de aquella casa enorme, que se agrandaba. Y tuvo de golpe una visión de su soledad pasada y una visión plena e iluminada de sus soledades venideras. Y hasta quiso explicaciones y consejos. Pero, como siempre, nadie le respondió... Hacía tanto tiempo que la madre lo regía sin acompañarlo, disminuyéndolo, acosándolo, eliminándolo–. Mamá –dijo, y la vio caminando por un costado del cielo, a grandes zancos. Siempre como apurada; siempre tratando de aprisionar el tiempo para gastarlo en labores vulgares. Pero esta vez ella tampoco le respondió. Hacía mucho tiempo que *la madre estaba muerta.*

En la oscuridad, el viejo caminó hasta una de las paredes de la sala.

–Luces –dijo, prendiendo el enchufe, como un nuevo creador automatizado.

1967

Bestial entre las flores

Para Gustavo Guerrero

1

Con Bestial las cosas eran distintas: él cambiaba los ojos de color; él se comía vivas las codornices; él me dijo una vez «ponte en cuatro para que veas lo que es bueno» (yo eché a correr); él también odiaba a mi abuela y se subía a las matas de coco; él me dijo que sabía volar; él tiraba los gatos al aire y los reventaba; él hablaba; él se bañaba en el río y orinaba en el tinajero. Él sabía leer.

Sin Bestial, las cosas son como parece que tienen que ser: Nadie no sabe leer ni escribir nada; Nadie no se encarama en el techo de la casa ni coge los avisperos con la mano; Nadie no tiene ojos (ni siquiera de un solo color); Nadie no come lagartijas; Nadie no habla. Nadie es nadie.

Cuando llegó Bestial, la casa se encogió de pronto como un perro cuando le van a dar un estacazo. Mi abuela, que se encontraba desyerbando los clavelones, lanzó un escupitajo amarillo y entró en la sala. Y mi madre salió rumbo al pozo a sacar agua. Él no me miró enseguida, y esto me molestó, pues yo había tratado de simular que no lo había visto y al fin lo había logrado; en cuanto se soltó de las manos del que lo trajo (que desapareció al instante), fue hasta la mesa de centro donde estaba el quinqué apagado, porque todavía era de día, y lo hizo trizas en el suelo. Mi abuela quedó medio pasmada, como si la rapidez con que el quinqué se estrelló le hubiese impedido razo-

119

nar, pero lanzó otro escupitajo amarillo, y recuperó el control; caminó hasta Bestial, lo levantó por el cuello como a una gallina muerta, y lo sostuvo un rato en el aire, mirándolo sin pestañear, luego lo colocó sobre el suelo y le dio la espalda. «Se llama Bestial», dijo mi madre, que ya regresaba con las latas de agua. Y siguió conversando con mi abuela; parece que el pozo la había enterado de todo. Pero entonces, él me miró, y yo dejé de oír a mi madre. En el momento en que se me acercaba descubrí sus ojos de colores. «Tienes madre», dijo, deteniéndose y mirándome con tal desprecio que yo tuve que sonreírle. Y empezó a vomitar. Enseguida me volvió a mirar, ahora con una compasión que se me hizo insoportable, como si de pronto hubiese descubierto en mi cara una pústula llena de gusanos. Y una tristeza muy grande y nueva vi que se iba apoderando de la casa. «A la mía la maté hace tiempo», dijo, volviéndome la espalda y dejando un reguero de inmundicias. (Pensé que era un mentiroso, y la tristeza se fue reduciendo.) Como molesto caminó hasta mi cuarto. La voz de mi madre volvió a apoderarse de mis oídos. «Angelina siempre tan desconsiderada», decía; «se ahorca y nos deja esta pelma apestosa que es una fiera.» «Seguro que lo hizo para fastidiarnos», dijo abuela. «No parecía ser mi hija.» «Y bien que lo consiguió», dijo entonces mi madre, «porque ese muchacho es un salvaje.» «Virgen santísima», clamó abuela, «a lo mejor le pega candela a la casa.» «Ojalá», dijo entonces mi madre, «así es como único salimos de este infierno.» «Bruta», le contestó abuela, «no haces más que renegar.» Y enseguida se empezaron a fajar con palabras, y luego pasaron a las trompadas, pero yo fui hasta mi cuarto. Bestial, apoderado de mi cama, roncaba. Ni siquiera había dejado una esquina donde yo pudiera acostarme.

2

Tres días (con sus noches) se estuvieron oyendo los extraños ronquidos de Bestial. Algunas veces parecían canciones pero otras sonaban como cadenas que de repente echasen a rodar también, de vez en cuando, parecían imitar el piar de pájaros que yo nunca había visto ni oído, quizás eran pájaros moribundos. Al segundo día de estar oyendo sus ronquidos, entró abuela en el cuarto. Era el momento en que Bestial imitaba los escarceos de una rana a la que un jubo empezaba a tragarse. «Debe de estar muriendo», dijo. «No lo despiertes.» Y salió. Al tercer día fue mi madre la que entró. Los ronquidos de Bestial eran entonces como una rara combinación de «trinos» de trenes y cantos de guacaicas. También, algunas veces, soltaba otro sonido, pero yo no lo pude identificar: era uno de sus inventos. «Huele a demonio», dijo mi madre, y salió tapándose la nariz. Durante esos tres días yo no había dormido ni había dejado de observarlo; algunas veces, para que mi madre no se incomodara, simulaba irme al monte: salía de la casa y enseguida, escondiéndome de un tronco a otro, regresaba corriendo y entraba en mi cuarto por la ventana. Mi madre pensaría que yo estaba muy lejos; afuera la sentía silbar. A cada rato me acercaba con mucha cautela a la cama de Bestial y afinaba el oído, tratando de descubrir nuevos sonidos; siempre por la madrugada me sorprendía con un toque de campanas, con un rodar (más bien) de campanas que se precipitasen retumbando mientras se despedazaban y perdían los badajos; entonces se oían rodar como piedras, y caían al agua.

Pero, a la tercera madrugada, no solamente me paré y fui hasta la cama y me quedé quieto y asustado mirándolo y afinando el oído, sino que también, de pronto, estiré un brazo y le toqué, con el dedo mayor, la punta de la nariz. Fue entonces cuando se oyeron pisadas muy rápidas sobre la yerba del patio: estaba cayendo un aguacero. Con el aguacero también venían relámpagos que aterrorizaban a los árboles y les hacían soltar gajos y silbidos. Se oyeron truenos que a cada momento se acercaban más, hasta que se convirtieron en rayos que cayeron sobre el corredor de la casa, achicharrando la enredadera y pulverizando el espejo de la sala. Bestial dejó de roncar, abrió los ojos, y saltó por la ventana hacia el aguacero. Pero antes me dijo «vamos».

Fue entonces cuando se oyeron los primeros gritos de mi madre, apagando el aguacero, pero ya estábamos empapados.

3

Y de pronto, las cosas fueron distintas. Durante todo el día y la noche, y otra vez el día, no dejó de llover. Nosotros los pasamos detrás de los troncos, debajo de los árboles, encaramados en los capullos más altos, lanzándonos de cabeza al suelo para quedar prendidos, en el último momento, a un fino bejuco que casi se nos escapaba. Bestial se revolvía entonces entre las hojas, se deslizaba por los fangueros, corría hasta los charcos que se desparramaban, saliendo otra vez empapado y limpio. Por un tiempo caminamos, oyendo el estruendo del aguacero que traspasaba las hojas; hasta que otro ruido más fuerte nos empezó a llegar, como si la lluvia quisiese ahora traspasar un techo de zinc. Aunque nunca me había atrevido a ir hasta él (según mi abuela, era muy peligroso acercársele, pues se tragaba a una persona todos los días), supe que se trataba del río y se lo quise decir a Bestial; pero él ya no caminaba a mi lado, sino que se perdía, corriendo hacia los bramidos. Cuando llegué al río bullente, Bestial se había quitado la ropa y se lanzaba al agua. Pero el río no era lo que yo había pensado: una hilera de agua deslizándose bajo muchos árboles, sino un torrente rojizo donde flotaban, en grandes balizas, los árboles más altos arrancados de raíz. Sobre una de esas balizas surgió Bestial, dando voces y levantando los brazos, invitándome a que también me lanzase. Medité un momento. Otras balizas muy grandes pasaban enrolladas en la corriente a velocidades inimaginables; de entre una de ellas vi salir a una gallineta blanca que, escandalizada, alzó el vuelo, perdiéndose en el aguacero. En un momento que no recuerdo, me deshice de la ropa y, lanzándola hacia los árboles, me acerqué más a la corriente y sentí cómo mis pies se hundían en un fango frío que no ofrecía resistencia. Los aullidos de Bestial seguían confirmando sus triunfos. Yo estaba ya decidido y sólo esperaba a que él me mirara, pero sus ojos pasaban tan rápidos que no me daban tiempo a coger impulso. Quizá, para darme el ejemplo, saltó hacia una baliza escandalosa que navegaba a su capricho y algunas veces se detenía, provocando un tumulto de espumas; ya cuando Bestial y el grito iban por los aires, hizo una de sus paradas, y el grito quedó cortado como por un machetazo, y Bestial desapareció en la corriente. La baliza continuó su vertiginosa trayectoria. Luego fue el desfile de los troncos de almácigos (muy unidos y brillantes) que por un rato taparon las aguas. Me quedé recorriendo con los ojos el río; pero Bestial no aparecía. Ahora unas balizas muy rápidas pasaban con gran indiferencia y de vez en cuando zigzagueaban, levantando chispazos de agua que me bañaban la cara. Me senté sobre un tronco y me puse a esperar. Al oscurecer me di cuenta de que estaba desnudo. Mi ropa se la había llevado la corriente. Al momento se hizo de noche. Bestial ya no iba a aparecer. Muriéndome de tristeza y de frío, busqué el camino de la casa. No había escampado, pero el aguacero sonaba como cansado y permitía de vez en cuando que el chillido de un pájaro lo interrumpiera.

«Bestial se ahogó en el río», dije cuando llegué a la casa. Era ya bien de noche.

«Virgen santísima», dijo abuela sin oírme, «si viene desnudo. Ven aquí para arrancarte las orejas.»

«Faino», dijo mi madre mientras hablaba abuela, «Bestial hace horas que duerme en tu cama. Acaba de entrar, que te estamos esperando para matarte.»

Estaba tan furiosa que parecía tranquila.

4

Corriendo y esquivando las trompadas de abuela entré en mi cuarto, donde Bestial, otra vez instalado en mi cama, soltaba ronquidos muy cortos y finos, pero no pude detenerme a oír aquellos resoplidos: mi madre y mi abuela se me abalanzaban. Les tiré la puerta en la cara y soltaron un bufido. El bufido, o el golpe de la puerta, despertó a Bestial. «Abre esa puerta», me dijo. Yo le indiqué lo que me aguardaba. Pero él caminó con calma hasta la puerta, y la abrió. Abuela y mi madre alzaron los brazos y le soltaron dos trompadas; él se tiró al suelo antes de que le llegaran las trompadas, y cogiendo a las dos mujeres por las piernas, las vapuleó contra el piso. Antes de que se levantaran, salió de la casa. Y yo fui tras él, enganchándome la ropa. Era bien de noche. Solamente se oían los grillos y el cuchicheo de las hojas que conversaban mientras se escurrían. Bestial caminó hasta la mata de almendras, en el fondo del patio, se trepó a uno de los gajos más altos, acostándose sobre el capullo, y empezó a silbar. Qué silbidos tan extraños. Parecían gritos cansados de ratones recién nacidos. Yo me quedé en el tronco, sin atreverme a subir, pero también silbaba. A medida que sonaban los silbidos se fue haciendo de día, y vi levantarse, de los itamorreales, una alegría muy pequeña, pero que enseguida se fue agrandando (impulsada quizá por el son de los silbidos) y ya a la media mañana tocaba las últimas hojas de la mata de almendras. Bestial descendió del árbol. Los dos caminamos por el guanizal aplastando los cagajones de vacas todavía frescos. Después de andar un gran trecho nos tiramos sobre las guaninas y los cagajones; con los ojos muy abiertos nos quedamos mirando para arriba. La alegría seguía ascendiendo; traspasaba las nubes y cubría la casa y todo el monte hasta donde los ojos se hacen inútiles y el cielo se va juntando con los últimos cerros. Entonces, fuimos hasta el cañaveral y cortamos muchos güines, e hicimos una cometa tan grande que ninguno de los dos la podía manejar. Y nos desprendimos de la tierra, sujetos a la punta del hilo de la cometa, y así pasamos sobre los árboles y la casa como una exhalación, mientras en el patio, abuela y mi madre se ponían las manos en la cabeza y soltaban chillidos de espanto. Toda la tarde anduvimos remontados por el cielo y vinimos a caer (al mismo tiempo que el sol) sobre el techo del excusado donde abuela, al compás de violentos pujidos, desembolsaba las tripas. El techo se vino abajo y abuela salió como una gallina asustada, soltando maldiciones, con el vestido arremangado hasta la cintura. Por fin, tocamos tierra, muy cerca del cantero donde florecían los clavelones. La abuela, aún más asustada, corrió hasta nosotros con los brazos en alto, dispuesta a descuartizarnos. Su cara lucía una sorprendente mezcla de terror y odio que por un momento nos dejó pasmados. Y ya cuando la teníamos encima, echamos a correr saltando mayales, introduciéndonos en la noche.

5

Con una luna que solamente enseñaba los bordes, y que de vez en cuando se arrepentía y no enseñaba nada, seguimos escondiéndonos entre aquellas penumbras y matojos. Sería muy tarde cuando Bestial se detuvo, y, soltando un resoplido, dijo con voz que a mí me pareció muy baja: «Háblame de tu abuela». Yo empecé a hablar, y, aunque no sé por qué, también lo hice en voz apagada. Mucho había de semejanza entre abuela y mi madre: la misma brutalidad en los gestos, la misma forma de manejar las palabras indecentes; la misma manera en el andar y al retorcerle la nuca a los pollos; la misma forma de tratar a patadas a los animales; y, cuando rezaba, la misma postura suplicante y cobarde. A la hora de comer, cuando mi madre y mi abuela se sentaban a los extremos de la mesa, con el candil en el centro, todos podrían decir que se trataba de una misma persona desdoblada; yo mismo en esos momentos me hubiera confundido al llamarlas de no ser porque la abuela siempre escogía la esquina de la mesa donde llegaba el mantel. Sin embargo, una diferencia existía entre las dos y bastaba para ensombrecer todas las semejanzas. Mi abuela era brutal, pero astuta; mi madre solamente era bruta. En realidad, mi madre no era nada. Había tomado de mi abuela las cosas que se veían y eran fáciles de imitar, la brutalidad de sus gestos y palabras, pues lo demás estaba como escondido, y yo pasé un gran tiempo sin descubrirlo; por eso no odiaba tanto a mi madre como a mi abuela; ella, mi madre, era como un pedazo de tierra donde lo mismo se podía lanzar un escupitajo que sembrar un árbol. En ese pedazo de tierra, mi abuela no hacía más que lanzar escupitajos. Por eso a ella, a mi abuela, sí la odiaba; ella sabía lo bueno y lo malo y hubiera podido escoger. Según me habían dicho, en otros tiempos había sido bilonguera y hasta había tenido relaciones oscuras con un cocodrilo que cantaba. Pero, sobre todo, la odiaba porque ella también me odiaba. Mientras que para mi madre yo sólo era una molestia, para mi abuela era una basura inútil. Y su opinión tenía más importancia. A mi abuela todo el barrio la respetaba y, aunque nadie la saludaba, cuando salía al camino real la gente se asomaba a las ventanas, y algunos salían al patio. Oí decir una vez que mi abuela sabía escribir y que en el tronco de una ceiba tenía enterrada una botijuela llena de oro. Pero de todos sus misterios el que más me atraía era su manera de cuidar el cantero de los clavelones. Había que ver la atención que ponía en el cuidado de aquellas flores que eran las únicas del barrio. Dicen que para hacer el cantero trajo la tierra de muy lejos, y que luego de regar las semillas se tiró a un lado y no se levantó hasta que empezaron a convertirse en diminutos aguijones verdes que poco a poco se abrían paso por entre la tierra removida. Todas las tardes, abuela obligaba a mi madre a dar tres viajes por agua para regar los clavelones. Pero no dejaba que fuéramos nosotros los que se la echáramos; con las latas junto al cantero se quedaba un rato, mirando las matas, y luego, con las manos, les iba esparciendo el agua como lluvia fina. Después, a gatas sobre el fango, limpiaba los tallos, eliminando, entre maldiciones, alguna yerba diminuta que había surgido durante el día. Mi madre entraba en la cocina y empezaba a servir la comida; y yo, antes de que abuela me lo ordenase con una mirada implacable, desaparecía por el corredor y me iba a trancar los terneros. Cuando regresaba ya oscurecía. La figura de la abuela, todavía encorvada sobre los clavelones, adquiría entonces dimensiones extrañas; parecía derramarse sobre las flores. La oscuridad se encargaba de formar con ella y las plantas una sola silueta, que semejaba un árbol desconocido condenado a crecer en forma invertida, con su copa enterrándose en el fango, y el tronco, muy oscuro, perdiéndose en el cielo. Al poco rato entraba la abuela en la cocina; entonces se encendía el candil y ella misma repartía la comida con las manos bañadas de tierra. Siempre, alguna mariposa de las hojas se le quedaba enredada en la cabeza y caía en la sopa. Después, los tres íbamos al corredor, y nos recostábamos en los taburetes, frente a la noche. Al poco rato nos llegaba, flotando en la oscuridad, el olor de los clavelones. Los tres aspirábamos fuerte. Y era como una recompensa.

Una noche quise seguir tragando aquel olor, y al rato de acostarme, cuando empezaron los resoplidos de mi abuela, me deslicé despacio, y llegué hasta los clavelones. Me incliné hasta tocar con la punta de la nariz los primeros pétalos; el olor fue tan violento que levanté la cabeza y retrocedí unos pasos; a esa distancia me agaché y me quedé muy quieto, disfrutando. Ahora empezaba a destacarse en la penumbra como una bandada de diminutos cocuyos que saliesen de la tierra. Las flores no soltaban olor solamente, sino un resplandor brillante y verdoso. Cada flor fue mostrando matices de luz de acuerdo con su color; y de pronto me pareció que del mismo suelo brotaba una corta lluvia de fuegos artificiales. En ese momento, y, sin saber por qué, miré hacia mis espaldas: como un pájaro de enormes alas inmóviles, abuela estaba detrás de mí, envuelta en la oscuridad y en una sábana. Me observó durante un tiempo. En su cara y en todo su cuerpo me pareció ver una gran tristeza, aunque quizá sólo fuera los efectos de la noche. «Muchacho», dijo luego, «camina para tu cuarto y acuéstate.» Y yo fui y me acosté. Cuando desperté me fue imposible precisar si todo había sido un sueño, o si en verdad había estado en el cantero de los clavelones. Por eso, a la noche siguiente esperé que todo estuviese tranquilo y que los ronquidos de abuela ahuyentaran a los ratones del techo. Entonces, con gran cautela, fui hasta el cantero, me incliné sobre los clavelones y aspiré fuerte. Disfruté del olor, pero era el mismo que todas las noches nos llegaba hasta el corredor, no más fuerte; no insoportable. El viento, como siempre, agitaba los tallos y un frescor muy grato me subía a la cara. Pero no vi luces, sólo los colores de los clavelones destacándose pálidamente en la neblina. A la madrugada, cansado de vigilar, traté de incorporarme; pero me fue imposible; alguien tenía puesta una mano de tierra sobre mi cabeza.

«Muchacho», dijo entonces mi abuela y retiró la mano, «vete a dormir.» Yo me levanté, y al mirarla noté que una tristeza mucho más increíble venía esta noche pegada a todo su cuerpo. Tartamudeé un poco, tratando de hablarle; pero ella volvió a extender la otra mano de tierra, y, poniéndola sobre mi cara, dijo: «Creo que voy a tener que matarte». Enseguida me fui a la cama.

Muy temprano me desperté, molesto, por los diminutos terrones que se habían dispersado por toda la sábana; eran la prueba de que por lo menos esta noche no había soñado. Después, todo ha seguido como hasta hoy, y yo, defraudado por los clavelones y sin olvidar la amenaza de la abuela, me fui olvidando del cantero y hasta empecé a parecerme a mi madre.

Todo esto se lo dije a Bestial, y comencé a hablarle de mí y de mi madre; pero parece que no le interesó: interrumpiendo la conversación dijo, soltando una gran carcajada que silenció las alimañas de la noche: «¿Y cuántos maridos ha tenido tu abuela? Háblame de sus maridos». Pero yo nada pude decirle. Y en silencio anduvimos por el sao, cazando, a la luz de la luna, codornices dormidas, y comiéndolas crudas. A las más chicas, Bestial les arrancaba las plumas sin retorcerle el cuello y se las tragaba vivas.

6

Durante una semana no volvimos a la casa. La pasamos investigando el monte. Por las tardes íbamos al río y nos bañábamos hasta que llegaba, de pronto (como siempre), la noche. Entonces empezábamos a averiguar qué guardaban las piedras en la cara que escondían dentro de la tierra. En una encontramos un nido de alacranes jóvenes sobre un pájaro podrido con las patas amarradas por una cinta negra. Bestial levantó el pájaro con los alacranes, y, uno a uno, los fue destripando; pero no se los comió. Le desamarró las patas al pájaro y lo lanzó al aire. «Y tu abuela», me dijo mientras el pájaro caía como una piedra sobre el río, «¿sale mucho de la casa?» «Sí», le dije, «algunas veces se va por la mañana y no regresa hasta el oscurecer.» «Ah», dijo. Y salió corriendo hacia la arboleda.

En la arboleda cantaban los maicitos mientras se comían los anones; allí nos quedamos un rato, nada más que oyendo aquel repiqueteo de los cantos, mientras en la cabeza nos caían anones acribillados. Luego fuimos hasta los grandes colchones que forman en el suelo las matas de bambúes, y nos acostamos mirando a los cupeyes que se desprendían de las hojas y caían al agua. Cuando nos despertamos había llegado el día; también habían llegado mi madre y mi abuela, y ya estaban junto a nosotros. Mi madre, con las manos en la cabeza, lanzaba gritos muy altos y brincaba; mi abuela, más tranquila, llevaba un fuete en la mano, y, dándome con él en los ojos, me dijo: «Oye cómo llora tu madre, salvaje, camina para la casa». Y me lanzó otro fuetazo, pero yo bajé la cabeza y solamente me pudo dar en la frente. Las dos mujeres me cogieron por los brazos y, zarandeándome, me levantaron en peso y empezaron a llevarme. Yo no hice ninguna resistencia, y aun cuando me soltaron continué caminando muy tranquilo junto a ellas. Bestial iba sobre nosotros, saltando entre los gajos de las matas de mango y sacudiéndolos para que todas las frutas podridas nos cayesen en la cabeza. Mi abuela, que caminaba callada, se enfureció cuando un mango verde le golpeó una oreja. «Eres el diablo, maldito», le dijo a

Bestial, y le lanzó un escupitajo. Entonces él, mientras agarraba un avispero con la mano, soltó una risa tan grande y extraña que todas las avispas cayeron muertas sobre la cabeza de abuela. Con el panal vacío, y soltando carcajadas, se tiró de la mata y salió corriendo hacia la casa. «Algo trama este salvaje», dijo entonces abuela, cambiando de color varias veces y echando a correr tras él. Mi madre aprovechó que estábamos solos para soltar unos gritos muy fuertes y darme varios golpes. Luego prosiguió caminando y llorando sin interrupción hasta que me dijo que por poco se muere al ver que yo no volvía a la casa. A medida que nos íbamos acercando, los gritos de mi madre fueron descendiendo, y ya cuando estábamos en el patio casi ni me molestaban. Pero entonces, de la casa, nos llegó un quejido muy fuerte. Yo miré ilusionado para mi madre, pensando que al fin había hecho algo interesante como producir gritos que estallasen lejos de su cuerpo; pero, por su expresión, noté que los gritos no eran suyos. Y los dos corrimos rumbo a la casa.

Cuando llegamos todo estaba muy tranquilo. Mi abuela, sentada en un taburete del comedor, se estiraba el vestido y se calzaba un zapato. Yo iba a decir algo, pero ella se me adelantó, y, como si fuéramos alimañas insignificantes nos dijo: «No hay leña seca». Antes de salir con mi madre al sao a buscar la leña, entré en mi cuarto. Sobre mi cama estaba Bestial, roncando muy tranquilo. Luego salí al patio y me quedé mirando a mi madre, que se alejaba con el machete en la mano. Antes de seguirla fui hasta el cantero de los clavelones. Una mata arrancada de raíz estaba tirada sobre la tierra enfangada.

A los pocos momentos caminaba junto a mi madre, rumbo al sao.

Cuando el sol, derrumbándose sobre el sao, encendía sólo los últimos capullos de las palmas, mi madre y yo regresamos, estibados de leña seca. Al llegar a la casa anochecía. Mi abuela, con los brazos cruzados frente a los clavelones, nos ordenó, sin abrir la boca, que dejásemos allí mismo la leña y fuésemos por agua al pozo.

Fuimos.

Abuela tomó las latas y, como siempre, empezó a esparcir el agua. Mi madre entró en la cocina y sirvió la comida. Yo caminé hasta mi cuarto, donde Bestial aún roncaba. También ya era de noche.

De noche. El candil en medio de la mesa y los cuatro alrededor del candil. Cuando terminamos de comer, mi madre recogió los platos y los llevó al fregadero. Abuela, Bestial y yo nos sentamos en el corredor. El fresco de la hora nos llegó como siempre entre el fragor de las hojas y el farfullar de los grillos. Mi madre, que había terminado de fregar los platos y apagar el fogón, trajo un taburete y se recostó cerca de nosotros. De pronto se oyó un ruido distinto al escarceo de los grillos y las hojas, y que no venía de la oscuridad; era un ruido extraño, que no se podía comparar con los maullidos de un gato extraviado, pero que en algo se le asemejaba: Bestial cantaba. Soltaba con los labios cerrados aquella música que no era música ni ruido. Los otros sonidos se habían ahuyentado y sólo se escuchaba aquel silbido que no era silbido, adueñándose de la oscuridad. Fue entonces cuando nos llegó la vaharada de los clavelones, cruzando la oscuridad en medio de una ráfaga imperceptible. A medida que el olor fue ascendiendo por entre las tinieblas hasta tocarme la cabeza y seguir avanzando, apoderándose de la casa, mis sentidos se vieron obligados a dividir sus funciones: unos persistían solamente en reconocer el canto, otros tiraban hacia el perfume y olvidaban lo demás. Entonces comprendí que la guerra entre mi abuela y Bestial estaba declarada. No podía imaginar qué tipo de guerra sería, ni qué armas intervendrían. Pero por la forma en que el perfume y el canto tiraban de mis sentidos comprendía que sería una guerra sucia y despiadada, que no terminaría hasta que alguno de los dos quedara eliminado. Hubo un momento en que el canto cesó, y sólo el perfume persistió, dominando el tiempo. Enseguida se fue desvaneciendo. Como si hubiese aguardado a una orden, el cuchicheo de las hojas y de las alimañas fue poblando la madrugada. Callados entramos en la sala. Mi madre y mi abuela fueron a sus cuartos; Bestial y yo entramos en el nuestro. Sin decirnos nada nos acostamos.

Sin el olor de los clavelones y sin el canto de Bestial, todas las cosas parecían acogerse a la calma, dirigidas por ese orden que las hacía desaparecer sin alterarlas. Mis pensamientos también se fueron tranquilizando y los volví a dirigir. Me situé en el tiempo transcurrido desde la llegada de Bestial a la casa, y me detuve en el atardecer del mismo día en que se oyó el quejido de abuela. De nuevo volvíamos a entrar corriendo mi madre y yo en la cocina; de nuevo vi a la abuela sentada en el taburete. Pero como ya

134

estaba prevenido, no solamente descubrí su mano, estirando la falda del vestido, sino que antes vi la mano detenida, allí, en el mismo sitio en que se juntan las piernas, más abajo del vientre. En esta ocasión no le di tiempo a abuela a despistarme bajando las manos hasta la falda para fingir que la tenía levantada, ni mucho menos le permití que la bajara hasta uno de los zapatos para calzarlo; y así, dejando la mano de abuela fija en aquella región impronunciable de su cuerpo, miré para su cara y descubrí una expresión de dolor tan elevada que por un momento dudé de la seriedad de este segundo viaje a través del tiempo transcurrido. Pero la expresión de dolor se alejó enseguida; la mano bajó hasta la falda, y el tiempo representado quedó superpuesto al tiempo transcurrido hasta que se hicieron semejantes. Entonces, Bestial comenzó a roncar con sus ruidos peculiares. Y otra vez estaba en el presente. Y meditaba si aquellos ronquidos de Bestial eran reales, o si se trataba de una de sus artimañas. Pero de ser así, me dije, entonces nunca ha dormido, pues siempre que lo hace es al golpe de esos ronquidos. ¿Será posible que no duerma nunca y finja los ronquidos para observarnos sin que nos fijemos en su presencia? Pero tampoco puede ser: durante los tres primeros días siempre lo estuve vigilando y nunca lo vi abrir los ojos. O será que no necesita de los ojos para vigilar a los demás, después de todo él los cambia de color cada vez que se le antoja. Puede ser que no los necesite. Es posible que sea ciego o que mire con otra parte del cuerpo. Pero de todos modos necesita dormir, si no ya se hubiera muerto. ¿O es posible que no lo necesite? ¿O es posible que esté muerto? Pero aun suponiendo que esté muerto o que no duerma, esa vigilancia sería razonable cuando en la casa están mi madre y mi abuela, pero no cuando estamos solos él y yo. O es que también desconfía de mí. Pero eso es imposible porque somos amigos, porque yo lo quiero y él me quiere. Pero también puede ocurrir que yo no sepa nada y esté participando en la guerra... Pero no quise seguirme aterrorizando, y pensé que lo mejor era no pensar en nada. En mis divagaciones me había olvidado de oír los ronquidos de Bestial y de pronto noté que él ya no estaba en la cama. Al instante salté por la ventana y, tanteando en la oscuridad, llegué hasta muy cerca del cantero de los clavelones: un resplandor brillante rompía la neblina en muchos colores, semejando un arco iris bajo y diminuto. Sumergido entre aquella aureola estaba Bestial, con los brazos extendidos hacia las plantas, sonriendo. En ese momento, una bestia erizada surgió en un costado de la casa, venía resollando fuerte y caminando casi a cuatro patas. Por fin llegó hasta el resplandor de los clavelones: entonces comprendí que se trataba de la abuela y que arrastraba un hacha. –El pelo en grenchas y el vestido a medio enganchar–. La vi levantar el hacha entre resoplidos y apuntar hacia el cráneo de Bestial que de frente no dejaba de observarla y seguía riéndose a carcajadas. Cuando la abuela tomó impulso para dar el hachazo, Bestial, sin dejar de reír, tomó una de las matas de clavelones por el tallo y la desprendió del suelo sin quitarle los ojos de encima a la abuela. Y otra vez resonó aquel mismo grito que ahora la tranquilidad de la noche parecía amplificar. Y otra vez vi a la abuela, entre los estertores, llevarse la mano a aquella región del cuerpo como si fuera en ese sitio, y no en el cantero, donde hubiesen arrancado la planta. Con gran tranquilidad cruzó Bestial el cantero mientras por su cara cruzaban los resplandores de las plantas. En un momento en que era iluminado en azul, vi que ya no sonreía y cuando al fin cruzó la última aureola anaranjada, me pareció que estaba muy serio, casi fatigado. En ese momento apareció mi madre por un costado de la casa con un candil en la mano, mientras que con la otra protegía la llama para que el viento no la extinguiese. Sin que ninguno de los tres me descubrieran, regresé sigiloso hasta mi cuarto, y me acosté, arrebujándome en las sábanas. A los pocos segundos sentí a Bestial al cruzar la ventana y entrar al cuarto. Respirando fuerte se sentó en la cama, y se acostó a mi lado. Al momento comenzaron a oírse sus ronquidos.

9

Llegó la mañana, y aunque no había dormido casi nada, me levanté temprano. En cuanto me senté en la cama, Bestial se despertó (o fingió despertarse), abrió los ojos y se puso de pie. Luego salimos al monte a cazar lagartijas, y dormimos sobre las matas de coco. También fuimos al río y nos lanzamos al charco desde los últimos gajos de los cupeyes. Todo parecía estar como antes: nos zarandeábamos desde los gajos más finos y matábamos los pájaros a palos. Esa tarde, después de comernos crudas dos biajacas que Bestial había pescado con la boca, le dije que mi madre me había confesado que me quería y que si yo desaparecía ella se quitaba la vida. «Mátala», me dijo él entonces, mientras se llevaba un fleco de yerba a la boca como para limpiarse los dientes, «mátala antes de que te mate.» Pero ese día yo no comprendí lo que me quiso decir, aunque él hizo silencio durante el resto de la tarde como dándome oportunidad para que meditara sus palabras. Cayendo el sol tomamos el rumbo de la casa; pero antes de llegar al patio, Bestial fue al pozo donde mi madre llenaba las latas para que abuela regara los clavelones. Lo vi asomarse un rato al brocal, y también me asomé; y nos quedarnos mirándonos en el fondo hasta que la noche nos fue ensombreciendo por completo. Bestial caminó entonces hasta una de las esquinas del mayal y, agachándose, empezó a sollozar. Por un momento quedé confundido; pensé que quien estaba agachado llorando a mis pies no podía ser Bestial. Luego pensé que era Bestial, pero que no lloraba, sino que fingía llorar y ese llanto, igual que los ronquidos, tendría algún objetivo desconocido. Por último no pensé nada, me agaché junto a él, y, de pronto, me escuché llorando.

Sonaban los sollozos de Bestial y los míos confundidos a veces en un solo ritmo muy armonioso. Y éramos, en ese momento, dos huérfanos completamente desamparados, en medio de una noche que bien podía no tener fin. Sin embargo, aun en esos momentos sentía, mezclada con el viento y dispersándose en la altura, aquella pequeña alegría que se había elevado desde los itamorreales y que ya casi dominaba el mundo. Y así fue; cuando por un acuerdo que no fue necesario tomar, los dos mirarnos para el cielo: la vimos, mucho más alta que las nubes, instalándose entre las estrellas.

Bajo el resplandor de la noche caminamos hasta la casa. Cuando llegamos, mi madre y mi abuela habían comido y descansaban en el corredor. Bestial y yo también nos sentamos, pero cuando la primera ráfaga de olor a clavelones me subió hasta la nariz, me puse de pie, fui a mi cuarto, y me acosté tapándome la cabeza. A pesar de todo oía el canto de Bestial que no era canto y el perfume de los clavelones se me metió bajo las sábanas. Ahora están haciendo desfilar sus armas, pensé, el combate se repetirá también esta noche. Por eso, cuando a la madrugada sentí el aullido de mi abuela y estirando un brazo confirmé que Bestial no estaba en la cama, no me sentí alterado por lo que ya presentía, sino por un nuevo terror que invadiéndome me hacía saber que yo también había tomado parte en aquella batalla. Luego sentí a Bestial deslizándose en la cama. Sentí la claridad y el frescor de la madrugada. Amaneció. Bestial cesó en sus ronquidos. Me levanté y fui al patio. La abuela, tirada muy cerca de los clavelones, dormitaba con las manos colocadas sobre el sitio donde saliera el dolor, protegiéndolo. De vez en cuando su cuerpo se encogía y se estiraba como un jubo que quisiera echar a andar y se quedase siempre en el mismo sitio. «Vamos al monte», me dijo Bestial, llegando de la cocina.

10

Y fuimos.

11

Finalizando el atardecer regresamos. Bestial traía tres ratones de mayal amarrados al cuello y muchas arañas de monte empuñadas en una mano como si fueran raíces. Desde el patio pude ver a la abuela, que también nos observaba (o quizá sólo observaba a Bestial) con sus ojos de perro miedoso, pero en acecho. Mi madre venía del pozo con las dos latas al hombro, paciente. Llegó al cantero, depositó las latas de agua junto a la abuela, y se marchó a la cocina a terminar la comida. Bestial en ese momento orinaba dentro del tinajero donde había trancado los ratones. Enseguida caminó hasta el fogón donde se asfixiaba mi madre entre la humareda y lanzó las arañas al fuego. Las arañas corrieron un momento al caer sobre las brasas pero enseguida fueron perdiendo las patas y se carbonizaron. «Jesús», dijo mi madre, soplando los tizones y con los ojos enrojecidos. Luego nos sirvió la comida a Bestial y a mí, y, llenando otro plato, caminó en medio del crepúsculo hasta el lugar donde vigilaba mi abuela. Regresó, se sirvió y con gran tranquilidad empezó a comer. Entonces noté que había cambiado de lugar en la mesa. Estaba sentada en el sitio que siempre le correspondió a la abuela. Yo pensé que no se habría dado cuenta y seguí comiendo. Mientras tanto, la noche se iba alzando por detrás de la casa, y los chirridos de los grillos desde el guaninal llegaron tan claros que parecía como si hubiese caído un aguacero y el aire no ofreciera resistencia; luego aquel escándalo fue subiendo. Y por un momento se hizo insoportable. También, como anticipando su visita, el olor de los clavelones empezó a deslizarse por entre las ventanas y a los pocos momentos estaba sobre la mesa. Miré entonces por las rendijas del comedor y, luchando con las sombras recientes, pude ver a la abuela saltando de un lado a otro del cantero como un sunsún atareado. Y en la madrugada, su grito, alterando el tiempo y eliminando el silbido de las alimañas, fue el más extraño presagio de la mañana.

12

Muy temprano estaba en el patio y pude ver la figura de pájaro viejo que había adquirido mi abuela. Yo seguía cavilando, contradiciéndome, y algunas veces, fatigado, le negaba la entrada a los razonamientos, pero sin darme por vencido. Y los días seguían pasando como una fila de auras mansas que no esperaban llegar a sitio alguno. Mi abuela no se movía del cantero; allí le llevaba mi madre la comida; allí soportaba el sol del mediodía (metía entonces la cabeza entre los más frondosos tallos de los clavelones); allí la bañaron los primeros aguaceros de primavera con sus granizadas sorprendentes. Por último fue encogiéndose, esmirriándose, hasta no ser más que un cucarachón descolorido que se debatía al compás de las escasas plantas, que también se fueron poniendo raquíticas, sin que de nada le sirvieran los cuidados constantes y el agua que mi madre, inalterable, traía todas las tardes del pozo. Llegó un momento en que mi abuela sólo fue una especie de tallo seco tirado junto a las escasas flores. Sin embargo, en cada madrugada, la potencia de su grito me recordaba que aún no estaba vencida.

Y Bestial y yo seguíamos haciendo la vida de siempre: aún caminábamos por sobre las zarzas, aún virábamos las piedras para echarnos a la boca alacranes centenarios. Y por las tardes, como desde hacía mucho tiempo, el río nos aguardaba con sus aguas brillantes donde flotaban las cupeyes inmóviles. Sólo un acto más había enriquecido las ceremonias del día: al oscurecer caminábamos hasta la esquina del mayal viejo, junto al pozo, y llorábamos. Enseguida nos marchábamos para la casa, donde, al llegar, podíamos ver a la abuela, entre los últimos resplandores del día, como un duende enteco, saltando fatigada de una a otra esquina del cantero ya casi despoblado, cumpliendo su función de guardián inútil. Sin embargo, todavía me era muy difícil aceptar su derrota. Recuerda que es maga y bruja, me decía, y que nunca se supo si tuvo marido. Es imposible que se dé por derrotada sin haber luchado, pues no podrás negar que sólo se ha limitado a esperar el ataque sin evitarlo. Recuerda, además, que tuvo ciertas amistades con un cocodrilo que cantaba. Pero eso no se sabe a ciencia cierta, volvía a decirme contradiciéndome; en realidad, creo que ya no tiene escapatoria. Aunque es posible que algo esté planeando, algo trama aunque parezca derrotada. Recuerda que fue bilonguera y maga y que nadie sabe la fecha de su nacimiento... Pero a fines de diciembre, a la abuela se le fue reduciendo el cuerpo a un tamaño increíble y se enterró entre la hojarasca y el fango del cantero cono un topo moribundo; por último casi no se le distinguía entre los tallos, y comenzó a soltar unos ronquidos muy extraños como los de una rata acorralada. Y ese día, cuando mi madre, Bestial y yo descansábamos bajo el corredor, junto a la noche, casi me convencí de que la abuela no llegaría a la mañana. Sin embargo, en el momento en que los grillos parecían cansados, nos llegó como siempre el agradable vaho de los clavelones. Entonces mi madre tosió un poco, caminó hasta un extremo del corredor, y de su silueta indefinible le vi sacar los brazos y sumergirlos en la oscuridad. El perfume ya se había disipado, y los grillos, luego del breve descanso, poblaron el tiempo con sus algarabías. Mi madre levantó las manos y se tapó los oídos.

A medida que mi amistad con Bestial fue adquiriendo dimensiones tan insospechadas que ya ni siquiera nos ha-

142

blábamos, un odio irracional me fue naciendo por dentro en contra de mi madre; pero en los últimos meses ese odio no solamente se había conformado con su condición de brasa redonda albergada en mi estómago, que saltaba a veces hasta la garganta, sino que había salido fuera y ya se manifestaba en el exterior de mi cuerpo, en la manera de apretar los puños cuando ella cruzaba por mi lado con su andar calmado de lechuza triste; en la manera de soltar chispas por los ojos y castañetear los dientes cuando la veía soplando los tizones del fogón para preparar la comida; y en los variados planes que fui llevando a la práctica con el fin de matarla sin obtener resultados favorables (siempre despertaba en el momento en que, bañada en alcohol, sólo me restaba prender el fósforo; siempre le caía mal la comida en la que yo, con cautela, había vaciado un frasco completo de estricnina, y vomitaba; siempre descubría a tiempo las trampas resbaladizas que yo le ponía junto al pozo para que perdiese el equilibrio y se estrellase contra el fondo). Pero no me daba por vencido, y ahora, al verla haciendo aquel gesto que no le pertenecía, comprendí que mi odio se esparcía por toda la casa, comprometiendo hasta los árboles.

13

En el último crepúsculo de abril la abuelita no era más que un insecto ciego y desgarbado que se debatía entre los polvorientos terrones del cantero, como queriéndose trepar a uno de los dos tallos que aún persistían, cada uno con su flor completamente inclinada, como si observaran con pena los saltos de una abeja moribunda. Mi madre, apoyada sobre el brocal, sin dejar de sacar agua del pozo, lloraba mientras yo, metódicamente, le lanzaba piedras a la cabeza tratando de descalabrarla. El sol ardió sobre los últimos gajos de los pinos. Bestial, instalado en el corredor, lo inundaba con sus silbidos que no eran silbidos. Así nos llegó la noche con sus gastados estrépitos. Cuando el grito de mi abuela resonó como el corto chillido de una rana yo me la imaginé llevando sus mínimas y destrozadas manos hasta aquella región innombrable de su cuerpo de donde le provenían todos los dolores. Ya mis razonamientos se habían puesto de acuerdo, y cuando me comunicaron con una brevedad oficial que ésa sería la última noche de la abuela, no me quedó otra alternativa que asentir.

Pero cuando llegó la mañana, y yo, saltando hacia el patio, miré el cantero donde se alzaba esmirriada la última mata de clavelón, descubrí con sorpresa que la abuela danzaba alrededor del tallo de la última planta, acariciándolo durante breves momentos y tomando posturas más que procaces. Finalmente dio un salto, separándose del cantero, y, como un caballito del diablo, desapareció entre las altas yerbas del patio. Bestial, que detrás de mí había presenciado aquella ceremonia quedó por un momento completamente desorientado; pero enseguida fue adquiriendo su seguridad de siempre, y con un palo que arrancó al vuelo de la casa, se lanzó tras la abuela, tratando de destriparla; pero ya ella, con sus saltos de mula del diablo, cruzaba por sobre los grandes matojos y se perdía dentro del mayal. «Hay que agarrarla», decía Bestial, levantando el arma y golpeando las mayas. «Hay que agarrarla.» Y pateaba sobre las piedras y lanzaba grandes maullidos, como queriendo amedrentar a las plantas que la protegían. Enseguida fue hasta el fogón y sacando dos tizones en llamas le prendió fuego al mayal por distintos lugares. El fuego se fue alzando al momento, y el mayal, como una serpiente candente, empezó a disolverse en el viento. Entonces salió mi madre al patio para ver la huida de todas las alimañas. Los pájaros chamuscados saltaban, refugiándose en el sao; entre ellos vimos a la figura de la abuela, cruzando como una centella por sobre la yerba encendida, buscando también la protección de la manigua. Pero Bestial no se dio por vencido; entre grandes aullidos de guerra fue sacando con las manos las mayas en llamas y las fue esparciendo por las cuatro esquinas del sao. Y el fuego fue cubriendo todo el monte. Los gritos más increíbles se oyeron aquella mañana, y los animales más extraños, los de cambiante forma y chillidos descomunales, cruzaron por sobre nuestras cabezas confundidos con las mariposas. Los ratones también trataban de alzar el vuelo, y hasta las lagartijas se elevaban en el aire con torpes saltos, cayendo de nuevo entre las llamas. En silencio se iban derritiendo. Una gallina asustada cruzó, con las alas llameando por sobre el patio, y cayó como un cometa furioso en la cabeza de mi madre, que, aterrada, se persignó tres veces y se escondió en la cocina. Los árboles altísimos a los que nunca pude escalarle el capullo estallaban en una enorme llamarada y al momento, reducidos a una larga columna de ceniza, se dispersaban en el aire.

Entonces, en medio de aquel formidable resplandor, empecé a hacer deducciones. La guerra, me dije, no es dirigida ni por Bestial ni por la abuela, proviene de los clavelones, y sólo ellos conocen sus principios. De no ser así no hubiera sido necesario que Bestial improvisara todo ese infierno, bastaba, en la ausencia de la abuela, haberse dirigido hasta la única planta del cantero y arrancarla de raíz. Así pues, no era mi abuela quien guardaba los clavelones, eran ellos los que la protegían de las amenazas de Bestial; pero en un breve momento del día, ellos, los clavelones, necesitaban reponerse de la agotadora vigilia; entonces ella, la abuela, quedaba totalmente desprotegida, contando solamente con sus fuerzas; ése era el momento que aprovechaba él, Bestial, para dirigirse al cantero y acabar con las flores; pero ellos, los clavelones, sólo necesitaban de un instante para reponerse; de modo que él, Bestial, solamente tenía tiempo para arrancar una planta antes de ser repelido con furia. De manera que ambos, Bestial y la abuela, no hacían más que cumplir el bochornoso deber de todo soldado: ser esclavo de una potencia. Así pensaba, pero también tenía mis dudas. Después de todo nada podía demostrarme que estaba en lo cierto... En el momento en que el fuego fue adquiriendo uniformidad y todo el sao no era más que una pira monumental, Bestial surgió entre las llamas, como un demonio victorioso. «Tiene que haberse achicharrado», me dijo poniendo un brazo caliente sobre mi hombro. Y una alegría muy grande me fue surgiendo por dentro: Bestial, después de muchos meses, me había vuelto a hablar.

14

Pero las cosas no sucedieron como Bestial las había imaginado: a la mañana siguiente, abuela, con su silueta de duende desharrapado, apareció por un costado de la casa. Ni siquiera venía tiznada, y arrastraba, con infinita obstinación, un libro. Así la vimos acercarse al cantero.

Colocó el libro junto al tallo de la planta endeble; y desapareció dando saltos. En ese momento me volví hacia Bestial, que durante toda la noche había estado buscando a la abuela por entre los tiznales, y descubrí en su cara inmóvil una increíble tristeza. De modo que todo el fuego fue inútil: la abuela había emergido de entre las cenizas con un nuevo misterio y se desvanecía delante de nuestros ojos. Pero ¿por qué Bestial quedó inmóvil mientras la abuela se nos acercaba? Mis razonamientos quisieron obligarme a que aceptara nuevas elucubraciones, pero yo, sintiéndome completamente ridículo, rechacé las cavilaciones. Por eso, cuando fue el oscurecer y Bestial, mi madre y yo, nos sentamos como siempre en el corredor mientras algunos tizones encendidos se debatían entre la reciente quemazón, no quise pensar en nada; y me limité a esperar. Por fin llegó la hora del sueño y entramos en la casa. Y aun cuando Bestial cesó en sus ronquidos y saltó por la ventana hacia la madrugada, rumbo al cantero, yo no entregué mi mente a la deliberación, sino que, con los ojos muy abiertos, salté también por la ventana y me deslicé hasta las paredes del excusado. Desde allí pude observar la mata de clavelón, con su única flor –ahora muy erguida– rodeada por un halo luminoso que la cubría como una diadema. En el tronco estaba el libro, refulgiendo. Bestial, sumergidos sus brazos en la luz, se dirigió al tallo de la flor. Lo vi inclinarse hasta que su rostro también se hundió en la aureola brillante. Entonces afiné mis oídos para que recogieran, atentos, el último grito de la abuela desde alguna región del monte. Pero en ese momento Bestial inclinó más su cabeza iluminada; y tomó el libro en sus manos resplandecientes. Se sentó sobre el cantero, lo alzó hasta el resplandor de la planta, y empezó a leer.

En ese momento todos mis sentidos comenzaron a golpear aterrados a la puerta de mi razonamiento, como queriéndola derrumbar. Por un momento el escándalo se hizo insoportable. Pero yo me tapé los oídos y les negué la entrada. En realidad, no contaba con nada para consolarlos.

15

A partir de esa madrugada todo sucedió en forma vertiginosa. Antes de la mañana fui al patio, y, con asombro, vi que Bestial aún leía en cuclillas sobre el cantero; me acerqué y le hablé. Ni siquiera se molestó en apartar la vista del libro y mirarme; tal parecía que no me había oído.

Decidí permanecer junto a él toda la tarde y ya al oscurecer, cansado de llamarlo (a veces a gritos), le puse una mano en el hombro. Entonces noté que su cuerpo había perdido elasticidad: mi mano casi se hundió en su hombro. Me llevé los dedos a la nariz y noté (ya con terror) que despedían el mismo perfume de los clavelones. Mi madre llegó entonces del pozo, y aunque la abuela no había regresado, depositó las dos latas de agua cerca del cantero; para mayor asombro de mi parte, vi que ella misma empezó a regar la única planta, esparciendo el agua con las manos, igual que la abuela, en forma de lluvia fina. Regó el cantero, aun donde no crecía ni una mínima yerba. También a Bestial lo roció varias veces. Pero él ni siquiera se movió para esquivar el agua.

Desconsolado, caminé hasta el corredor y me recosté en el taburete, sin haber comido. Otra vez se levantaba la noche sobre un costado de la casa. Y éramos ahora solamente mi madre y yo en medio de las sombras, oyendo el infatigable chirriar de los grillos que aún persistían entre las cenizas, e identificando de vez en cuando aquella vaharada que nos llegaba del cantero. Así permanecimos los dos, en silencio, sin mirarnos. Pero hubo un momento en que mi odio hacia ella creció tanto que sentí miedo. Y fui para mi cuarto.

Estaba solo en medio de una cama que se agrandaba hasta hacerse insoportable. Por fin, caminé a tientas hasta la ventana y salté hacia la otra oscuridad. Con pasos sigilosos me acerqué a Bestial, y, colocándome detrás, lo observé: estaba transparente como un cristal, y uno de sus brazos, completamente seco, se hundía en la tierra. Pero persistía en su lectura. Y cuando lo tomé por el cuello, tratando de ponerlo en pie, noté que sus piernas estaban pegadas al cantero y era imposible separarlas. Entonces observé fijamente el suelo: una especie de agitación se había apoderado de todos los terrones y de vez en cuando parecía como si emitiesen un chillido casi imperceptible. A los pocos momentos descubrí unos puntitos verdes que, como pequeños gusanos de primavera, emergían de la tierra empinando el tallo, haciendo los capullos, abriendo las hojas y coronándose al fin por una flor que ya esparcía su halo y su perfume, embriagando y reduciendo la noche, envolviendo a Bestial, que aún sostenía el libro entre sus manos transparentes.

Durante el día, Bestial fue sustituyendo su transparencia por tonalidades verduscas que bien se podían comparar al color de los retoños jóvenes. Y ya al atardecer, cuando mi madre comenzó a esparcir el agua sobre su cabeza y las flores, se podía confundir fácilmente con un hermoso lagarto erguido entre las hojas. Sólo el libro que aún sostenía entre sus manos diminutas atestiguaba que aquello era Bestial. A la madrugada descubrí, ya sin asombro, que su cuerpo se había convertido en un delgado tallo que emergía firme de la tierra, que sus brazos eran dos radiantes hojas, y su cabeza estaba adquiriendo la infinita suavidad de los pétalos.

Me puse de pie y, riéndome a carcajadas, caminé hacia mi cuarto. En la cama descubrí que tenía la cara empapada.

Al llegar la mañana, el cantero se había enriquecido con otra mata de clavelones, igual a las demás, con su típica flor coronando las hojas. El libro, que aún descansaba junto al tallo, testimoniaba que aquella planta era Bestial.

Entonces, como de entre los escombros del sao, surgió la abuela. A través de la mañana caminó hasta el cantero con pasos gigantes y tranquilos. La vi, bañada por la claridad, hundir sus manos en los clavelones, como un caballo sediento metiendo sus belfos en un charco tranquilo. Aprisionó con fuerza el tallo donde aún se recostaba el libro, y de una sola tirada arrancó la planta. Por un momento la mantuvo en el aire, exhibiéndola al sol con las manos en alto. Luego se la llevó a los labios y, con admirable destreza, la engulló de un solo bocado.

Enseguida se acostó en la tierra. Mientras sonreía se fue quedando dormida bajo la agradable sombra de los clavelones.

16

Con el libro entre las manos caminé un gran trecho por derriscaderos renegridos y piedras todavía calientes.

Por fin, llegué hasta el sitio donde Bestial y yo habíamos echado a correr los dos juntos, aquella noche en que se inaugurara nuestra amistad. La tarde ya era de un increíble violeta. Un grupo de sunsunes, seguramente equivocados, planeaban sobre los altos tizones. Algunos árboles, completamente achicharrados, exhibían sus gajos de ceniza, inclinados como frágiles carámbanos que cualquier viento podría disolver. Por un momento me detuve y respiré fuerte el olor penetrante de la resina hervida. Un murmullo de aguas, ya muy conocidas, llegó desde lejos, como si alguien sollozara detrás de los últimos escombros. Con el estómago lleno de olor y de aire seguí andando, pisoteando cenizas. Cuando los pies ya casi se me hundían en el fango me detuve. Por un momento miré aquellas aguas que ahora se deslizaban desnudas por un desierto de cenizas que poco a poco se iría disolviendo. Enseguida levanté un brazo, lo impulsé hacia atrás y arrojé el libro al río.

17

Y otra vez la casa, en medio de la noche, era un cocuyo diminuto parpadeando desde el fondo de una cántara cerrada. Y otra vez éramos los tres, semejándonos en la sombra. Los tres de siempre como antes de que hiciese su aparición Bestial. Y cuando el olor de los clavelones, atravesando la noche, invadió el corredor, sentí como si un gran árbol soltara todas sus hojas. En mi cuarto, la cama, con su sábana blanca, parecía flotar en la oscuridad. Me acosté y con los ojos abiertos empecé a imaginar el trajín de los ratones en el techo. Pero a la madrugada me incorporé de pronto. Fui hasta la ventana, y, de un solo salto, caí en el patio.

Y ya estaba otra vez frente al cantero de los clavelones luminosos. Y ya sumergía mis brazos en el halo multicolor. Y ya mis manos, con una violencia increíble, arrancaban la primera planta. Entonces, en el momento en que la alzaba en el aire, desprendiendo de la tierra las últimas raíces, oí a mi madre a mis espaldas, lanzando aquel grito horroroso que provenía como de un tiempo despoblado; y la vi, llevándose las manos a aquella región impronunciable de su cuerpo.

Comprendí entonces las palabras con que me increpó Bestial cuando le dije que mi madre me había confesado que me quería. Pero las que con mayor nitidez se pasearon por mi memoria fueron aquellas del día en que mientras yo miraba a la abuela retorciéndose en el cantero, él, llegando desde la cocina me dijo: «Vamos al monte». Y fuimos.

1966

Termina el desfile

A Lázaro Gómez, testigo

Ahora se me escapa. Otra vez se me pierde ese mar de piernas que de tan apretadas se confunden, entre esa mezcla de trapos y cuerpos apelmazados, por sobre los charcos de orín, de mierda, de fango, por entre los pies descalzos que se hunden en esas plastas de excrementos. La busco, la sigo buscando como si se tratase (como en verdad se trata) de mi única salvación. Pero, la muy cabrona, otra vez se escabulle. Allá va, milagrosamente abriéndose paso, deslizándose entre zapatos embarrados, entre cuerpos que no pueden siquiera desplomarse, aunque se desmayen (tan apretados están unos con otros), entre el llanto, el orín, liberándose de mí cada vez que se desliza, evitando a la vez, no sé gracias a qué insólita intuición, el pisotón mortal. De ti depende mi vida, de ti depende mi vida, le digo, arrastrándome también como ella. Y la persigo, la sigo persiguiendo entre la mierda y el fango, apartando trabajosa y mecánicamente barrigas, nalgas, pies, brazos, muslos, toda una amalgama de carnes y huesos pestíferos, todo un arsenal de bultos vociferantes que se mueven, que quieren, como yo, circular, trasladarse, dar vueltas, y que sólo provocan contracciones, meneos, estiramientos, convulsiones que no llegan a romper el nudo, a resolverse en paso, en carrera, en verdadero movimiento, en algo que realmente se desplace, avance, quedando todos como atrapados

153

en una misma telaraña que se estira por un lado, se contrae por acá, se levanta por allí, pero no llega a romperse por ninguna parte. Así, reculan, se adelantan, para atrás, para alante, entre rodillazos y patadas, alzando ahora los brazos, la cabeza, la nariz, todo al cielo, para poder respirar, para poder ver algo que no sea el apelmazamiento de sus propios cuerpos hediondos. Pero yo sigo, aún no la he perdido de vista y sigo, apartando estos cuerpos, arrastrándome, recibiendo patadas y maldiciones, pero sin darme por vencido, persiguiéndola. En ello (en ella) me digo, me va la vida... La vida, por encima de todo, la vida a pesar de todo, la vida como quiera que sea, ya sin nada, ya sin ti (y a pesar de ti), entre el estruendo que ahora sube, entre el chillido y los cantos, pues cantan, cantan de nuevo, y nada menos que el himno nacional. La vida, ahora, mientras te persigo sobre el excremento al son de las notas (o gritos) del himno nacional, teniéndose como justificación y amparo, como solución inmediata, como sustento, lo demás (¿qué cosa es lo demás?) ya lo veremos. Ahora sólo me importa esa lagartija, esa maldita lagartija que de nuevo se me esconde, taimada y cubierta de excrementos, entre los raíles y miles de pies que se hunden también en la mierda. *La vida...* Estaba, otra vez, como hacía ya tantos años, en ese extremo en que la vida no es ni siquiera una repetición inútil y humillante, sino el recuerdo incesante de esa repetición que en el principio fue también una repetición; estaba en ese punto, en ese último sitio, en ese extremo, en que el acto de estar vivo no es ya un asunto que se tome en cuenta, sino que ni siquiera realmente se puede asegurar que sea cierto. Así, parado, o más bien inclinado, pues la barbacoa no le permitía erguirse plenamente, contemplaba dentro de aquella vieja habitación de antiguo hotel venido a menos, y habitada por lo tanto por gente como o él o aún peores –criaturas vociferantes, sin otro concepto, ni principio, ni sueño que poder, a toda costa, y pésele a quien le pese, sobrevivir, es decir, no morirse de hambre de una vez–, contemplaba, miraba, en esa posición, sin moverse, no el pasado, o el futuro, ambos no solamente tenebrosos, sino irrisorios, miraba, en fin, el pedazo improvisado de la improvisada escalera que lo llevaba hacia los «altos», es decir hasta la estricta buhardilla donde tenía que caminar no inclinado, sino en cuatro patas, para no romperse la cabeza contra el techo. Así estaba, entre la pared delantera que daba al pasillo y la otra pared que daba a la otra pared del otro edificio. Ahora avanzó un poco más y sus ojos dieron de lleno con sus ojos, con su figura reflejada en el espejo incrustado (atornillado) en la misma puerta de salida al pasillo que se mantenía provisoriamente siempre cerrada. Ya no era aquél, ahora era éste. Ya no corría por sabanas o yerbazales. Corría, a veces, por entre el histérico tumulto, intentando tomar un ómnibus repleto o para marcar en la cola del pan o del yogur. Así, haciendo un esfuerzo se apartó de su imagen –esta de ahora–, recorrió con dos pasos el cubículo, su reino, se sentó en un asiento también improvisado gracias a la combinación de miseria y necesidad, una suerte de banqueta con una parodia de almohada o cojín cubriéndolo. Entonces, antes de que pensara siquiera en una solución, antes de que pudiera siquiera pensar cómo pensar en una solución, el estruendo de una olla raspada con violencia, el grito, el alarido de un niño (de alguna forma había que llamarlo), el ruido desmesurado de un televisor, varios radios, y alguien que además golpea la puerta cerrada del ascensor, y otro que desde una ventana llama a gritos repetidos hasta la saciedad a quien evidentemente no está, o es sordo, o no quiere responder, o ha muerto, en fin sus vecinos, sus semejantes, le hicieron olvidar lo que, como una breve ráfaga había cruzado por su imaginación, había intentado concebir –qué era, qué era–. Y, oyendo aquella suerte de parafernalia incesante, una enorme sensación de calma lo invadió, una unánime sensación de renuncia, de impotencia, lo sumió, como siempre, desde hacía años, en una suerte de sopor, de inercia, de abandono absoluto, de desconsuelo (o consuelo) mortal, de sensación de sentirse más allá de toda resistencia, de toda competencia, de toda posibilidad vital, una seguridad (un descanso, un cansancio) de muerte absoluta, de muerte definitiva y rotunda, sí, si no fuera porque a pesar de todo tenía un amigo, y, por lo tanto, aún respiraba... Pero con dificultad, con bastante dificultad, alzando la cabeza, la nariz, abriendo la boca al cielo, levantando también las manos y apartando, sólo así podía tomar un poco de aquel aire contaminado, completamente hediondo y continuar, es decir, volverse a zambullir entre el estruendo y los cuerpos sudorosos, arrastrándose de nuevo por el patiñero, apartando piernas, jabas, pies, para llegar hasta donde él estaba, porque tenía la certeza de que él se encontraba, naturalmente, allí, en aquel tumulto, en algún lugar de aquel tumulto, formando parte del tumulto; por eso empujaba, levantaba la cabeza, respiraba, escrutaba, y seguía apartando cuerpos, bultos, sin pedir permiso, quién iba a pedir permiso en aquella situación, y seguía, llamándolo a veces en voz alta, tratando de hacerse oír en medio de aquella algarabía. Y lo terrible era que a cada momento se le hacía más difícil continuar. Venían más, seguía llegando más gente, más gente que saltaba la cerca (la reja ya la habían cerrado) y entraba; entra-

156

ban como fuese, a golpes, a patadas. Qué escándalo, qué escándalo. En medio de la algazara y el polvo y el tiroteo seguían avanzando, trepándose a la cerca y saltando: viejos, mujeres barrigonas, niños, muchachos, sobre todo muchachos, todos queriendo llegar a la alambrada, mientras el grupo de los militares se hacía más denso. Y seguían llegando policías, milicianos, gente uniformada o disfrazada, disfrazada de civil, impidiendo que los otros –la muchedumbre– pudiese aproximarse al cercado. Ya no se trataba de un cordón, sino de un triple cordón completamente armado. Se escuchaban ahora ráfagas de ametralladoras y gritos de «¡hijo de puta, párate ahí mismo!», y otra vez el estruendo y los aullidos de los que allí mismo, delante de sus propios ojos reventaban ametrallados, sin haber podido saltar la cerca, sin haber podido tocarla siquiera, sin haber podido llegar. Inmediatamente numerosos hombres (de militares, de paisanos), bajándose apresuradamente de sus alfaromeos, arrastraban los cadáveres hasta sus vehículos y partían veloces por toda la Quinta Avenida. Pero ahora no sólo corría peligro el enardecido tumulto de allá afuera, que a todo trance quería burlar el cordón (los cordones) y entrar, sino que ellos también, allá adentro, estaban siendo ametrallados. Alguien, uno de los grandes, un «pincho», un «mayimbe», frenó abruptamente frente a la cerca, y, fuera de sí, empezó a dispararles. En medio de una algarabía infernal la mole retrocedía sin poder retroceder, se apretaban aún más, escondían las cabezas unos contra otros, se replegaban como tratando de meterse dentro de ellos mismos, y el que caía por haber sido alcanzado por un disparo, o, sencillamente por haber resbalado, ya no se podría parar más, su última visión sería la de miles y miles de pies en estampida circular cruzándose y volviendo a cruzarle por encima. «El himno, el himno», gritó alguien. Y de pronto, sólo salió de la inmensa multitud sitiada, una sola, unánime y estentórea voz, un solo canto, alto, desgarrado, desafinado, insólito, traspasando el cercado y llenando la noche. Ridículo, ridículo, se decía, pero por un momento interrumpió la búsqueda, se detuvo, ridículo, ridículo, se decía, otra vez ese himno, ridículo, ridículo, pero lloraba... Horrible, horrible, porque todo era horrible, espantoso, nuevamente, otra vez, siempre; pero peor, pero peor ahora, porque ya no podía darse el lujo, como entonces, de desperdiciar el tiempo, su tiempo. Así, encorvado, en el estrecho y bajo cuchitril, repasaba, otra vez repasaba, todo el tiempo vivido, todo el tiempo perdido, y se detenía de nuevo ahí, en la improvisada y perentoria escalera, bajo el techo también improvisado y perentorio, entre la mesa perentoria e improvisada (la tapa de un tanque sobre un barril), improvisado, improvisado, improvisado, todo improvisado, y, por lo demás, él mismo, todos, siempre improvisando y aceptando. Oyendo discursos improvisados e incesantes; viviendo en una miseria improvisada donde hasta el terror que padecía hoy, mañana, improvisadamente, sería sustituido por otro, reforzado, renovado, aumentado, así, de improviso. Improvisadamente padeciendo leyes improvisadas que de pronto fomentaban delitos en lugar de disminuirlos; padeciendo cóleras improvisadas que arremetían, naturalmente contra él, contra los que vivían como él, al margen, en una nube, en otro mundo, es decir, en este cuarto de tres por cuatro, improvisado, sobre una barbacoa improvisada, solo... Salir a la calle, bajar la escalera llena de desperdicios (el ascensor nunca funcionaba), llegar a la calle, ¿para qué?... Salir era constatar una vez más que no había salida. Salir era saber que no se podía ir a ningún sitio. Salir era arriesgarse a que le pidieran identificación, información, y, a pesar de llevar encima (como siempre llevaba) todas las calamidades del sistema: carné de identidad, carné de sindicado, carné laboral, carné del Servicio Militar Obligatorio, carné del CDR, a pesar en fin, de ir, cual noble y mansa bestia, bien herrada, con todas las marcas que su propietario obligatoriamente le estampaba, a pesar de todo, salir era correr el riesgo de «caer», de «lucir» mal ante los ojos del policía que podía señalarlo (por convicción moral) como *un personaje dudoso, no claro, no firme, no de confianza,* y, sin mayores trámites, ir a parar a una celda, como le había ocurrido ya en varias ocasiones. Él sabía, por lo demás, lo que eso significaba. Por otra parte, qué espectáculo iba a ver si salía, sino la anatomía de su propia tristeza, el espectáculo abrumador de una ciudad que se derrumba, las taciturnas figuras, esquivas o agresivas, hambrientas y desesperadas, también, naturalmente, acosadas. Figuras, por lo demás, ajenas ya a un diálogo, a una intimidad, a una posibilidad de comunicación, prestas, sencillamente (vitalmente), a arrebatarle la cartera, arrancarle el reloj de pulsera, a desprenderle del mismo rostro los espejuelos, en el caso de cometer la imprudencia de salir a la calle con ellos, y lanzarse a correr, sin más, por entre el panorama deteriorado. Por lo demás, él, y ahí estaba su triunfo, su tabla de salvación, su consuelo, no era completamente cierto que estuviese (que se sintiese) absolutamente solo... Y ante ese consuelo, ante esa dicha, se quedó tal como estaba: un pie en la escalera improvisada, el rostro ya difuminándose frente al destartalado espejo, la cabeza inclinada para no chocar contra el techo de la barbacoa, sereno, quieto, esperando, pues estaba seguro de que, de un momento a otro, como todas las mañanas, sí, así tenía que ser, su amigo llegaría. Finalmente dio un paso por la improvisada habitación, y en el improvisado asiento se sentó. Pero dónde andaba, dónde estaba, dónde puede estar metido, pero tienes que seguir, tienes que continuar avanzando, tienes que encontrarlo en alguna parte, sobre los techos, sobre un árbol, no puede haberse esfumado, tiene que estar en ese tumulto, en ese inmenso barullo que ahora se hace más denso, más histérico, aprisionando, por último a alguien, lanzándolo por el aire y volviéndolo a recibir para seguir lanzándolo, es un policía infiltrado, dicen, que estaba tratando de arriar del asta la bandera del Perú. Y ahora miles de brazos, de puños cerrados, de gentes desesperadas, se abalanzan sobre él, bamboleándolo. «A lincharlo, a ejecutarlo, que se la arranquen», gritan, y el hombre desaparece y aparece y vuelve a desaparecer, tragado por ese mar desesperado hasta que es lanzado fuera de la cerca, donde continúa el tiroteo, ahora a los árboles, al aire, a los automóviles que a distancias considerables y a gran velocidad intentan burlar las barreras y aproximarse. Me acerco hasta donde el furor es más intenso, escruto, empujo, sigo buscando entre los rostros desesperados, entre los que ya por el hambre o por los golpes se han desmayado, entre los que duermen de pie... Pero nada, pero nada, no te veo, aunque sé, lo sé bien, que en algún lugar cercano estás, por aquí, no muy lejos de mí, también buscándome. Aquí estamos, aquí estamos, aunque todavía no hayamos podido encontrarnos, entre la amenaza y el tiroteo, entre los malos olores que cada vez se hacen más intolerables, y los motines, y los golpes, y las riñas, los conflictos que la desesperación y el hambre, y este apelmazamiento, provocan, pero por lo menos pudiendo ya, ahora, ahora mismo, gritar, gritar... Irse, irse, ésa era la *cuestión*. Antes había sido alzarse, liberarse, sublevarse, esconderse, emanciparse, independizarse, pero ahora ya nada de eso era posible, no porque se hubiese logrado o no fuese necesario, sino porque ya ni siquiera concebir en voz alta, y hasta en voz baja, esas ideas, era recomendable, y así, seguimos hablando los dos, mientras recorremos, temerosos, el Malecón casi desierto aunque todavía no son ni las diez de la noche. El problema no es decir «hay que irse». Eso lo sé, igual que tú, le decía el otro, su amigo. El problema, la cuestión, es cómo salir de aquí. Sí, decíamos, cómo salir. En una o dos cámaras de camión, dices, con una lona arriba y un par de remos. Lanzarse al mar. No hay otra escapatoria. Es verdad, es verdad, decía yo. No hay ningún otro tipo de solución. Yo, dices, puedo conseguir las cámaras y la lona. Tú tienes que guardarlas en tu cuarto. Mi familia no puede enterarse de nada. Pero eso no es lo más difícil, decías. Está lo otro. La vigilancia. Sabes que hay vigilancia por todos los sitios, que ni a la playa se puede uno acercar ya de noche. Lo más difícil es, precisamente, llegar a la costa con dos gomas, y comida y algunas botellas de agua. Sí, decía yo. Es verdad. Primero hay que observar el terreno, estudiarlo, ir sin nada, ver cuál es el mejor punto. Me han dicho que por Pinar del Río, decías. Por lo menos, las corrientes por allá son más fuertes, nos pueden arrastrar, llevar lejos. Algún barco nos recogerá. Tienen que recogernos, una vez en el mar, alguien nos detectará y nos recogerá. Pero oye, digo yo, puede que nos recoja un barco ruso, o chino, o cubano, y volvamos otra vez, no para acá, para el malecón, para la calle, sino para la cárcel... Cinco años están echando ahora por eso que ellos llaman salidas ilegales, dices. ¿Y dónde están las legales?, preguntaba yo.

¿Es que acaso, si quisiéramos irnos podríamos hacerlo tranquilamente, como otros lo hacen en cualquier lugar del mundo o en casi todos? Claro que no, decías. Pero ellos, ellos son los que hacen aquí las leyes y los que nos meten en la cárcel. Es verdad, decía yo. No solamente está el problema de llegar al mar sino al otro lado del mar. Llegar, dices, de alguna forma llegar. Sin que ellos se enteren que pensamos salir. Ellos, ellos, decía yo. Pero por mucho que vigilen, no pueden tenerlo todo en cuenta; no pueden, aunque vivan sólo para eso, custodiarnos, chequearnos en todo momento, incesantemente. Quizá, decías, tengas razón. Y mientras regresábamos (en el cuarto lo mejor era no hablar sobre esto) terminamos de redondear el plan, la fuga, la posibilidad, el intento, pero, ahora otra vez ha desaparecido, la muy astuta se ha escabullido, deslizándose por debajo del fango y el excremento. Cambiando de color, se me ha escapado otra vez. Entre la multitud se oye un chillido. Una mujer salta histéricamente mientras se lleva las manos a los muslos. «Un bicho, un bicho», dice, «se me ha metido un bicho dentro.» Y sigue brincando. Hasta que ella sale de su falda. Allá va, de nuevo huyendo, cambiando de color y tratando de esconderse, la muy cabrona, entre zapatos enfangados, pies descalzos, trepándose a un muslo, saltando a una espalda, deslizándose ahora por entre cuellos sudorosos y hacinados, sobre un tumulto que se repliega, formando un solo amasijo sobre el suelo. Paso también sobre ellos, piso el rostro de alguien (una mujer, un niño, un viejo, qué sé yo) sin ánimos ya para quejarse, y sigo, ahora agachado, en cuatro patas, levantando a veces una inmensa algarabía de protestas, recibiendo también patadas, empellones, pero observándola, siguiéndola, sin perderla de vista, ahora de cerca... Pero ellos, efectivamente, sí lo controlaban todo, sí lo vigilaban todo, sí lo escuchaban todo. Todo lo tenían previsto. Por eso llegaron bien temprano. Bajé apresuradamente de la barbacoa, pensando que eras tú. Eran ellos. Todo, en ese momento, sucedió, sucede, como si ya hubiese sucedido. Tantas veces había pensado (lo había esperado), había calculado que podía suceder, que ahora, cuando entran, mientras te dicen «No te muevas. Estás preso», y comienzan a registrar, no sé, realmente, no sé si todo pasa en este instante o si ya pasó, o si siempre está pasando. Como el espacio es tan reducido, no tienen que emplear mucho tiempo en el registro. Dos lo revuelven todo por allá arriba, en la barbacoa; uno se queda conmigo, vigilándome; los demás trastean debajo de los cojines, en el falso techo, en el close improvisado. Ahí están, desde luego, las gorras, la lona, y hasta algo que ni siquiera sabía que tú hubieses podido conseguir (y ahora, lo peor), una brújula. Rápida y minuciosamente concluye el registro, delante de mí, pero sin tomarme en cuenta. Papeles, cartas, libros, las cámaras, la lona, y desde luego, la brújula, que ni siquiera sabía que tú hubieses guardado en el close, todo en estos momentos es objeto, motivo, cuerpo, del delito, causa de recelo, de culpa. Una fotografía, un pulóver extranjero, argumentos, para ellos, también convincentes, «partes» del mismo delito. Me ordenan finalmente quitarme los zapatos, me registran la palma de los pies, me mandan a que vuelva a vestirme completamente. «Vamos», me dice uno de ellos, mientras me coloca una mano detrás del cuello. Así salimos. El pasillo ahora está completamente desierto, aunque sé que detrás de las puertas entreabiertas están todos, temerosos, observando... Una mujer que de una pedrada le sacaron un ojo, un hombre con un brazo mutilado por un disparo; otro, con las piernas inflamadas, reventándoseles, otra que se aprieta el vientre gritando que no quiere parir, porque si pare la sacarán de aquí, otro que se arrastra a ciegas pues perdió los lentes de contacto. «Silencio, silencio, a ver si podemos oír La Voz de las Américas.» Gritos y más gritos pidiendo silencio, pero nadie se calla, todo el mundo tiene algo que decir, algo que plantear, alguna solución, alguna queja, algún asunto urgente. «Que hable el embajador, que hable el embajador.» Pero nadie oye, todos quieren hacerse oír. «Nos vamos a morir de hambre, nos vamos a morir de hambre. Esos hijos de puta nos quieren matar de hambre.» Gritos y más gritos, y yo también gritando: llamándote en voz alta, apartando gente cada vez más furiosa, dando golpes y avanzando, entre el excremento, el orín, los cuerpos mutilados y el estruendo (afuera el tiroteo, otra vez el tiroteo) buscándote... De noche, ¿será de noche? Quién puede saber si ahora es de noche o de día... De noche, de noche, es de noche. Ahora siempre es de noche. En el centro de este túnel medieval y con un enorme bombillo, que nunca se apaga, sobre la cabeza, claro que tiene que ser siempre de noche. Todos reducidos a un mismo uniforme, a una cabeza rapada, a un mismo grito para el recuento tres veces al día. ¿Al día? ¿O a la noche? Por lo menos, si pudiera llegar hasta la ventana triplemente enrejada, sabría qué cosa es realmente ahora, noche, día, pero para acercarse hasta allí hay que pertenecer a «la mandancia», ser de «los guapos». Poco a poco pasa el tiempo, pasa, o pasamos nosotros, paso yo. No es que me acostumbre, ni me adapte, ni me conforme, pero voy sobreviviendo. Por suerte, en la última visita pudiste entrar unos libros. Luz aquí no falta. Silencio, silencio, eso sí que es algo que casi no recuerdo. Pero el problema consiste, me dices, en aguantar, en sobrevivir, en esperar. Por suerte a mí no me agarraron en el cuarto. Por lo menos te puedo traer algunas cosas. Ahí viene un poco de gofio, galletas, azúcar, y más libros. El tiempo pasa, el tiempo pasa, dices. El tiempo, digo, ¿pasa?... Pasa sabiendo que afuera hay calles, árboles, gente vestida de colores y el mar. Termina la visita. Nos despedimos. Entrar. He aquí el peor de los momentos. Cuando en fila azul, rapada y escoltada, entramos en el túnel, larga y estrecha bóveda de piedra que nos lleva otra vez a la cueva circular que resuda incesantemente chinches, moho, orín, ese vaho, ese vaho a excremento acumulándose, desbordándose, y ese estruendo, esa gritería incesante de los presos, esos golpes sobre literas y paredes, esa impotencia, esa violencia enjaulada que de alguna forma tiene que salir, manifestarse, estallar. Si al menos, pienso, parapetado en la última litera, se mataran en silencio. Pero ese estruendo, ese ensordecedor y monótono estampido, ese cacareo, esa jerga, en la cual quieras o no tienes que participar, participar o perecer. Ah, si alguien se interesase en mi alma, si alguien la quisiese para siempre, quizás, a cambio de ella... Pero es completamente imposible seguir pensando, con esa algarabía, con esa algarabía que ahora sube y arremete... Como azotados por una plaga insólita, los árboles han perdido de golpe todas las hojas, una por una, a la velocidad de un relámpago, han sido arrancadas y engullidas. Ahora, con las uñas, con pedazos de alambre, a taconazos, todos empiezan a sacarle la corteza a los troncos; las raíces, la yerba también desaparecen. «El que tenga un pedazo de pan escondido se juega la vida», oigo que alguien dice. Por eso te sigo, por eso, y por encima de eso. Eres mi meta, mi salvación, mi consuelo, mi aliciente, mi amor, mi grande, único, verdadero, firme amor. Y ahora, otra vez provocas una inmensa algazara cuando te introduces por las piernas del pantalón de alguien que dormía de pie, apuntalado por la multitud. «Una lagartija bugarrona», gritan, pues a pesar de todo, o por todo todavía mantienen cierto humor. «No, es maricona», increpa otro, la espanté cuando estaba llegándome a la portañuela. «Puede que sea macho», dice ahora una mujer, «pues se me metió por entre las faldas.» «A agarrarla, a agarrarla, es carne fresca.» Y al grito de esa consigna, todo el mundo se abalanza sobre ti. Yo, dando un aullido cruzo por sobre sus cabezas. No lo permitiré, no lo permitiré, no permitiré que sean los otros los que te cojan, aunque me maten (pues ya veo sus caras de hambre, de delirio, de locura, mirarme furiosamente), sigo empujándolos, abriéndome paso, persiguiéndote. «La comida, la comida.» Suena la voz de alarma. Gritos. Ahora todos, olvidándote, tratan de llegar hasta la cerca, donde ellos, los policías, según dicen, comienzan a colocar por los alrededores pequeñas cajas de cartón con raciones de comida. El descontrol aumenta por momentos, por mucho que algunos intenten poner orden. Se sabe que sólo reparten ochocientas cajitas para los diez mil y pico que estamos aquí. Golpes, otra vez el motín, la gritería. Por primera vez ellos me han salvado, nos han salvado, a ti y a mí, por eso ahora, con más ahínco, teniendo el campo libre, te persigo. Llego, llego finalmente, de nuevo, al lugar que tanto aborrezco y sin embargo añoré: la habitación improvisada. Todo ahora lo veo tan brillante. Las paredes deterioradas y despintadas relucen; el muro del otro edificio me parece de mármol. Toco estos asientos improvisados, esta improvisada escalera; todos los rústicos y escasos tarecos que me rodean son para mí algo nuevo que miro, palpo, yo diría con cierto amor. Cinco años en aquella cueva, me dices. Claro que todo te tiene que parecer nuevo, reluciente. Y me cuentas también lo que padeciste: investigaciones, persecuciones, qué sé yo, pero ahora hay que olvidarse de todo y continuar, dices. Ahora debemos de estar más vigilados, digo. Por eso, dices, lo mejor es olvidarse por un tiempo de la fuga. Finge que te adaptas y no le digas a nadie lo que pienses. Cuando tengas que desahogar habla sólo conmigo. A los demás, ni una palabra. Todo esto nos pasó por no ser cautelosos. Sí, digo, aunque no hablé nunca con nadie sobre el asunto. Pero ellos son muy astutos, dices, más de lo que tú te imaginas. Ellos no habrán desarrollado la producción de calzado, comida o transporte, pero, en cuanto a persecución, están en primera línea. No lo olvides... No lo olvido, no lo olvido, cómo voy a olvidarlo... Ellos están allá afuera, unos uniformados, otros vestidos de civil, todos armados, golpeando, atropellando, asesinando, a los que agazapados sobre los árboles, en las alcantarillas, en las casas vacías, intentan acercarse, llegar hasta donde estamos nosotros. Y ahora ellos, allá, colocan las cajas con la comida (un huevo duro, un puñado de arroz) a sus pies, del otro lado de la cerca. Están tranquilos, mirándonos acá adentro. Cuando uno de nosotros saca un brazo para coger una caja, ellos levantan el pie y le aplastan la mano, o le propinan, ágiles, una patada en el pecho. Si alguien grita, entonces la risa de ellos es más alta, mucho más alta que los gritos. Otros, más sádicos, o más refinados, esperan a que uno de nosotros coja la caja y cuando ya la lleva para el interior, lo golpean hasta romperle el brazo. Y de nuevo se vuelven a oír sus risas. Pero tampoco entre los que a empellones y puntapiés han llegado a la cerca estás tú, ni en esos que ahora retiran las manos golpeadas y vacías. Quizás allá arriba, sobre el techo del edificio, o dentro, en el mismo edificio, con el mismísimo embajador, atendiendo a los enfermos graves, o a las mujeres recién paridas o a los viejos. Sí, seguramente, allí fue donde primero debí haber ido, por eso, porque estás con los enfermos, o, seguramente, enfermo, enfermo de gravedad, es por lo que no había podido encontrarte. De no ser así, tú, antes que yo, me hubieras localizado. Atrás, atrás, a recular, a regresar entre empellones y patadas, a volver a entrar en el edificio como sea, para atrás, para atrás... Había llegado. Había llegado a ese momento en que la vida no sólo carece de sentido, sino que ni siquiera nos preguntamos si alguna vez lo tuvo, digo, refiriéndome desde luego a mí mismo. En un tono no por grandilocuente menos trágico, y en medio de esta habitación destartalada. Y sigo: porque ya ni siquiera se puede ser triste. Hasta la misma tristeza queda abolida por el ruido, por la irrupción incesante de las cucarachas, el chillido de las perseguidoras, por el qué comeré hoy, qué comeré mañana. Sí, hasta la tristeza necesita su espacio, al menos, un poco de silencio, un sitio para poder guardarla, exhibirla, pasearla. En el infierno no se puede ser ni siquiera triste. Sencillamente se vive (se muere) al día, digo, dije. Y tú me respondiste: escribe, escribe todo eso, empieza a escribir desde ahora mismo todo lo que padeces y te sentirás mejor. En realidad, ya hace tiempo que pensaba hacerlo, pero ¿para qué? Para ti, para ti mismo, para los dos, dices. Y así es realmente. Minuciosa, delirante, colérica e incesantemente voy dándole salida a mi espanto, a mi furia, a mi resentimiento, a mi odio, a mi fracaso, a nuestro fracaso, a nuestra impotencia, a todas las humillaciones, estafas, burlas, y, por último, sencillamente, golpes, patadas, persecución incesante. Todo, todo. Todo el terror: al papel; a la hoja en blanco, una vez repleta cuidadosamente escondida entre el falso techo de la barbacoa, en los diccionarios, o detrás del escaparate: mi venganza, mi venganza. Mi triunfo. *Cárcel para morder, cárcel para naufragar y no poder jamás salir a flote, cárcel para de una vez claudicar, olvidando, ni siquiera concibiendo que existió el mar, y, mucho menos, la posibilidad de cruzarlo...* Mi triunfo, mi triunfo, mi venganza. Paseos por las calles que revientan, pues las cañerías ya no dan más, por entre edificios que hay que esquivar, pues se nos vienen encima, por entre hoscos rostros que nos escrutan y sentencian, por entre establecimientos cerrados, mercados cerrados, cines cerrados, parques cerrados, cafeterías cerradas, exhibiendo a veces carteles (justificaciones) ya polvorientos, CERRADO POR REFORMAS, CERRADO POR REPARACIÓN. ¿Qué tipo de reparación? ¿Cuándo termina dicha reparación, dicha reforma? ¿Cuándo, por lo menos, empezará? Cerrado, cerrado, cerrado. Todo cerrado... Llego, abro los innumerables candados, subo corriendo por la improvisada escalera. Ahí está ella, aguardándome. La descubro, retiro la lona y contemplo sus polvorientas y frías dimensiones. Le quito el polvo y vuelvo a pasarle la mano. Con pequeñas palmadas limpio su lomo, su base, sus costados. Me siento, desesperado, feliz, a su lado, frente a ella, paso las manos por su teclado, y, rápidamente, todo se pone en marcha. El ta ta, el tintineo, la música comienza, poco a poco, ya más rápido, ahora, a toda velocidad. Paredes, árboles, calles, catedrales, rostros y playas, celdas, miniceldas, grandes celdas, noche estrellada, pies desnudos, pinares, nubes, centenares, miles, un trillón de cotorras, taburetes y una enredadera, todo acude, todo llega, todos vienen. Los muros se ensanchan, el techo desaparece y, naturalmente, flotas, flotas, flotas arrancado, arrastrado, elevado, llevado, transportado, eternizado, salvado, en aras, y, por esa minúscula y constante cadencia, por esa música, por ese ta ta incesante... Mi venganza, mi venganza. Mi triunfo... Cuerpos acorazados de excrementos, niños hundiéndose en el excremento, manos que buscan, revolviendo en la mierda. Manos y más manos, redondas, delgadas, chatas, huesudas, bocaarribas, bocabajos, unidas, desplegadas, empuñándose, cerrándose, rascándose pelos, testículos, brazos, espaldas, palmeteando, alzándose, arrastrándose, cayendo desfallecidas, negras, amarillas, moradas, blancas, transparentes, completamente crispadas y empalidecidas por días y días de hambre; inflamadas, magulladas, mutiladas por los golpes al intentar apoderarse de una cajita de racionamiento del otro lado de la cerca, donde ahora los carros patrulleros circulan incesantemente portando altavoces que no cesan de atronar amenazantes. «El que quiera acogerse a las autoridades cubanas puede hacerlo y regresar a su hogar.» Y día y noche, día y noche, el tiroteo, la sed, las amenazas, el hambre, los golpes. Y ahora, repentinamente, el aguacero, el torrente del aguacero, aplacando la polvareda, confundiendo árboles, automóviles, casas de campaña y unidades militares, soldados estacionados, parapetados, en estado de alerta a nuestro alrededor... El típico aguacero de primavera, imprevisto, torrencial. Algunos tratan de protegerse con las manos; otros, bajando la cabeza, se encogen, quieren como agazaparse, guarecerse dentro de ellos mismos. Muchos que duermen continúan durmiendo, mientras el agua corre por sus frentes, por los rostros, por los ojos cerrados, sin que por ello lleguen a despertarse. Otros intentan agacharse, protegerse debajo de los demás, provocando una avalancha de protestas, de reconvenciones, y una que otra patada tirada al azar. Yo aprovecho la confusión, el estado casi de calma, de hacinamiento inmóvil que provoca el aguacero para abrirme paso, escrutando los rostros empapados, los cuerpos contraídos y empapados, recorridos por contracciones y temblores, y sigo, sigo investigándolos, mirándolos, descifrando los rostros chorreantes, buscándote. Sé que en alguna parte, por aquí, a un paso de mí, quizá, te encuentras, tienes que estar. «Nos quieren rendir por hambre, por enfermedad, por terror. Este aguacero seguramente es también asunto de ellos, una de sus tretas», dice una mujer, enloquecida bajo el diluvio, mientras hace señales, cruces en el aire y extraños gestos... Y regreso, lleno de combustible, de argumentos, de espanto. Corro, subo las sórdidas escaleras, abro los innumerables candados. Ardiendo me trepo a la improvisada barbacoa. Mi tesoro, mi tesoro, busco mi tesoro que ahora mismo voy a agrandar, tu venganza, mi triunfo que ha ido engrosando, y ya no es una, ni diez, ni cien páginas, sino cientos. Cientos de hojas robadas al sueño, al terror, al descanso, al miedo, disputadas a puño limpio al calor, al estruendo de la calle, de los vecinos; ganadas a trompada contra los mosquitos, contra el sudor, contra el vaho (o los vahos) pestífero que sube, que desciende, que llega de todos los pisos, de todos los sitios. Miles de hojas ganadas al chillido de niños siniestros que parecen concertarse tácitamente para, cuando me siento ante el teclado, irrumpir con su endemoniada algarabía. Páginas y más páginas conquistadas a puñetazos, a patadas, a cabezazos de furia, a golpes de furia, contra televisores, tocadiscos, radios portátiles, motores sin silenciador, chillidos, saltos, raspar de ollas, visitas inoportunas, figuras, cuerpos

casi ineludibles, apagones incesantes... A piñazos, a piñazos en las tinieblas, rápido, rápido, cada vez más rápido,
a piñazos, a piñazos, antes de que ellos regresen, rápido, rápido, a piñazos, triunfal, triunfalmente, en las tinieblas...
Y nuevo alboroto, luces, focos, bengalas, que estallan ahora por todos los sitios, iluminando de tal modo la Quinta
Avenida, toda la zona, que es como si estuviéramos en
pleno mediodía. Alguien, el chófer de un chevy de alqui-
ler ha logrado burlar las barreras, los tres cordones, y ha
venido a estrellarse a insólita velocidad contra el auto del
mismo embajador que yacía parqueado a la entrada. El
hombre sale finalmente del vehículo destartalado; herido,
comienza a arrastrarse hasta la cerca desde donde todos lo
observamos, despacio, agarrándose el césped continúa rep-
tando. Entonces los carros oficiales avanzan enfocándolo,
los soldados, linterna en mano, también lo van rodeando
mientras lo iluminan, integrantes de los tres cordones, soldados, judocas, policías, haciéndole un círculo, le permi-
ten que siga arrastrándose. El chófer llega ahora casi hasta
la cerca, donde todos, hasta yo mismo, lo contemplo. Por
último, cuando ya sus manos tocan el alambrado, ellos,
apretando el círculo luminoso, avanzan lentamente, en-
cañonándolo. Dos de ellos se inclinan y levantándolo por
el cinto y la camisa, lo toman en vilo y se lo llevan. Él,
mirándonos, abre y cierra la boca, pero nada dice, nada se
oye, aunque el silencio en estos momentos es absoluto...
Nada, nada, no hay nada, ni una hoja, ni el menor rastro
de una cuartilla, ni siquiera la última, la que aún estaba
sin terminar, sobre la máquina de escribir. Vuelco las ga-
vetas, el colchón, la ropa del escaparate, los improvisados
asientos, arranco el falso techo, el forro de la improvisada
escalera; con pavor minucioso todos los libros son regis-

trados, sacudidos. Pero nada. De las cientos y cientos de páginas garrapateadas, no queda ni una huella, ni el rasgo de cómo desaparecieron... Ellos, ellos, claro, fueron ellos, me dices, mientras yo, dándome ya por derrotado, dejo de revolver cachivaches. Claro que fueron ellos, continúas. Entonces, vendrán a arrestarme, digo. Quizá sí, quizá no, me dices, tan preocupado como yo, aunque tratando de simular, tratando, aunque sin argumentos, de alentarme, de consolarme. Puede ser que no vengan, dices. Todo estaba en orden, digo, no revolvieron nada. ¿Cómo habrán podido entrar? No seas ingenuo, ¿qué cosa no podrán hacer ellos? Son los dueños del país, de todos nosotros, saben cada paso que das, lo que decimos, y, quizás, hasta lo que pensamos. ¿No te das cuenta? Lo han hecho para eso: para que sepas que ellos saben. ¿No te das cuenta de que precisamente lo que ellos quieren es que te des cuenta?, ¿que comprendamos que estamos en sus manos, que no tenemos escapatorias?, ¿que así como te llevaron esos papeles, sin nadie (ni tú mismo) enterarse, te pueden, sencillamente, eliminar? Y tú aparecerás estrangulado, ahorcado, suicidado o muerto de muerte natural –un infarto, un colapso, qué sé yo, como ellos quieran–, y la puerta y el cuarto y todo estará intacto, perfectamente ordenado, recogido. Y, quizás, aparezca hasta una carta, redactada y firmada por tu puño y letra, despidiéndote... Él se calla. Por un rato los dos nos quedamos agachados sobre el montón de libros revueltos. Ahora coge un pedazo de papel en blanco, una hoja cualquiera y se la lleva lentamente a los labios, mordiéndola como si se tratase de una yerba. Luego me dices, ahora en voz muy baja: No creo que vengan a buscarte, a buscarnos. Eso fue sólo una demostración, un alarde refinado. En fin, una prueba de su astucia, su poder, su control... Y ahora, ¿qué vamos a hacer?, digo. Entrar en el juego, dices, aún más bajo. Óyelo bien: entrar en el juego o perecer. Vamos a dar una vuelta, me dices ahora en un susurro. Después, entre los dos, acomodaremos todo esto... Y salimos... Estaba pues así, en ese punto, como hacía años que estaba, en ese sitio, en ese extremo, la mano colocada en la escalera improvisada, los ojos contemplando el panorama estricto, las cuatro sillas improvisadas, el espejo empotrado (en ese momento el estruendo del radio más cercano se hizo intolerable), pero él seguía así, en ese extremo, en ese borde, en ese punto, en esa suerte de recuerdo incesante de una repetición, cautelosamente encorvado, mirando el panorama que terminaba abrupto a sólo unos pasos: la pared deteriorada del edificio de al lado y la vieja puerta cerrada que daba al pasillo donde ahora alguien, o un grupo, clama a gritos por el ascensor que nunca asciende. Claman y golpean. Pero, qué manera de golpear al viejo artefacto, la armazón, la jaula, que, desde luego, no se mueve. ¡Ascensor! ¡Ascensor! Y los golpes siguen, así, de nuevo. Otra vez, otra vez, ¡ascensor! Y sigue el cacareo, el estruendo, todo da señales de ruido, pero nada da señales de vida... Así, pensando, en voz baja comentando, protestando, ironizando, a veces, con mucha cautela, certificando su existencia sólo cuando estaba afuera de la habitación, en un espacio abierto y desolado, el Malecón, una calle vacía, un campo, y mirando, los dos, cautelosos para todos los lados. Porque ahora como le había dicho su amigo, su único amigo, no sólo se trataba de padecer, sino de elogiar en voz alta todo lo padecido, de apoyar a gritos todo el horror, no escribir en contra, o al margen, sino a favor, incondicionalmente, y dejar las hojas, como al descuido, sobre la improvisada

174

mesa, en un sitio evidente y discreto, por si ellos entraban. Y los dos, por las tardes, con voz natural, normal, no muy alta para que ellos no fuesen a pensar que lo hacían con doble intención (son muy hábiles, son muy hábiles, decía el otro) comentaban las «ventajas», los «logros», las «noblezas» del sistema, sus incesantes «progresos». El periódico *Granma* se leía en voz alta. Pero no tan alta, por favor, que pueden pensar que estamos burlándonos. El estreno de la última película soviética, *¡La gran guerra patria!* (¿fue ésa?), *¡Un hombre de verdad!* (¿sería ésa?), *¡Moscú, tú eres mi amor!* (¿aquélla?): qué maravilla, cuántas cosas positivas, una verdadera joya... Pero no, no tan alto, por favor, que pueden sospechar, que pueden darse cuenta de que nos estamos burlando. *¡Somos hombres soviéticos!* Más bajito, más bajito. *¡Ellos se Batieron por la Patria!*... Cállate, cállate. *¡La balada del soldado ruso!*... Sssh. Y aplaudir. En la asamblea, en la cuadra, en la plaza, mientras observamos cómo nos observan, con esa mirada de desprecio y desconfianza, o con irónicas caras de perdonavidas, pues nunca, nunca van a darse por satisfechos, aun cuando de tanto que representes olvides tu verdadero rostro, quién eres, tu papel... Pero ahora, en este momento, cuando hacía sólo unos minutos que acababa de levantarse, y estaba, a medio vestir, descendiendo la improvisada y vertical escalera, rumbo al improvisado servicio de aquel improvisado cuchitril, así, detenido, encorvado entre barbacoa y «planta baja», ahora, así, le llegó de pronto la certeza (una vez más, sí, pero siempre renovada) de que no podría no ya llegar al baño (aquel cajón), no ya dar un paso (entre aquellos trastos), sino, ni siquiera mover una mano de uno hacia otro peldaño (pues tanto para bajar o subir por la improvisada escalera había que apoyarse también con las manos). Así, inmóvil, en esa posición, miraba, no el pasado, ni el futuro (¿qué cosa era eso?), miraba las tablas deterioradas, alguna mancha (¿sería la humedad?) en la pared, y, por último, de golpe, aunque ya sin sorprenderse, su propia figura reflejada en el espejo. Y una inercia infinita lo invadió al son de aquella olla (¿serían los de arriba?, ¿serían los de abajo?, ¿serían los de enfrente?) furiosamente raspada. Y en ese estruendo, plenamente desasido e impotente, sintió que finalmente se disolvía, se paralizaba, desaparecía, ya no fingiendo una derrota para luego incorporarse, para ganar tiempo, para seguir, sino sencillamente derrotado, liquidado. Fue entonces –en este momento– cuanto tocaron a la puerta. Era él, su amigo, que tocaba, como acostumbraba siempre a hacerlo y entraba luego, pues tenía, naturalmente, llaves de todos los candados. Cerrando la puerta se le acercó hasta pegarle los labios a su oído. ¿No te has enterado aún?, le dijo. ¿De qué? La gente está entrando en la embajada del Perú. Desde ayer retiraron las postas. Dicen que ya aquello está repleto. Voy para allá. Vamos, le dije. No, dijiste. Espera, tú estás demasiado fichado. Yo iré primero a ver cómo está aquello. Y si es verdad que no hay vigilancia, vengo a buscarte. Espérame aquí. Y salió. Pero ya él no se quedó de pie, en la improvisada escalera. Algo tenía que hacer: vestirse, esperar. Y esperé, todo el mediodía, toda la tarde. Hasta el oscurecer. Por el pasillo la gente corría, se deslizaba, tratando de no hacer ruido, cosa que nunca antes se intentó evitar. Hasta los radios estaban ahora apagados. Abro la puerta, bajo la escalera. En la calle nadie habla, pero todos parece que se comunican de alguna manera. Me apresuro a tomar una guagua, rumbo a la embajada. La guagua está más repleta que nunca, lo cual resulta difícil de concebir.

Casi todos son jóvenes. Algunos hasta comentan abiertamente sus propósitos: entrar rápido en la embajada. Antes de que cierren. Seguro que de un momento a otro cerrarán, dice alguien a mi lado. El problema es llegar, digo. Después veremos lo que pasa. Sí, llegar, responde el otro. Y no salir, porque el que salga no solamente lo fichan, sino que le entran a patadas y se lo llevan preso. Y siguen hablando. Ahora sé por qué no pudiste regresar. He sido un imbécil. Debí haberme dado cuenta antes, de que si no venías era porque te resultaba imposible. Y tú pensarías que si no regresabas, yo no iba a ser tan comemierda como para quedarme en el cuarto. Rápido, ahora el problema es entrar rápido. Y localizarte, encontrarte rápido antes de que se te ocurra salir a buscarme y te metan preso, si es que ya no lo estás. Y todo por mi culpa, imbécil, imbécil. Rápido, rápido, pues estoy seguro de que me estás esperando, que no se te ha ocurrido salir, que has pensado, lógicamente, que al no poder tú regresar, yo vendría a ver qué ocurría... En manadas, entre las pedradas, el polvo y el tiroteo, van entrando, vamos entrando. Gente de todos los tipos. Algunos son conocidos o vistos por mí solamente de paso, pero que ahora nos saludamos con euforia, en una comunión de sinceridad mutua, nunca antes manifestada, como si fuéramos grandes y viejos amigos. Gentes y más gentes, de Santo Suárez, de La Habana Vieja, de El Vedado, de todos los barrios, gentes y más gentes, sobre todo jóvenes, brincando la cerca, esquivando o recibiendo los golpes, corriendo entre el tiroteo y el estruendo de los altoparlantes y el chillido de las perseguidoras, entrando, saltando ya en empavorecido desfile, entre patadas, culatazos, disparos, cuerpos que ruedan y caen, una mujer que arrastra a un niño por los brazos, un viejo que quiere abrirse paso con el bastón. Todos en insólito tropel, brincado el portón, el enrejado, llenando ya los jardines, los árboles, el techo mismo del edificio de la embajada. Así entre la inmensa polvareda, entre manos que empujan y tiran, entre chillidos, amenazas, detonaciones, formando ya una sola mole casi impenetrable logramos todavía burlar la vigilancia que comienza a ser cada vez más fuerte, y saltamos, entramos, caemos entre la muchedumbre que apenas si puede moverse, aquí, del otro lado de la cerca, rodeados ya por un círculo de automóviles estatales y carros patrulleros que sigue engrosándose, alfa-romeos, yuguly, volgas, toda la clase dirigente, los altos funcionarios, los altos militares han acudido en sus flamantes carros, a ver, a contener, a reprimir, a tratar por todos los medios de suprimir este espectáculo. Y, como si eso fuera poco, acaban de bloquear con autos y barreras las bocacalles que se comunican con la embajada, y han destinado, todo el mundo lo sabe, miles y miles de soldados vestidos de civil por la zona para evitar que alguien pueda llegar hasta aquí. Ahora un policía de la motorizada frena violentamente frente al cordón militar que rodea a toda la embajada. «¡Hijos de puta!», nos grita. Y saca la pistola. Todos, aquí, retrocedemos como podemos, intentando alejarnos de la cerca. El policía, pistola en mano, llega hasta ella. Da un salto, y cae del otro lado, junto a nosotros. Con gran velocidad se desprende del uniforme, envuelve en él la pistola, y lanza el bulto por sobre la cerca, al otro lado, donde están ellos. Aquí, dentro, se oyen aplausos, gritos de viva. El cordón que nos rodea se triplica. Empieza a oscurecer. Aquí el escándalo de todos nosotros adquiere tales dimensiones que hasta el estruendo y el tiroteo de afuera dejan por momentos de oírse. «Nos van a ametrallar, nos van a ametrallar», grita de pronto una mujer. Y la mole, nosotros, intentamos nuevamente retroceder. Los árboles desaparecen, el techo del edificio desaparece. Todo no es más que un hormiguero incesante, gente que trepa, gente que se aferra, gente que se aferra más una a la otra. Gritos. Algunos que caen heridos. El pánico ahora es general, porque, efectivamente, alguien está disparando para acá adentro. Pero no es eso lo que yo sigo observando o esquivando. Me abro paso, retrocedo, porque debo encontrarte; tengo que localizarte, llegar hasta donde tú estás, hasta donde tú estés. En medio de esta muchedumbre aterrorizada, sin poderme casi mover, y ya casi completamente de noche, debo hallarte, para que veas que también vine, que tuve el coraje de llegar, que no me quedé rezagado, que ellos no pudieron aniquilarme –aniquilarnos– completamente, y que aquí estoy, aquí estamos, haciendo el intento otra vez, de nuevo. Los dos. *Vivos,* todavía *vivos...* Por eso no me preocupa ya pisotear este amasijo humano que ahora parece que duerme, aquí, en la misma entrada de la residencia, quizá, seguramente, tú te encuentres en el interior. Sólo esta parte me queda por registrar, y ahí tienes que estar, sin duda, enfermo. La comisión para el mantenimiento del orden intenta detenerme, pero yo los aparto y sigo. Gente tirada sobre el piso, viejos, mujeres en trance de parir, niños de meses, enfermos; en fin, los que pueden estar aquí, bajo techo. Y sigo, sigo buscándote, abriendo habitaciones, cubículos, pabellones, o como diablo se le llame a este infierno. «Muchacho», me dice ahora una mujer medio desnuda, «piérdete de aquí, que el embajador está que trina pues le comieron hasta la cotorra»... Pero yo sigo investigando todos los compartimentos. Empujo esa puerta donde dos cuerpos se revuelcan insólitamente. Me acerco a ellos, los separo mecánicamente y miro sus rostros, que me observan desconcertados. Y salgo. «Es increíble», me dice un viejo con las piernas vendadas improvisadamente con unos trapos, «tener ganas de templar, con quince días que llevamos sin comer nada»... Salgo, otra vez atravieso el mar de gente, gente que se derrumba ya, o que apenas si se sostiene, tambaleándose, apoyándose uno al otro, y que por lo demás, cuando finalmente se desmayan no llegan al suelo, porque el suelo no existe. Cubriendo la tierra, la mierda, el orín, están los pies, los pies de todo el mundo, pies parados a veces sobre otros pies, pie que sostiene a veces a todo el cuerpo, en un solo pie. Así por entre esa inmensa selva de pies que intentan arrastrarse, me arrastro. Sigo persiguiéndote. No te me vas a escapar. No te me vas a escapar. No creas, cabrona, que te me vas a escapar. Ahora menos que nunca. Ahora que ya nadie ni te presta atención pues apenas si pueden mirar para algún sitio, ahora sí que no te me escaparás, y sigo, sigo detrás de ella, que (la muy astuta) corre ahora rumbo al cercado, hacia afuera. Pero yo continúo día y noche escrutando los rostros. Puedes ser uno de éstos. ¿Eres tú? ¿Serás tú uno de éstos? El hambre hace cambiar las caras. El hambre hace que no reconozcamos ni a nuestro propio hermano. A lo mejor tú también me estás buscando y no me reconoces. Sabrá Dios cuántas veces nos habremos tropezado, buscándonos, sin reconocernos. Realmente, ¿podremos reconocernos ya? Rápido, rápido, por cada momento que pase, más nos habremos de desfigurar, menos podremos encontrarnos, descubrirnos, reconocernos. Por eso, lo mejor es gritar. Alto. Bien alto. Por encima de esos malditos altavoces de allá afuera. Lo más alto posible. Llamándote. Pero

¿cómo entonces, si grito, voy a oír cuando tú me llames? Grito, me callo un momento, esperando tu respuesta, y grito de nuevo. Aunque no nos reconozcamos, tendremos que escucharnos. Oír nuestros nombres, nuestra llamada. Y, finalmente, identificarnos... Así sigo avanzando y gritando entre el tumulto que ahora, otra vez, se convulsiona. «La comida, la comida, están repartiendo la comida», gritan. Y de nuevo la muchedumbre, sacando energías no se sabe de dónde, avanza hacia la cerca. El mismo rito, las mismas patadas. «Van a tumbar el cercado», grita alguien. Si lo tumban no estaremos ya en territorio peruano. Pero el tumulto es realmente incontenible. ¿Quién puede abrirse paso en medio de esa barahúnda? Pero hago el intento, también empujo y me lanzo entre golpes, manotazos, patadas. Apartando rostros y cuerpos que ruedan, continúo hacia el extremo. Ahora estoy seguro de que te podré encontrar; sí, allí debes de estar, al lado de la cerca, como lógicamente lo haría una persona inteligente como tú, atento a coger lo primero que repartan, a oír lo primero que digan, a retroceder ante el primer peligro. Debí haber pensado en eso. Claro que allí tienes que estar. Así, a empellones, a puntapiés, a mordidas, arrastrándome entre el aquelarre de cuerpos que también se arrastran, llego hasta el cercado, me aferro a la alambrada. De aquí no hay quien me arranque, cojones, nadie me va a sacar de aquí, grito, y empiezo a observar los rostros de todos los que logran llegar. Pero tampoco estás entre los que, jugándose la vida, como yo, arriban al alambrado. Miro y vuelvo a mirar esos rostros desesperados, pero ninguno, lo sé, es el tuyo. Manos sangrantes que no quieren soltar el alambre, pero no son las tuyas. Derrotado, dejo de mirar para la cerca, y miro a través de ella, hacia fuera, donde están ellos, alimentados, bañados, armados, uniformados o vestidos de civil, ahora preparándose para «servirnos» la comida. Y te descubro, finalmente te descubro. Allí estás tú, entre ellos, afuera, uniformado y armado. Hablando, haciendo gestos, riendo y conversando con alguien también joven, también uniformado y armado. Vuelvo a contemplarte mientras comienzan, comienzas, a repartir las cajitas con la comida. Ahora ellos (tú), se acercan por todos los extremos, por todos los lados de la cerca. El arma en una mano, la pequeña caja en la otra. Empieza la repartición. El estruendo y los golpes de los que están junto a mí son ahora más fuertes que nunca. Me aplastan, quieren aplastarme, quieren pararse sobre mí para coger una de esas inmundas cajas que ellos reparten. Imbécil, me digo mientras todos me patean, se encaraman sobre mi cuerpo, me usan como trampolín, como elevación, como promontorio, para alzarse un poco y extender las manos desesperadamente por sobre la cerca. Imbécil, imbécil, me digo; y mientras todos me caminan por encima, se paran encima de mí, brincan sobre mí, yo comienzo a reírme a carcajadas, como si todos esos pies, todas esas patas llenas de mierda y enfangadas me estuviesen haciendo cosquillas... «El social se ha vuelto loco», dice alguien. «Déjenlo, que puede ser peligroso», dice otro. Y se van apartando, van bajando de mi cuerpo. Afuera ellos, riéndose también, distribuyen metódicamente las cajas con la comida por todos los lados de la cerca. Colocan la cajita en el piso. Se quedan de pie, junto a ella, y esperan a que alguien saque la mano para aplastársela de un pisotón... Podría, ahora mismo, estirar el brazo y coger esa caja. De todos modos, aunque reciba el pisotón o la patada en el pecho, no me moriré de hambre. Pero que ellos no piensen que les voy a dar ese gusto. No vayas a pensar que te voy a complacer, que no se imaginen, no te vayas a imaginar, que voy a comerme esa mierda, esa inmundicia, esa porquería. Y mucho menos dejar que me pongas el pie en la mano a cambio de un huevo duro. Por eso, para no darles el gusto, me quedo así, sin moverme, triunfal, mirándolos a ellos (a ti), allá afuera trajinando con la inmundicia. Así estoy mirándolos y riéndome, mientras brazos desesperados se agitan sobre mi cabeza. Entonces te descubro, te veo por primera vez, allá, también afuera, huyéndole a una bota reluciente, corriendo, arrastrándote sigilosa por el asfalto, y entrando, qué ocurrencia, acá, en el molote, donde estamos nosotros. Ahí va, ahí va, allá va, ya casi amodorrada, ya casi sin energías para seguir huyendo, pero aún moviéndose, por debajo de los cuerpos, por sobre las manos y rostros que apenas si pestañean cuando ella les cruza por encima. Ya no puede más. Tampoco ella puede más después de tantas horas tratando de escapárseme. Y ahora, se detiene como atontada, con la boca abierta sobre la espalda de alguien que yace de bruces en el suelo, intentando, desesperada, saltar hacia algún sitio... Al fin te agarro, cabrona, ahora sí que, aunque cubierta de inmundicias, ya no tienes escapatorias.

1980

Adiós a mamá

El traidor

Hablaré rápido y mal. Así que no se haga ilusiones con su aparatico. No piense que le va a sacar mucho partido a lo que yo diga, y después coserlo aquí y allá, ponerle esto o lo otro, hacer un mamotreto, o qué sé yo, y hacerse famoso a mis costillas... Aunque no sé, a lo mejor si hablo mal la cosa sea aún mejor para usted. Puede gustar más. Puede usted explotarlo mejor. Pues usted, ya lo veo, es el diablo. Pero ya que está aquí, y con esos andariveles, hablaré. Poco. Nada casi. Sólo para demostrarle que sin nosotros ustedes no son nada. El cenicero está ahí, encima del lavabo, cójalo si quiere... Mucho aparato, mucha camisa limpia –¿es seda?, ¿ahora ya hay seda?–, pero tiene usted que quedarse ahí, de pie, o sentarse en esa silla sin fondo –sí, ya sé que están vendiendo fondos– y preguntarme.

¿Qué sabe usted de él? Qué sabe nadie... Ahora que Fidel Castro se cayó, lo tumbaron o se cansó, todo el mundo habla, todo el mundo puede hablar. El sistema ha cambiado otra vez. Ah, ahora todo el mundo es héroe. Ahora todo el mundo resulta que estaba en contra. Pero entonces, cuando en cada esquina había un Comité de Vigilancia: algo que observaba noche y día las puertas de cada casa, las ventanas, las tapias, las luces, y todos nuestros movimientos, y todas nuestras palabras, y todos nuestros

187

silencios, y lo que oíamos por el radio, y lo que no oíamos, y quiénes eran nuestras amistades, y quiénes eran nuestros enemigos, y cuál era nuestra vida sexual, y nuestra correspondencia, y nuestras enfermedades, y nuestras ilusiones... También todo eso era chequeado. Ah, ya veo que no me cree. Soy vieja. Piense de ese modo, si quiere. Soy vieja, deliro. Piense así. Es mejor. Ahora se puede pensar –no me entiende–. ¿Es que no comprende que entonces no se podía pensar? Pero ahora sí, ¿verdad? Sí. Y eso sería ya un motivo de preocupación, si es que algo aún me pudiese preocupar. Si se puede pensar en voz alta, es que no hay nada que decir. Pero, óigame, ellos están ahí. Ellos lo han envenenado todo y están por ahí. Y ya cualquier cosa que se haga será a causa de ellos, en su contra o en su favor –ahora no– pero por ellos... ¿Qué digo, qué estoy diciendo? ¿Es cierto que puedo decir lo que me da la gana? ¿Es verdad? Dígamelo. Al principio me parecía mentira. Ahora tampoco lo creo. Cambian los tiempos. Oigo hablar otra vez de libertad. A gritos. Eso es malo. Cuando se grita de ese modo: «¡Libertad!», generalmente lo que se desea es lo contrario. Yo sé. Yo vi... Por algo ha venido usted, me ha localizado, y está aquí, con ese aparato.

Funciona, ¿verdad? Mire que no voy a repetir. Ya sobrará por ahí quien invente... Ahora vienen los testimonios, claro, todo el mundo cuenta, todo el mundo alborota, todo el mundo chilla, todo el mundo era, qué bonito, contrario a la tiranía. Y no lo dudo. Ah, pero entonces, ¿quién no lucía un distintivo político, acuñado lógicamente por el régimen? Averígüelo bien, su padre, ¿acaso no fue miliciano?, ¿acaso no fue al trabajo voluntario? *Voluntario*, ésa era la palabra. Yo misma, cuando el derrocamiento de Castro, estuve a punto de ser fusilada por castrista. Qué horror. Me salvaron las cartas que le había enviado a mi hermana en el exilio. ¿Y si no hubiesen existido esas cartas?... Rápido me las tuvo que enviar, si no, me pelan... Yo, que no he vuelto a salir a la calle, porque algo (mucho) de aquello se ha quedado en el tiempo. Y no quiero olerlo. Yo... Así que me pide usted que hable, que aporte, que coopere –perdón, sé que ese lenguaje no es de esta época– con lo que sepa, pues pretende hacer un libro o algo por el estilo, con una de las víctimas. Una víctima doble, tendrá que decir. O triple. O mejor, una víctima. O mejor, una víctima de las víctimas. En fin, arregle eso. Ponga lo que se le ocurra. No es necesario que yo lo revise. No quiero revisar nada. Aprovecho, sin embargo, esta libertad de «expresión» –¿aún se dice así?– para decirle que es usted una tiñosa. Auras, les decían. ¿Las han eliminado a todas? ¿Ya no son necesarias? Qué pájaros: se alimentaban de la carroña, de los cadáveres, y después se elevaban hasta el mismo cielo. ¿Y cuál fue la causa de que los exterminaran? ¿Higienizaban la Isla bajo todos los regímenes? Cómo engullían... Tal vez murieron envenenados al comerse los cadáveres de los criminales ajusticiados *(ajusticiados,* ¿ésa es aún la palabra?) por ustedes... Pero, oiga, acerque más el aparato. Pronto, que estoy apurada, vieja y cansada, y para serle franca, también estoy envenenada... Antes ese aparato (¿funciona?) tenía mucho uso, aunque la gente, generalmente, no sabía cuándo ellos lo estaban utilizando... Usted me explica lo que va a hacer y para qué ha venido. Hablamos. Y nadie en la esquina vigila, ¿verdad? Y no me registrarán la casa luego que usted se haya marchado, ¿verdad? De todos modos, qué puedo yo esconder ya. Y puedo decir si estoy en contra o a favor, ¿es cierto? Puedo ahora mismo hablar si quiero contra el gobierno, ¿y nada pasaría?... Es posible. ¿Es posible?... Sí, todo es así. Ahí, en la esquina, hoy vendieron cerveza. Hubo ruido. Música, le dicen. La gente ya no se ve tan desgreñada, ni tan furiosa. Los árboles ya no sostienen consignas. Se pasea, lo veo, se puede ser auténticamente triste, con tristeza propia, quiero decir. Se come, se aspira, se sueña (¿se sueña?), se ven telas brillantes. Pero yo no creo, ya se lo dije. Yo estoy envenenada. Yo vi... Pero, en fin, debemos ir al grano, que es lo que a usted le interesa. Ya no se puede perder tiempo. Ahora se trabaja, ¿verdad? Antes, lo importante era aparentarlo. Se aspira... La historia es simple. Ya lo digo. Pero de todos modos, esas cosas usted no las va a entender. Ni nadie ya casi. Ésas son cosas que no se pueden comprender si no se han padecido, como casi todo... Escribió varios libros que deben andar por ahí. O no. Quizás al principio del aniquilamiento del sistema los quemaron. Entonces, muy al principio, claro, se hacían esas cosas. Vicios heredados. Trabajo ha costado, bien lo sé, superar esas «tendencias» –¿así se las llama todavía?–. Todos esos libros, usted lo sabe, hablaban bien del sistema derrocado. Y sin embargo, todo eso es mentira... Había que ir al campo, y él iba. Nadie sabía que, cuando más furiosamente trabajaba, no lo hacía por adhesión al sistema, sino por odio. Había que ver con qué pasión escarbaba la tierra, cómo sembraba, desyerbaba, guataqueaba. Ésos, entonces, eran méritos grandes. ¡Jesús!, y con qué odio lo hacía todo, con qué odio cooperaba con todo. Cómo aborrecía todo aquello... Lo hicieron –se hizo– «joven ejemplar», «obrero de avanzada», se le entregó el «gallardete». Había que hacer una guardia extra, él la hacía; había que irse a

190

la zafra, él se iba. En el servicio militar, ¿a qué podía negarse?, si todo era oficial, patriótico, revolucionario, es decir, inexcusable. Y fuera del servicio militar todo era también un servicio obligatorio. Con el agravante de que entonces ya no era un muchacho. Era un hombre y tenía que vivir; es decir, necesitaba un cuarto, una olla de presión, por ejemplo, un pantalón, por ejemplo. ¿No me creería si le digo que la entrega, la autorización para comprar una camisa, revestía un privilegio político? Ya veo que no me cree. Qué le vamos a hacer. Ojalá siempre pueda usted ser así... Como odiaba tanto al sistema, se limitó a hablar poco; y como no hablaba, no se contradecía, como los otros, que lo que decían hoy mañana tenían que rectificarlo o negarlo –problemas de la dialéctica, se decía–. Y en fin, como no se contradecía, se convirtió en un hombre de confianza, de respeto. En las asambleas semanales jamás interrumpía. Había que ver qué expresión de asentimiento lucía mientras navegaba, viajaba, soñaba que estaba en otro sitio, en «tierras enemigas» (como ellos decían), y que regresaba en un avión, con una bomba; y allí mismo, en la asamblea, en la plaza repleta de esclavos, donde tantas veces él, ominosamente, había también asistido y aplaudido, la dejaba caer... Así que, «por su disciplina y observancia en los Círculos de Estudios» (así se llamaba a las clases obligatorias de adoctrinamiento político), se le entregó otro diploma. A la hora de leer el *Granma* (aún recuerdo ese título), él era el primero, no porque le atrajera, sino porque su aborrecimiento a ese diario era tal que para salir rápido de él (como de todo lo que se detesta) lo hacía inmediatamente. Al levantar la mano para donar esto, aquello, lo otro –todo lo donábamos públicamente–, cómo se reía por dentro de sí mismo;

cómo, por dentro, reventaba... Cuatro o cinco horas ex-
tras siempre hacía, voluntarias –pero si no las hubieses
hecho, ¡habrías visto!–. En la guardia obligatoria, con el
fusil al hombro, paseándose por el edificio que el régimen anterior había construido –custodiando su infierno–,
cuántas veces no pensó en volarse los sesos gritando:
«Abajo Castro», o algo por el estilo...

Pero la vida es otra cosa. La gente es otra. ¿Sabe usted
lo que es el miedo? ¿Sabe usted lo que es el odio? ¿Sabe
usted lo que es la esperanza? ¿Sabe usted lo que es la impotencia?... Cuídese, no confíe, no confíe. Ni siquiera ahora, ahora menos. Ahora que todo ofrece confianza es el
momento oportuno para desconfiar. Después será demasiado tarde. Después tendrá que obedecer. Es usted joven,
no sabe nada. Pero su padre, sin duda, fue miliciano; su
padre, sin duda... No participe en nada, váyase –¿se puede ir uno ahora?–. Es increíble. Irse... «Si pudiera irme»,
me decía él, me lo susurraba, luego de haber llegado de una
jornada infinita; luego de haber estado tres horas aplau-
diendo, «si pudiera irme, si pudiera, a nado, otra cosa es
ya imposible, remontar este infierno y perderme...» Y yo:
*Cálmate, cálmate, bien sabes que es imposible, pedazos de uñas
traen los pescadores. Hay orden de disparar en alta mar a boca-
jarro, aunque te entregues. Mira esos focos...* Y él mismo tenía
a veces que cuidar de los focos, de las armas, limpiarlas,
darles brillo, celar los objetos de su sometimiento. Y con
cuánta disciplina lo hacía, con cuánta pasión, diríase que
trataba de que su autenticidad no sobresaliese por sobre
sus actos. Y regresaba fatigado, sucio, lleno de palmaditas
y condecoraciones... «Ah, si tuviera una bomba», me decía entonces –me susurraba, mejor dicho–: «ya hubiese vo-
lado con todo esto. Una bomba potente que no dejase

nada. Nada. Ni a mí mismo.» Y yo: *Cálmate, por Dios, espera, no hables más, te pueden oír, no lo eches a perder todo con tu furia...* Disciplinado, atento, trabajador, discreto, sencillo, normal, natural, absolutamente natural, adaptado precisamente por ser todo lo contrario, cómo no lo iban a hacer miembro del Partido.

¿Qué tarea no realizaba? Y rápido. ¿Qué crítica no aceptaba humildemente?... Y aquel odio tan grande por dentro, aquel sentirse vejado, aniquilado, sepultado, y nada poder decir, sino aceptar calladamente, ¡qué calladamente!, ¡entusiastamente!, para no ser aún más vejado, más aniquilado, absolutamente fulminado. Para poder, quizás un día, ser uno, vengarse: hablar, actuar, vivir... Ah, cómo lloraba, muy bajito, por las noches, en su cuarto, ahí, en ese que está al lado, a esta mano. Lloraba de furia y de odio. Jamás podré enumerar, aunque viva sólo para eso, las injurias que pronunciaba contra el régimen. «No puedo más, no puedo más», me decía. Y era la verdad. Abrazado a mí, abrazado a mí, que era también joven, éramos jóvenes, así como usted; aunque no sé, a lo mejor usted ya no es tan joven: ahora todo el mundo está tan bien alimentado... Abrazado a mí me decía: «No voy a poder más, no voy a poder más. Voy a gritar todo mi odio. Voy a gritar la verdad», me susurraba ahogado. Y yo, ¿qué hacía yo? Yo lo calmaba. Le decía: *¿Estás loco?* –y le ajustaba las insignias–. *Si lo haces te van a fusilar. Aparenta, como lo hace todo el mundo. Aparenta más que el otro, así te burlas de él. Cálmate, no digas barbaridades...* Siguió cumpliendo con sus tareas, siendo solamente él a veces, por las noches, sólo un rato, cuando venía a mí, a desahogarse. Nunca, ni siquiera ahora que se tiene la benevolencia y el estímulo oficiales, escuché a una persona hablar tan mal de aquel

193

sistema. Él, como estaba dentro del mismo, conocía todo el aparato, sus atrocidades más sutiles... Por el día volvía enfurecido y silencioso a la guardia, a la asamblea, al campo, a la mano levantada. Se llenó de «méritos»... Fue entonces cuando el Partido le orientó –no sabe usted lo que significaba ese verbo en aquella época– que escribiese una serie de biografías de sus más altos dirigentes. Hazlo, le decía yo, o todo lo que hasta ahora has conseguido se pierde. Sería el fin... Se hizo famoso –lo hicieron famoso–. Se mudó de aquí, le dieron una casa amplia. Se casó con la mujer que se le orientó. Yo tenía una hermana en el exilio... Venía, sin embargo, a visitarme –con mucha cautela–, sus libros bajo el brazo. Me los entregaba y me decía la verdad: todos eran monstruos... ¿Eran? ¿O éramos?... ¿Qué cree usted? ¿Ha averiguado algo sobre su padre? ¿Sabe algo más? ¿Por qué escogió para su trabajo precisamente a este personaje tan turbio? ¿Quién es usted? ¿Por qué me mira de esa manera? ¿Quién era su padre?... Su padre. «En la primera oportunidad que tenga, me asilaré», me decía, «sé que la vigilancia es mucha, que prácticamente es imposible quedarse, que son muchos los espías, los criminales dispersos; que aun después, en el exilio, seré asesinado. Pero antes hablaré. Antes diré al fin lo que siento, la verdad»... *Cálmate, cállate, le decía yo* –y ya no éramos tan jóvenes–, *no vayas a hacer una locura.* Y él: «¿Es que crees que puedo pasarme toda una vida representando? ¿Es que no te das cuenta de que a fuerza de tanto traicionarme voy a dejar de ser yo mismo? ¿Es que no ves que ya soy una sombra, un fantoche, un actor que no desciende nunca del escenario donde representa además un papel *sucio*?». Y yo: *Espera, espera.* Yo, comprendiendo, llorando también con él, odiando tanto o más que él –soy,

194

o era, mujer–, aparentando como todo el mundo, secretamente conspirando con el pensamiento, con el alma, y suplicando que esperara, que esperara. Y supo esperar. Hasta que llegó el momento.

El momento en que fue derrocado el régimen. Y él, procesado y condenado como agente directo de la tiranía castrista (todas las pruebas estaban en su contra) a la pena máxima por fusilamiento. Entonces, de pie ante el pelotón libertario que lo fusilaría gritó: «¡Abajo Castro! ¡Abajo la tiranía! ¡Viva la libertad!»... Hasta que la descarga cerrada lo enmudeció, estuvo repitiendo aquellos gritos. Gritos que la prensa y el mundo calificaron de «cobarde cinismo». Pero que yo, escríbalo ahí por si no funciona el aparatico, puedo asegurarle que fue lo único auténtico que dijo su padre en voz alta durante toda su vida.

La Habana, 1974

La torre de cristal

Desde su llegada a Miami, luego de una verdadera odisea para poder abandonar su país de origen, el conocido escritor cubano Alfredo Fuentes no había vuelto a escribir ni una línea.

De alguna manera, a partir de esa fecha –y ya habían pasado cinco años– siempre se había visto comprometido a pronunciar alguna conferencia, a asistir a algún evento cultural, a participar en un cóctel o en una comida de intelectuales, donde él era siempre el invitado de honor, y, por lo mismo, no lo dejaban comer, mucho menos pensar en la novela o relato que desde hacía muchos años traía dentro de su cabeza y cuyos personajes –Berta, Nicolás, Delfín, Daniel y Olga– incesantemente le estaban llamando la atención para que se ocupase de sus respectivas tragedias.

La integridad moral de Berta, la intransigencia ante la mediocridad de Nicolás, la aguda inteligencia de Delfín, el espíritu solitario de Daniel y la callada y dulce sabiduría de Olga no solamente le reclamaban una atención que él no tenía tiempo para brindarles, sino que además, así lo sentía Alfredo, le reprochaban el estar siempre reunido con aquellas gentes.

Lo más lamentable de todo era que Alfredo detestaba esas reuniones, pero como era incapaz de declinar una invitación amable (¡y qué invitación no lo es!), siempre asistía. Una vez allí, se desenvolvía con tanta brillantez y sociabilidad que ya había ganado fama (sobre todo entre los escritores del patio) de ser un hombre frívolo y hasta exhibicionista.

Por otra parte, negarse, a estas alturas, a asistir a tales reuniones hubiese sido tomado por todos (incluso por los que criticaban su excesiva comunicatividad) como una prueba evidente de mala educación, de egoísmo y hasta de complejo de superioridad. De manera que Alfredo había caído en una complicada trampa. Si seguía cumplimentando las incesantes invitaciones, no escribiría nunca más, y si no las cumplimentaba, su propio prestigio como escritor se iría deteriorando hasta el punto (él bien lo sabía) de desaparecer.

Pero hay que reconocer que Alfredo Fuentes hubiese preferido, en vez de encontrarse siempre en el centro de aquella multitud complaciente, estar en su pequeño apartamento completamente solo, es decir, acompañado por Olga, Delfín, Berta, Nicolás y Daniel.

Tan urgentes eran últimamente las llamadas de estos personajes, y tanta la premura con que él deseaba responderles, que hacía sólo unas horas se había prometido a sí mismo suspender todas las actividades sociales para dedicarse por entero a su novela, relato o cuento, pues aún no sabía ni siquiera a ciencia cierta adónde sería conducido.

Sí, a partir de mañana volvería a sus actividades misteriosas y solitarias. A partir de mañana, porque lo cierto es que esa noche le era prácticamente imposible dejar de asistir a la gran fiesta que en su honor ofrecía la señora Gladys Pérez Campo, máxima anfitriona de las letras cubanas en el exilio, a quien el mismo H. Puntilla había bautizado, para bien o para mal, como «la Haydee Santamaría del exilio».

Se trataba, pues, no solamente de una actividad cultural, sino también de una actividad práctica. Gladys le había prometido al escritor fundar esa misma noche una editorial a fin de publicarle los manuscritos que, con gran riesgo, había sacado de Cuba. Lo que, además, ayudaría económicamente a Alfredo (quien, entre paréntesis, se moría de hambre) y ayudaría también a promover a otros autores importantes, pero desconocidos, aunque ése no era el caso de Alfredo, que ya tenía cinco libros en su haber.

–La editorial será un éxito –le había asegurado Gladys por teléfono–. La gente más importante de Miami te apoyará. Todos estarán esta noche en la fiesta. Te espero a las nueve. No faltes.

Y cinco minutos antes de las nueve, Alfredo atravesaba el cuidado y vasto jardín de los Pérez Campo y llegaba a las puertas de la mansión. El aroma de las flores venía en oleadas y una agradable música llegaba desde la parte más alta de la residencia. Escuchando aquella música, Alfredo pasó una mano por los muros de la casa, y la quietud de la noche, junto a la gruesa pared y el jardín, le comunicaron una sensación de seguridad, casi de paz, que desde hacía muchos años (demasiados) no experimentaba... Alfredo hubiese preferido quedarse allí afuera, solo con sus personajes, oyendo de lejos la música. Pero, siempre pensando en el sólido proyecto editorial que tal vez algún día le permitiría adquirir una residencia como aquélla y que, por otra parte, era también la salvación futura de Olga, Daniel, Delfín, Berta y Nicolás, tocó el timbre de la residencia.

Antes de que una de las sirvientas contratadas para trabajar durante la recepción le abriera la puerta, la enorme perra san bernardo, propiedad de los Pérez Campo, se abalanzó sobre Alfredo para lamerle la cara. La familiaridad de la gran perra *(Narcisa,* se llamaba) despertó el cariño de los otros animales, seis chihuahuas que, entre ladridos que eran verdaderos clamores, le dieron también la bienvenida a Alfredo. Afortunadamente la misma Gladys acudió a rescatar a su invitado de honor.

Vestida elegantemente, aunque de una manera poco apropiada para el clima (faldas hasta los tobillos, estola, guantes y un gran sombrero), la Pérez Campo tomó a Alfredo por un brazo y lo introdujo en el círculo de los invitados más selectos, que eran a la vez los interesados en el proyecto editorial. Solemne y festiva, Gladys lo presentó al presidente de uno de los bancos más importantes de la ciudad (en su imaginación, Alfredo vio a Berta hacer un gesto de asco), al subdirector del *Florida Herald,* el diario más influyente de Miami (un periódico espantoso y anticubano, oyó desde lejos la voz de Nicolás), a la primera secretaria de la gobernadora del Estado y a una poetisa laureada (buen par de arpías, ahora Alfredo escuchó claramente la voz sarcástica de Delfín). La presentación continuó con un destacado reverendo, famoso profesor de teología y líder de la llamada Reunificación de las Familias Cubanas; ¿qué haces entre esa gentuza?, gritaba ahora desesperado y desde muy lejos Daniel, por lo que al apretarle la mano a una eminente cantante operática, Alfredo dio un traspié metiendo su nariz en el enorme pecho de la cantante. Como si nada hubiese ocurrido, Gladys continuó con las presentaciones: una destacada pianista, dos guitarristas, varios profesores y, por último (y aquí Gladys adquirió una postura regia), la condesa de Villalta, nacida en la provincia de Pinar del Río, anciana señora ya sin tierras ni villas, pero aún aferrada a su flamante título nobiliario.

Precisamente cuando le hacía una discreta reverencia a la condesa, Alfredo sintió que los personajes de su obra en ciernes volvían a reclamarlo con urgencia, por lo que a la vez que le besaba la mano a la dama, intentaba apoderarse de un bolígrafo y de un pedazo de papel que siempre llevaba encima con la esperanza de hacer algunas anotaciones. Esta acción fue malinterpretada por la condesa.

–Le agradezco muchísimo que me dé su dirección –le dijo la dama–; pero, como usted comprenderá, éste no es el momento apropiado. Le prometo enviarle mi tarjeta.

Y sin más se volvió hacia la poetisa laureada, que contemplaba la escena, y quien, al parecer con intenciones de ayudar a Alfredo, le dijo:

–Ya que casi ha anotado su dirección, démela a mí. Estoy muy interesada en mandarle mi último libro.

Alfredo, en lugar de hacer las anotaciones que sus personajes reclamaban (y ya Olga gemía y Berta daba gritos), tuvo que estampar su dirección en aquel papel.

Circulaban las bandejas repletas de variados quesos, bocaditos, dulces y bebidas. Bandejas que, en medio de nuevos saludos y preguntas, Alfredo veía llegar y partir sin poder siquiera tocarlas.

A medianoche Gladys anunció que la velada, para hacerse más íntima, continuaría ahora en la torre de cristal. Un *¡ah!* de satisfacción fue emitido por todos los invitados (incluyendo a la mismísima condesa), quienes de inmediato, y conducidos por la elegante anfitriona, se pusieron en movimiento.

La torre de cristal se alzaba, circular y transparente, a un costado de la casa, como una gigantesca chimenea. Mientras subían trabajosamente por la complicada escalera de caracol (sólo la condesa se hacía transportar en una silla especial diseñada para ese viaje), Alfredo escuchó otra vez las urgentes reclamaciones de sus personajes. Desde su cautiverio en el remoto Holguín, Delfín pedía que no lo olvidasen; desde Nueva York, Daniel gruñía entre agraviado y amenazante; desde un pequeño pueblo de Francia, Olga, la dulce Olga de las hojas aún en blanco, le lanzaba miradas llenas de reconvención y de melancolía, en tanto que Nicolás y Berta, desde el mismo Miami, reclamaban enfurecidos su participación inminente en la narración aún no comenzada. Con un gesto de comprensión, Alfredo intentó detenerlos momentáneamente, pero al levantar una mano le desordenó el complicado peinado a la pianista, que marchaba delante y quien lo miró aún más ofendida que la misma Berta.

Ya estaban todos en la torre de cristal y Alfredo esperaba que de un momento a otro comenzase la conversación verdadera. Es decir, se pasase a hablar del plan editorial y de los primeros autores que publicar. Pero los músicos, a un gesto elegantísimo de Gladys (quien, sin que nadie supiese cuándo, se había cambiado el vestuario, exhibiendo ahora un traje aún más suntuoso), habían comenzado a tocar. El presidente del banco bailaba con la esposa del subdirector del *Florida Herald,* quien a su vez bailaba con la secretaria de la gobernadora. Un catedrático giraba profesionalmente dentro de los fuertes brazos de la cantante operática, únicamente superado por la poetisa laureada, quien, haciendo un solo digno de ser aplaudido, caminó finalmente, entre taconeos y frenéticos movimientos de las caderas y los hombros, junto a Alfredo, al que no le quedó otra alternativa que mezclarse en el baile.

Al fin terminó la pieza, y Alfredo pensó que entonces se pasaría al motivo central de aquella reunión. Pero a otro gesto de Gladys, la orquesta atacó una danza española. Y hasta el mismísimo reverendo, verdad que en brazos de la anciana condesa, marcó con gran parsimonia algunos pasos. Mientras continuaba la danza (y la cantante operática ya hacía alardes de sus registros), Alfredo creyó escuchar claramente las voces de sus personajes, ahora muy cercanas. Sin dejar de bailar se aproximó a los cristales de la torre y vio en el jardín a Olga, que se agitaba desesperada entre los geranios pidiendo, con gestos mudos, ser rescatada; más allá, sobre uno de los ficus perfectamente recortados, Daniel lloraba. En ese mismo instante —y la cantante operática multiplicaba sus registros—, Alfredo sintió que no podía perdonarse a sí mismo su indolencia, y tomando al vuelo una servilleta comenzó temerariamente (sin dejar de bailar) a hacer algunas anotaciones.

—Pero ¿qué tipo de baile es ése? —le interrumpió el subdirector del *Florida Herald*—. ¿Es que acaso escribe también usted los pasos que da?

Alfredo no supo qué decir. Además, la mirada entre desconfiada y alerta de la pianista lo dejó desarmado. Secándose el sudor de la frente con la servilleta, bajó los ojos apenados e intentó recuperarse, pero al levantar la vista descubrió a Nicolás, a Berta y a Delfín pegados ya a los cristales de la torre. Sí, desde distintos puntos habían llegado volando y ahora estaban ahí afuera, golpeando las ventanas de vidrio, reclamando que Alfredo les diese entrada (les diese vida) en las páginas de su novela, relato o cuento que ni siquiera había comenzado a escribir.

Ladraron exaltadas las seis chihuahuas, y Alfredo pensó que ellas también habían descubierto a sus personajes.

Pero por suerte se trataba simplemente de una de las ocurrencias («exquisiteces», las llamaba la condesa) de Gladys para divertir a sus invitados. Y efectivamente, lo logró cuando al son de sus pasos y de la batería de la orquesta, las chihuahuas, rodeando a *Narcisa*, remedaron en dos patas todos los pasos de un movido baile en el cual era precisamente *Narcisa* la figura central. Por un instante, Alfredo creyó notar en la gigantesca perra san bernardo una mirada de tristeza dirigida hacia él. Finalmente estallaron los aplausos y la orquesta atacó un danzón.

Berta, Nicolás y Delfín golpeaban con más violencia los cristales, en tanto que Alfredo, cada vez más desesperado, giraba en los brazos de la poetisa laureada, la señora Clara del Prado (¿todavía no habíamos dicho su nombre?), quien en ese momento le confesaba al escritor lo difícil que era publicar un tomo de versos.

–Lo comprendo perfectamente –asintió distraído Alfredo, mirando a sus personajes, que se debatían más allá de los cristales como grandes insectos atraídos por la luz de un farol herméticamente cerrado.

–Usted no lo puede comprender –rebatió la voz de la poetisa.

–¿Por qué?

Ahora, desde el jardín, Daniel y Olga parecían haberse puesto de acuerdo para sollozar al unísono.

–Porque usted es novelista y la novela tiene siempre más venta que la poesía, y más cuando, como en su caso, se trata de un novelista famoso...

–No me haga usted reír.

Ya los sollozos de Daniel y Olga no eran tales, sino gritos desesperados, llamadas que concluían en una unánime petición de socorro.

–¡Sálvanos! ¡Sálvanos!...

–Vamos, hombre –intimó la poetisa laureada–, no se haga el modesto y dígame, aquí entre usted y yo, ¿a cuánto ascienden anualmente sus *royalties?*

Y como si aquellos gritos desde el jardín no fueran suficientes para desquiciar a cualquiera, ahora Nicolás y Berta pretendían romper los cristales de la torre bajo la aprobación entusiasta de Delfín.

–¿*Royalties?* No me haga usted reír. ¿No sabía usted que en Cuba no hay derechos de autor y que todos mis libros se publicaron en el extranjero estando yo en mi país?

–Sálvanos o tumbamos la puerta –era, indiscutiblemente, la voz enfurecida de Berta.

–Allá son unos ladrones, lo comprendo. Pero los demás países no tienen que regirse por las leyes cubanas.

Con las manos y hasta con los pies, Berta y Nicolás golpeaban los cristales mientras los gritos seguían ascendiendo desde el jardín.

–Los demás países se acogen a cualquier ley que les permita robar impunemente –concluyó Alfredo en voz alta, dispuesto a abandonar a la poetisa para de alguna manera socorrer a sus personajes, quienes, al revés de lo acostumbrado, parecían asfixiarse en el exterior.

–Entonces, ¿cómo piensa usted fundar la gran editorial? –indagó con una mirada pícara la poetisa laureada; luego, con un gesto cómplice, agregó–: Vamos, hombre, que no le voy a pedir nada prestado. Sólo quiero publicar mi librito...

De alguna forma que Alfredo no podía explicarse, Berta había logrado introducir una mano por entre los cristales y, ante el asombro de su creador, corrió una falleba y abrió una de las ventanas de la torre.

–Mire, señora –concluyó, terminante, Alfredo–, yo no tengo ni un centavo. En cuanto a la editorial, estoy aquí para ver cómo la crean ustedes y poder también publicar mis libros.

–A todos nos han informado de que usted iba a ser el patrocinador.

En ese instante, Delfín resbaló por la torre, y quedó peligrosamente sujeto con los dedos al borde de la ventana abierta.

–¡Cuidado! –gritó Alfredo, mirando hacia la ventana e intentando detener la caída de su personaje.

–Yo pensé que los poetas éramos los únicos locos –dijo la poetisa mirando fijamente a Alfredo–, pero veo que los novelistas lo están por partida doble.

–¡Y triple también! –le respondió Alfredo corriendo hasta la ventana para rescatar a Delfín. Al mismo tiempo, Berta González y Nicolás Landrove entraron en el salón.

Alfredo se sintió avergonzado de que Nicolás, Berta y Delfín Prats (a quien él acababa de salvarle la vida) lo vieran rodeado de aquellas personas en lugar de estar trabajando con ellos, por lo que, sin esperar a que se celebrase la famosa reunión, y sintiendo cada vez más la necesidad de llevarse a sus personajes, decidió despedirse de la anfitriona y del resto de los invitados. Seguido por *Narcisa,* que le olfateaba una pierna, se dirigió a ellos.

Pero una extraña tensión circulaba por la torre. De repente nadie le prestaba atención a Alfredo. Es más, tal parecía que éste se hubiese vuelto invisible. Algo, con voz tintineante, le acababa de comunicar la poetisa laureada a Gladys y a sus amigos, y todos ponían caras entre ofendidos y sorprendidos. A Alfredo no le fue necesario ser un escritor para percatarse de que hablaban de él, y no elogiosamente.

–¡Que se vaya! –le oyó decir a Gladys Pérez Campo en tono indignado y bajo.

Pero si comprendía, aun con asombro, que aquellas palabras iban dirigidas a él, se sentía tan desconcertado que no tenía la suficiente voluntad para asumirlas. Además, tampoco se las habían dicho directamente a Alfredo, sino que habían sido pronunciadas para ser captadas por él, pues la educación y la elegancia de Gladys no le permitían hacer una escena en público; mucho menos, echar por la fuerza a uno de sus invitados. Así que, intentando siempre rescatar a sus personajes, que por otra parte ya no le hacían el menor caso, Alfredo se hizo el desentendido y trató de mezclarse en la conversación. Pero la condesa le dirigió una mirada tan fulminante y despectiva que el escritor, aún más confundido, se retiró a un rincón y encendió un cigarro. Por otra parte, ¿no era una señal de pésima educación retirarse sin despedirse de los demás invitados y de la anfitriona?

Para colmo de calamidades, en aquel momento Delfín Prats abría la puerta que comunicaba con la escalera de caracol y por ella entraban Daniel Fernández y Olga Neshein. Cogidos de la mano y sin mirar siquiera para Alfredo, se fueron a reunir con Nicolás Landrove y con Berta González del Valle, quienes ya se habían tomado varias copas y estaban achispados. Una vez más, Alfredo sintió la cola de *Narcisa,* que le acariciaba las piernas.

Ahora los cinco personajes de su cuento (pues ya al menos sabía que aquella gente no daba más que para un cuento) se paseaban por el salón con verdadero deleite, mirándolo todo entre curiosos y calculadores. Alfredo hizo un extraordinario esfuerzo mental para que se retiraran. Pero lo cierto es que no le obedecieron. Todo lo contra-

rio, mezclándose con el grupo que formaban los más selectos invitados, el verdadero *cogollito*, se presentaban unos
a otros entre reverencias y refinadas zalamerías.

Desde su rincón, escondido tras el humo del cigarro
y una gigantesca areca, Alfredo reparó detenidamente en
sus cinco personajes y descubrió que ninguno iba vestido
como él lo había dispuesto. Olga, tan supuestamente tí-
mida y dulce, venía maquillada de una forma excesiva, lucía una estrecha minifalda y hacía gestos exagerados, casi
muecas, mientras se reía estentóreamente del chiste que
acababa de hacerle el jefe de Reunificación de Familias.
En cuanto a Berta y Nicolás, los «íntegros e intransigen-
tes», según Alfredo los había creado, se derretían en el
colmo de la adulonería ante la secretaria de la gobernadora, y hasta en un momento Alfredo creyó entender que
le pedían un préstamo para abrir una pizzería en el centro de la ciudad. Por su parte, Daniel (el «introvertido y
solitario») ya se había presentado como Daniel Fernández
Trujillo y le contaba historias tan picantes a la poetisa laureada que la vieja condesa discretamente cambió de sitio.
Pero el colmo de la desfachatez parecía culminar en el
talentoso Delfín Prats Pupo. Mientras se bebía una cerveza (¿la quinta?, ¿la séptima?) a pico de botella, parodiaba
a su creador, es decir, a Alfredo Fuentes, de una manera
grotesca además de obscena e implacable. Con diabólica
maestría, Delfín Prats Pupo imitaba, exagerándolos, todos
los tics, gestos y manías del escritor, incluyendo su manera de hablar, de caminar y hasta de respirar. Alfredo se
enteró entonces de que él era medio gago, que caminaba con la barriga echada hacia delante y que tenía los ojos
saltones. Mientras contemplaba las burlas que su personaje preferido le hacía, tuvo también que soportar que

la apasionada perra san bernardo le lamiese nuevamente la cara.

—Y lo peor es que con todas esas ínfulas y gestos ridículos de escritor genial que se gasta, no tiene el menor talento y escribe con faltas de ortografía. Hasta mi primer apellido a veces lo pone sin te —terminó asegurando Delfín Prats Pupo de manera concluyente.

Y todos volvieron a reírse de nuevo con aquel extraño tintineo como de copas que chocaran unas con otras.

Alfredo, aún más nervioso, volvió a prender otro cigarro, pero lo tiró al piso cuando vio que Delfín Prats Pupo, haciendo sus mismos gestos, también prendía un cigarrillo.

—Señor —le recriminó uno de los sirvientes de turno— recoja la colilla. ¿O es que quiere quemar la alfombra?

Alfredo se inclinó para recoger la colilla y en esa posición pudo comprobar que todos los invitados, produciendo un extraño tintineo, cuchicheaban entre ellos mirándolo despectivamente. Entonces, zafándose violentamente de las patas de la perra san bernardo, que soltó un lastimero aullido, se acercó a los invitados a fin de investigar qué pasaba con su persona. Pero en cuanto hizo su aparición en el grupo, la secretaria de la gobernadora anunció sin mirarlo su inminente partida.

Como movidos por un resorte, todos decidieron que ya era hora de marcharse. Partía la condesa llevada en su gran silla, mientras su mano, que ahora era transparente (así la veía Alfredo), era besada por casi todos los invitados. Partía la famosa cantante operática del brazo (verdaderamente transparente) del presidente del banco, partía el reverendo conversando animadamente con la pianista, cuya cara era cada vez más brillante y pulida. Partía la poetisa laureada junto con Daniel Fernández Trujillo, y cuando éste la tomó por la cintura, Alfredo vio que la mano del joven se hundía sin esfuerzo en un cuerpo translúcido (pero pronto la mano de Daniel Fernández Trujillo también se volvió invisible, por lo que ambas figuras se confundieron). Partían todos los músicos negros conducidos por Delfín Prats Pupo, quien saltaba jubiloso entre ellos, produciendo el conocido campanilleo y remedando los gestos del escritor, que nada podía hacer para detenerlo. Partía Olga Neshein de Leviant con las manos entrelazadas con las de un profesor de matemáticas. En medio de la estampida, Berta González del Valle llenaba su cartera de quesos franceses y Nicolás Landrove Felipe arrasaba con la confitería, ambos ajenos a los gestos de Alfredo y a las protestas de Gladys Pérez Campo, quien, mientras abandonaba el recinto, acompañada por las chihuahuas, amenazaba con llamar a la policía. Pero su voz era cada vez más un campanilleo ininteligible.

En pocos minutos la anfitriona, los invitados y hasta la servidumbre desaparecieron junto con los personajes del cuento, y Alfredo se halló solo en la enorme mansión. Desconcertado, se dispuso a marcharse, cuando un estruendo de grúas y camiones retumbó en todo el ámbito.

Súbitamente los cimientos de la casa comenzaron a moverse, el techo desapareció; las alfombras eran enrolladas por vía automática; los cristales, separados de sus engastes, volaban por los aires; las puertas salían de sus marcos, los cuadros abandonaban las paredes y las paredes, alzándose a una velocidad inaudita, eran trasladadas junto con todo lo demás a un gigantesco vehículo.

Mientras todo era desarmado y empacado, Alfredo pudo comprobar (y ya se llevaban el jardín plástico con sus árboles, muros y perfumadores mecánicos) que aquella mansión no era más que un enorme prefabricado de cartón que podía instalarse y desarmarse rápidamente y que se rentaba por días y hasta por horas, según anunciaba el enorme camión donde todo partía.

De repente, en el sitio donde se elevara una imponente residencia, no había más que un terraplén polvoriento en el centro del cual Alfredo, aún perplejo, no encontraba (puesto que no existía) el sendero que lo llevase a la ciudad. Al azar empezó a caminar por aquel páramo mientras pensaba en su cuento inconcluso. Pero un entusiasmado ladrido lo sacó de su ensimismamiento.

Alfredo echó a correr desesperado, pero la perra san bernardo, que era evidentemente más atlética que el escritor, le dio rápido alcance y, derribándolo, comenzó a lamerle la cara. Una inesperada sensación de alegría invadió a Alfredo al reconocer que aquella lengua era real. Recuperándose se puso de pie y, seguido por la fiel *Narcisa*, a la que él ya acariciaba, abandonó el lugar.

Miami Beach, abril de 1986

Adiós a mamá

1

«Mamá ha muerto», dice Onelia entrando en la sala, donde nosotros, desesperados, aguardábamos nuestro turno para atender a la enferma. «*Ha muerto*», repite ahora con voz remota y lenta. Todos la miramos asombrados, sin poder aún concebir tal hecho, con un estupor silencioso y reciente. Lentamente, en fila, nos encaminamos a la gran habitación donde está ella

2

tendida, boca arriba; el largo cuerpo cubierto hasta el cuello por la monumental sobrecama que todos nosotros, bajo sus indicaciones precisas y su mirada orientadora, tejimos y le ofrecimos entusiasmados en su último cumpleaños... Está ahí, rígida, por primera vez inmóvil, sin mirarnos, sin hacernos la menor señal. Tiesa y pálida. Despacio nos acercamos los cuatro hasta la cama y nos quedamos de pie, contemplándola. Ofelia se inclina hasta su rostro. Odilia y Otilia, de rodillas, abrazan sus pies. Finalmente, Onelia, llegando hasta la ventana, se abandona al delirio. Yo me acerco aún más para contemplar su rostro absolutamente petrificado, sus labios apretados y extendidos; voy a pasar la mano por su cara, pero temo que su nariz, de tan afilada, me hiera... Mamá, mamá, gritan ahora Otilia, Odilia, Onelia y Ofelia. Entre alaridos y sollozos giran incesantes a su alrededor a la vez que se golpean el pecho y la cara, se tiran de los cabellos, se persignan, se arrodillan vertiginosamente sin detener la ronda

3

a la cual yo, sin poder contenerme, también aullando y flagelándome, me incorporo. Plenamente desesperados pasamos la tarde y la noche gimiendo alrededor de mamá. Y ahora, que ya amanece, que ya es de mañana, continuamos con nuestros estertores. A cada vuelta que le doy contemplo su rostro y me parece aún más largo y extraño. Así, cuando llega nuevamente la noche (y no hemos cesado de girar, lamentándonos), casi no la reconozco. Algo, como una mueca aterrorizada, adolorida y terrible (horrible) se ha ido apoderando de toda su cara. Miro a mis hermanas. Pero todas, imperturbables, continúan llorando y dando vueltas junto al cadáver, sin haber percibido el cambio y sin señales de cansancio. Mamá, mamá, repiten infatigables, poseídas, como en otro mundo. Yo, mientras giro detrás de ellas –y anochece nuevamente– miro ahora para el rostro ennegrecido... Mamá en el deshoje del maíz, ordenando los distintos trabajos, inundando la noche con el olor del café, repartiendo turrones de coco, prometiéndonos para mañana un viaje al pueblo: ¿es esto ahora? Mamá abrigándonos antes de apagar el quinqué, orinando de pie bajo la arboleda, en pleno aguacero entrando a caballo con un racimo de plátanos recién cortados, ¿es esto? Mamá, desde el corredor, alta y almidona-

212

da, olorosa a yerbas, llamándonos para comer, ¿es esto? Mamá congregándonos para anunciarnos la llegada de la Navidad, ¿esto? Mamá cortando el lechón, repartiendo las carnes, el vino, los dulces... ¿esto? Mamá haciendo desde la cumbrera, la exclusa (todos mirando embelesados) y ya desplegando ante nosotros nueces, alicantes, yemas, dátiles... ¿es esto? ¿Es ella eso que ahí, sobre la cama, en el centro –y ya amanece de nuevo– comienza a inflamarse, lanzando un vaho insoportable?

4

Y mientras sigo girando junto a ella, pienso que es hora ya de que resolvamos enterrarla. Salgo del círculo y recostándome a la ventana cerrada, le hago una señal a mis hermanas. Ellas, sin dejar de gemir, me rodean. «Sabemos cómo tienes que sentirte», me dice Ofelia, «pero hay que seguir adelante. No puedes dejar que el dolor te domine, ella no te perdonaría esa debilidad...» «Vamos», me dice Odilia, tomándome una mano, «ven con nosotras.» Otilia me toma de la otra mano: «Ahora más que nunca tenemos que estar junto a ella». Y ya estoy de nuevo en el círculo, gimiendo, golpeándome, como ellas, el pecho con las dos manos, y tapándome de vez en cuando la nariz... Así continuamos (y oscurece de nuevo); ellas, imperturbables, se detienen de tarde en tarde para posar sus labios sobre el rostro desfigurado de mamá, tomarle una de sus manos inflamadas o arreglarle el cabello, estirarle aún más el vestido, pulirle los zapatos y volverla a cubrir con la sobrecama monumental sobre la cual, ya incesante, planea un enjambre de moscas.

Aprovechando precisamente la ceremonia del acicalamiento de mamá, me detengo junto a mis hermanas, que, ensimismadas, otra vez la peinan, le atan el cordón de un zapato que la hinchazón había desabrochado, tratan de abotonarle la blusa que el pecho, ahora gigantesco, desabotona. Creo, les digo en voz baja mientras me inclino, que

5

ya es hora de enterrarla.

6

—¡Enterrar a mamá! —me grita Ofelia, mientras Otilia, Odilia y Onelia me miran también indignadas—. Pero ¿cómo es posible que hayas podido concebir semejante atrocidad? ¡Enterrar a su madre!...

Las cuatro me miran con tal furia que por momentos temo que se me abalancen:

—¡Ahora que está más cerca que nunca de nosotras. Ahora que podemos permanecer día y noche junto a ella. ¡Ahora que está más bella que nunca!

—Pero ¿es que no sienten esa peste, y esas moscas?...

—¡Cállate, maldito! —me dice ahora Onelia, acercándose, escoltada por Otilia y Odilia.

—¿Peste? —dice Ofelia—. ¿Cómo puedes decir que mamá, nuestra madre, apesta?

—¿Qué cosa es la peste? —me interroga Ofelia—. ¿Sabes tú acaso qué cosa es la peste?

No respondo.

–Ven –grita nuevamente Ofelia–: no es más que un traidor. Ella, a quien se lo debemos todo. Gracias a la cual existimos. ¡Criminal...!

–Nunca olió tan bien como ahora –dice Onelia, aspirando profundamente.

–¡Qué perfume, qué perfume! –Odilia y Otilia, extasiadas–. Es maravilloso.

Todas aspiran profundamente mientras me miran amenazantes.

Me acerco al cuerpo de mamá, alejo, por un momento, al entusiasmado enjambre de moscas que zumban furiosas, y aspiro también profundamente.

7

Somos las moscas,
las pulcras y deliciosas moscas. Venid y adoradnos.
Nuestro cuerpo sin tacha posee las dimensiones precisas
para podernos deslizar por cualquier sitio y tiempo.
Funeral o coronación,
pastel matrimonial o corazón sangrante recién extirpado:
allí estamos nosotras,
rápidas y familiares, ronroneando, disfrutando del gran banquete.
Ningún estruendo nos es ajeno.
Ningún clima nos es inhóspito.
Ningún manjar nos desagrada.
Miradnos, mirad cómo graciosamente nos elevamos
por sobre plantaciones y jardines

condenados a desaparecer.

Y nosotras inmutables,

posándonos

ya en el culo de una reina,

ya en la nariz de un dictador,

ya en el pecho abierto de un héroe, ya en la cabeza reventada de un suicida.

Oh, venid y adoradnos,

mirad cómo simpáticamente danzamos, escrutamos, fornicamos sobre el túmulo de los más antiguos dioses,

sobre las tribunas de los más recientes,

por encima de los airados discursos que retumban,

por sobre las aterrorizadas cabezas que se inclinan, por entre las engarrotadas manos que aplauden las sentencias que las aniquilan.

Miradnos a nosotras trazar caprichosos giros, despreocupados revoloteos

entre los mares de esqueletos que blanquean el páramo,

sobre la morada y larga lengua del ahorcado más reciente:

Miradnos zumbar en los oídos del que espera su turno:

Bebemos la sangre fresca del crucificado y de un solo giro caemos

acá

para saborear los tiernos sesos del adolescente recién fusilado.

Terremotos,

explosiones, hielos y deshielos,

eras que desaparecen, infamias que

gloriosamente se instauran y sucumben,

y nosotras, impasibles y triunfales, revoloteando.

216

Citadme un degollamiento, un fusilamiento, un funeral, una catástrofe, una hecatombe, en fin, algo digno de ser recordado en lo que no hayamos nosotras participado.

Sobre el excremento y la rosa, miradme posarme.

Sobre la frente imperial o el feto abandonado en el bosque, miradnos.

En los recintos de los dioses bebo y me pavoneo a mis anchas (reino)

al igual que en la pocilga de la puta más desharrapada.

Oh, citadme una flor que pueda competir en grandeza (en belleza) con nosotras.

Miradnos, pues, habiendo saboreado a los héroes de la patria, a los sabios y a los delincuentes –todos deliciosos–, investidas de pureza, parsimoniosas y regias, elevarnos por los aires y ennegrecer el sol con nuestra gloria.

Yo os reto:

Nombradme una flor, una sola, que pueda competir en esplendor, en grandeza –en belleza– con nosotras.

8

El enjambre de moscas se cierne ahora sobre la boca de mamá. Boca que al cabo de una semana de muerta se abre ya desmesuradamente, al igual que sus ojos y las ventanas de la nariz, que sueltan un líquido gris. La lengua, que también ha adquirido proporciones descomunales, se asoma detenida por entre esa boca. –Las moscas, caprichosamente, han alzado el vuelo–. La frente y el cuello también se han inflamado considerablemente, de manera que el pelo parece encabritarse sobre ese territorio tenso que sigue expandiéndose.

Odilia se acerca y la contempla.

–¡Qué hermosa!

–Sí –digo.

Todos, mientras la rodeamos, comenzamos a admirarla.

9

Ha estallado. Su cara había seguido creciendo hasta ser una maravillosa bola, y ha reventado. Su vientre, que de tan alto hacía que el cubrecama rodase constantemente, también se ha abierto. Todo el pus acumulado en su cuerpo nos inunda, embriagándonos. El excremento retenido también salta a borbotones. Los cinco respiramos extasiados. Cogidos de la mano giramos nuevamente a su alrededor y vemos cómo hilillos de humor y pus brotan de su nariz desmesurada, de la boca que se ha rajado en dos mitades. Y ahora el vientre, que al abrirse se ha convertido en un charco oscuro que no cesa de bullir, lanza también un vaho delicioso. Fascinados, nos acercamos todos para contemplar el espectáculo de mamá. Las tripas, que siguen reventando, provocan una incesante pululación; el excremento, bañando sus piernas, que ahora también se estremecen por sucesivos estallidos, se mezcla con el perfume que exhala el líquido negruzco, anaranjado, verde, que sale a raudales por toda su piel. Sus pies, convertidos también en esferas tersas, revientan, bañando nuestros labios que ávidamente los besaban. Mamá, mamá, gritamos girando a su alrededor, embriagados por las emanaciones que brotan de su cuerpo en plena ebullición.

En medio de esta apoteosis, Ofelia, resplandeciente, se detiene. Contempla por unos instantes a mamá. Sale de la habitación y

10

ya regresa, empuñando el enorme cuchillo de mesa que sólo mamá sabía (y podía) manipular. «Ya sé», nos dice; deteniendo nuestra ceremonia. «Ya sé. Finalmente pude descifrar su mensaje... Mamá», dice ahora dándonos la espalda y avanzando, «aquí estoy, aquí estamos, firmes, fieles, dispuestas para lo que tú digas. Felices por habernos dedicado y poder seguir dedicándonos únicamente a ti, ahora y siempre...» Odilia, Otilia y Onelia también se acercan y caen de rodillas junto a la cama, gimiendo muy bajo. Yo, de pie, me quedo junto a la ventana. Ofelia termina su discurso y avanza hasta quedar junto a mamá. Empuñando con las dos manos el enorme cuchillo, se lo entierra hasta el cabo en el vientre, y cae, entre un torbellino de contracciones y pataleos, sobre el inmenso charco pululante que es ahora mamá. Los gemidos de Otilia, Odilia y Onelia se alzan rítmicamente hasta hacerse intolerables

11

(para mí, que soy el único que los escucha).

El maravilloso olor de los cuerpos podridos de mamá y de Ofelia nos embriaga. Relucientes gusanos se agitan sobre ambas, por lo que constantemente permanecemos a su alrededor para ver los cambios que van disfrutando. Veo cómo el cuerpo de Ofelia, ya completamente carcomido, se confunde con el de mamá, formando una sola masa purulenta y oscura que perfuma todo el ambiente. También veo las miradas codiciosas que Odilia y Otilia le dirigen al promontorio... Algunas cucarachas se pasean por los huecos de ambos cadáveres. Ahora mismo, un ratón, tirando con fuerza del promontorio maravilloso ha cargado con un pedazo (¿de mamá?, ¿de Ofelia?)... Como alertadas por el mismo aviso, por una misma orden, Otilia y Odilia se lanzan sobre los restos y se apoderan –las dos al mismo tiempo– del cuchillo de mesa. Encima de mamá y de Ofelia se desata una breve pero violenta batalla que espanta a los hermosísimos ratones y hace que las cucarachas se refugien en la parte más intrincada del promontorio. Con un rápido tirón, Odilia se apodera totalmente del cuchillo y con ambas manos comienza a introducírselo en el pecho. Pero Otilia, liberada, le arrebata violentamente el arma. «Desgraciada», le grita a Odilia, poniéndose de pie sobre el promontorio, «así que querías irte con ella antes que yo... Le demostraré que le soy mucho más fiel que todos ustedes.» Antes de que Odilia pueda impedírselo, se hunde el cuchillo en el pecho, y cae sobre el promontorio. Pero Odilia, encolerizada, saca el arma del pecho de Otilia. «Egoísta, siempre fuiste una egoísta», increpa a la moribunda. Y se entierra el cuchillo en el corazón, y muere (o finge que ha muerto) primero que Otilia, quien aún patalea. Finalmente, las dos, unidas en un furioso abrazo de muerte, quedan exánimes sobre el promontorio.

Somos los ratones y las cucarachas.
Oíd bien claro:
Los ratones y las cucarachas;
por lo tanto, venid y adoradnos.
Venid y, como reales, únicos, verdaderos dioses
del mundo, respetuosamente reverenciadnos.
Alabad mi cuerpo de cucaracha,
cuerpo que resiste indiferente las temperaturas más abominables.
Cuerpo que se alimenta, en última instancia, de su mismo cuerpo.
Lo oscuro, lo claro, lo húmedo, o lo seco, o lo ríspido, son para nosotras caminos semejantes.
Me arrastro, pero si es necesario alzo el vuelo.
Fácilmente sabemos reponer el pedazo que se nos arranca.
Me autoabastezco y me autoengendro.
Siendo la escoria nuestro alimento, a qué temer: el futuro siempre será nuestro.
Siendo lo oscuro, lo sórdido, lo sinuoso nuestra morada predilecta, quién podrá expulsarnos del universo si, precisamente, está hecho a nuestra medida.
En cuanto a nosotros, los ratones,
qué elogio no nos cabe,
qué loa no es digna de ser cantada en nuestro honor.
Nuestros ojos destellan en las tinieblas:

el futuro es nuestro.
Habitamos todo tipo de paraje,
somos testigos de todos los infiernos.
No hay texto sagrado que nos excluya ni apocalipsis que nos elimine.
Habitamos iglesia y prostíbulo, cementerio y teatro,
la populosa ciudad o la efímera choza.
Raudos navegamos.
Inadvertidos volamos.
El mundo es nuestro de polo a polo.
Somos el alma del castillo,
la magia del cementerio,
el prestigio de las altas techumbres,
transeúntes del túnel, compañeros del proscripto.
Estamos con el condenado a muerte antes y después del suplicio.
(Habitamos junto a la víctima, comemos junto con ella, y después nos la comemos.)
Nuestra actividad es incesante. En nuestros baúles, en cajas
de cartón, encima de un madero o de un cadáver cruzamos la tierra.
Somos el símbolo de lo universal e imperecedero.
Así pues, solicitamos no una corona, cosa en verdad efímera, no un Estado o un continente, cosas prestas a desaparecer. Queremos el universo entero, en esplendor o en ruinas, es decir, la eternidad.
Yo os reto a que se me nombre una paloma o una rosa, un pez, un águila o un tigre que hayan podido realizar tales proezas, que sean dueños de tal periplo. Yo os reto a que se me nombre alguien, además de nosotros, que sea digno de esta apología.

Yo os reto.

En cuanto a mí, divina cucaracha, criatura alada que puede habitar bajo la tierra, en lo más profundo del urinario o en la inaccesible torre, os reto también

a que se me nombre una flor, una bestia, un árbol, un dios que pueda competir en grandeza y resistencia –en vitalidad– conmigo.

Nieve o fuego.

Diluvio o perpetuo desierto.

Soledad o torbellino.

Campañas antisépticas y bombardeos.

Montañas, estricto asfalto, cañerías incomunicadas, ruinas, palacios y sarcófagos,

abismos donde jamás llegó el sol,

oh, citadme una rosa,

citadme una rosa

que pueda igualarse a mi gloria.

Citadme una, una sola,

una rosa.

14

El perfume de los cuerpos putrefactos de mamá, Ofelia, Odilia y Otilia se ha apoderado de toda la región, que ahora es un páramo encantador, pues los asquerosos pájaros, las sucias mariposas, la hediondas flores, las pestíferas yerbas y demás arbustos, junto con los inmundos árboles, han desaparecido, se han marchitado, se han ido avergonzados o han muerto, debido –con razón– a su inferioridad. Toda esa inutilidad endeble y efímera, todo ese horror. Todo ese paisaje inútil, indolente, criminal, ha sido derrotado. Y la región es una espléndida explanada recorrida por un rumor extraordinario: el incesante ir y venir de cucarachas y ratones, el trajinar de los gusanos, el zumbido infatigable de los luminosos enjambres de moscas. Al compás de esa música única, bajo el influjo de ese maravilloso perfume, Onelia y yo seguimos girando alrededor del gran promontorio, y cuando (raramente) levantamos la cabeza es para contemplar la llegada, el homenaje indetenible, voluntario, de las extraordinarias criaturas: ratas, ratones y más ratones, regias cucarachas de tamaño descomunal, lombrices de veloces y esplendentes figuras. Hemos abierto todas las puertas para que puedan entrar sin dificultad. Y siguen arribando. En grupos. En inmensos escuadrones. En acompasado y magnífico estrépito se agolpan ceremoniosas junto a nuestros pies, y continúan hasta el enorme cúmulo sobre el que se abaten, configurando una montaña en perpetuo frenesí. Sólida nube que se ensancha, se eleva, se explaya. Siempre en perenne movimiento, en cambiante, rítmico, inquieto, sordo y único delirio. La gran apoteosis. La gran apoteosis. En homenaje a mamá. Por y para mamá. La gran apoteosis. Y ella en el centro,

15

divina, recibiendo el homenaje. Aguardando por nosotros.

Y hacia ti vamos, Onelia y yo; aún con energía suficiente (sin duda por ti insuflada) para llegarnos hasta tu promontorio y, dichosos, ofrecernos. Con gran dificultad, Onelia logra abrirse paso por entre las maravillosas criaturas. Apartando ratas y ratones ensimismados en roer, provocando remolinos de moscas y cucarachas que inmediatamente se posan sobre el sitio, hundiendo las manos en la fuente tumultuosa que forman los gusanos, logra recuperar el cuchillo de mesa. Me mira, temerosa de que pueda arrebatárselo. Emite un pequeño alarido jubiloso y, sin mayores trámites, se desploma sobre el gran tumulto. Las nobles cucarachas, las bellísimas ratas, los perfumados y regios gusanos, encabritándose y replegándose con giros magníficos, la cubren al instante.

17

Somos los gusanos.
Venid e idolatradnos.
Venid y, prosternándoos sumisos ante nosotros, únicos dueños del universo, escuchad
con toda solemnidad, pompa y devoción nuestro breve pero contundente discurso:
Siglos y siglos de afán y todo para nosotros.
Un milenio, mil milenios y otros mil: y todo para nosotros.
Infamias y nuevas traiciones,
ambición sobre ambición, castillos, torres, divinas togas,
edificaciones aéreas, comitivas y

superbombardeos,

explosiones,

estafadores van y estafadores vienen: todo para nosotros.

Experimentos, congresos,

infiltraciones,

esclavos y nuevas esclavizaciones, elecciones y

nuevas abominaciones,

coronaciones y autonominaciones,

revoluciones o involuciones:

flagelaciones, crucifixiones, depuraciones y expulsiones:

todo para nosotros.

Detened por un instante el cacareo o la genuflexión, el brindis o la sentencia, y rendidnos el homenaje que nos merecemos. Admirad

nuestras espléndidas figuras. Somos la filosofía, la

lógica, la física y la metafísica. Poseemos además un antiguo y ejemplar sentido práctico: nos arrastramos.

¿Cómo podrán mutilarnos si no tenemos miembros?

¿Quién se atreverá a desterrarnos, si somos los dioses del subsuelo?

¿Querrán sacarnos los ojos cuando no los necesitamos?

Si nos destrozan, nos multiplicamos.

¿Quién podrá habilitarnos de una conciencia culpable, si sabemos que en el pudridero del mundo todos los cuerpos tienen el mismo sabor y todos los corazones apestan?

¿Qué dios podrá condenarnos (mucho menos, aniquilarnos) si existimos precisamente porque hay condena, si

brotamos del aniquilamiento? De qué forma podrán devorarnos, si después de habernos devorado,

terminamos devorando al devorador.

Mosca, cucaracha, ratón: sus victorias, aunque poderosas, terminan en el sitio donde yo reino taladrando.

¿Cómo destruirme si en la destrucción está mi victoria?

¿Adónde van a correr que mi cuerpo sin pies ni alas no los alcance,

que mi cuerpo sin brazos no los abrace,

que mi cuerpo sin boca no los devore?

Rendíos, definitivamente, rendíos.

He oído cómo se ha traído a colación en esta asamblea a la rosa y a los dioses,

¿será necesario que para exaltar mi hermosura tenga que compararme con criaturas tan efímeras?

Francamente, detesto las comparaciones pueriles, el reto facilista,

la contienda donde el triunfo de antemano me pertenece.

Así pues, dispersaos hasta el momento del sacrificio, girad, dad unas cuantas vueltas, dos o tres saltos,

danzad, colgad a alguien, tiraos de los pelos.

Inventad nuevas estafas o disfrutad de las concebidas, mortificad al vecino, y si podéis,

engordad

engordad

engordad.

Qué ironía: aunque de todas las criaturas del mundo, somos, usted y yo, las únicas que, con toda certeza, nos volveremos a encontrar, no puedo decirle *literalmente* «hasta la vista».

18

Ha llegado el momento. El gran momento en que debo unirme a mamá. ¿Debo?, ¿dije *debo*? Quiero, *quiero,* ésa es la palabra. Finalmente puedo, hundiéndome en el torbellino de las alimañas... *¿Alimañas?* ¿Cómo puede haber salido de mi boca tal palabra? Mi madre, ¿mi adorada madre, eso que ahí se mueve, puede llamarse acaso *alimaña?* ¿Pueden ser alimañas esas criaturas maravillosas que me aguardan y a las cuales debo entregarme? Pero ¿otra vez dije *debo?* Cómo puedo ser tan miserable, cómo puedo olvidar que no se trata de un deber, sino de un honor, de un acto voluntario, de un goce, de un privilegio... Con el enorme cuchillo entre las manos doy una vuelta alrededor del túmulo que se repliega, expande y estremece tironeado por todas las alimañas... Pero, cómo, ¿otra vez he dicho *alimaña?* ¿Y no me arranco la lengua? Sin duda, la felicidad que me embriaga al saber que pronto formaré parte de ese perfumado promontorio me hace decir sandeces. Rápido, debo (¿debo?) apurarme. Un minuto más es una prueba de cobardía. Todas mis hermanas ya están ahí, junto a mamá, formando un solo conjunto maravilloso. Y tú, cobarde, sigues dándole vuelta al túmulo, con el cuchillo de mesa entre las manos, sin, de un valiente golpe, enterrártelo en el pecho. ¿Qué esperas? Me detengo junto a las sacrificadas. Pero ¿cómo es posible que las llames *sacrificadas?* Me detengo, finalmente, junto al promontorio que forman mis dulces, hermosas y abnegadas hermanas inmoladas... Pero ¿qué es eso de *inmoladas*, miserable? Me detengo frente al túmulo de mis cuatro hermanas consagradas. Con todas mis fuerzas aprieto el cuchillo, lo levanto contra mi pecho. Empujo. Pero no entra. Sin duda, tantas semanas girando alrededor del túmulo, sin comer, me han privado de todas las fuerzas. Pero debo lograrlo. Debo continuar. Debo terminar de una vez... Llego hasta la sala, invadida también por el perfume de mamá y mis hermanas. Abro la puerta del corredor que el viento había cerrado. Coloco el cuchillo entre el marco y la puerta, que ahora entrecierro de manera que el arma quede perfectamente firme y vertical, para poder lanzarme contra ella y que por sí misma se introduzca en mi cuerpo. Tal como una vez vi hacerlo a un personaje, en una película que fui a ver al pueblo, sin que mamá se enterara... Recuerdo que era así: el personaje ponía el cuchillo ente el marco y la puerta. La cerraba. Y se abalanzaba, suicidándose. Sin dejar (naturalmente) huella alguna en el arma... ¿Cómo se llamaba esa película? ¿Y sobre todo ella, la actriz?... ¿Aquella mujer tan hermosa a quien se le achacaba el crimen?... ¿Era su esposa?... Pero ¿cómo es posible que piense en esas tonterías, cuando ahí, en la habitación, está mamá, aguardándome? Esperando, esperándome, junto con todas mis hermanas. Ya es hora... ¡Ingrid Bergman! ¡Ingrid Bergman! Pero ¡qué palabras son ésas, maldito?... Abro la puerta y el cuchillo cae al suelo. Más allá del inmenso arenal que antes era el patio y el potrero –la finca entera– se ven, en remota lejanía, las siluetas de algunos árboles y el cielo. Por un momento, me vuelvo. Escucho el furioso trajín de todas las alimañas que roen ahí adentro. Me acerco y contemplo el espectáculo... ¡Ingrid Bergman! ¡Ingrid Bergman!, grito más alto, opacando el estruendo de las ratas y demás bestias. Ingrid Bergman, Ingrid Bergman, voy repitiendo mientras me lanzo contra el arenal, cruzo, cruzo ya el potrero, la inmensa explanada, y llego hasta los primeros árboles... Me gusta la peste de estos árboles; me encanta la hediondez de la yerba en la cual me revuelco. ¡Ingrid Bergman! ¡Ingrid Bergman! Me fascina el olor putrefacto de las rosas. Soy un miserable. No puedo evitar que el campo abierto me contamine. ¡Ingrid Bergman! Me golpeo, me vuelvo a golpear. Pero sigo arrastrándome por el bosque, apoyándome en los troncos, aferrándome a las hojas, embriagándome con las fétidas emanaciones de los lirios... Llego hasta el mar, me despojo de todas mis ropas y, definitivamente cobarde, aspiro la brisa. Desnudo, me lanzo a las olas que, sin duda, han de oler muy mal. Sigo avanzando sobre la espuma, que ha de ser pestífera. ¡Ingrid Bergman! ¡Ingrid Bergman! Y salto. Salto sobre la blanca, transparente –¿hedionda?– espuma... Soy un traidor. Decididamente soy un traidor. Feliz.

Primera versión (perdida), septiembre de 1973
Segunda versión, noviembre de 1980

El cometa Halley

Para Miguel Ordoqui

Nadie puede conocer su fin

Federico García Lorca,
La casa de Bernarda Alba

Aquella madrugada de verano de 1891 (sí, de 1891) en que Pepe «el Romano» huye con la virginidad de Adela, mas no con su cuerpo, todo parece haber terminado de una manera sumamente trágica para las cinco hijas de Bernarda Alba: Adela, la amante de Pepe, colgando de la viga de su cuarto de soltera, Angustias con sus cuarenta años de castidad intactos, y el resto de las hermanas, Magdalena, Amelia y Martirio, también condenadas a la soltería y al claustro.

No sucedieron las cosas, sin embargo, de esa manera. Y si García Lorca dejó la historia trunca y confusa, lo justificamos. Aún más arrebatado –y con razón– que sus propios personajes, se fue detrás de Pepe el Romano, «ese gigante con algo de centauro que respiraba como si fuera un león»... Pocas semanas después (pero ésa es otra historia) el pobre Federico perecía a manos de aquel espléndido truhán, quien luego de desvalijarlo, ay, y sin siquiera primero satisfacerlo (hombre cruelísimo), le cortó la garganta.

Pues bien, mientras Bernarda Alba disponía, con implacable austeridad, los funerales de su hija, las cuatro hermanas, ayudadas por la Poncia, descolgaron a Adela y entre bofetadas, gritos y reproches la resucitaron o, sencillamente, la hicieron volver de su desmayo.

Ya la voz de Bernarda Alba conminaba a las cinco mujeres a que abrieran la puerta cuando, todas a una, decidieron que, antes de seguir viviendo bajo la égida de aquella vieja temible, era mil veces preferible darse a la fuga. Ayudadas por la Poncia, las cinco hermanas saltaron por la ventana de la casa, saltaron también la tapia y el establo y ya en pleno descampado (bajo una luna –hay que reconocerlo– espléndidamente lorquiana) el hecho de que se sintieran por primera vez libres abolió momentáneamente sus recíprocos rencores. Las cinco hermanas se abrazaron llorando de alegría y no sólo juraron abandonar aquella casa y aquel pueblo, sino toda Andalucía y toda España. Un tramo después las alcanzó la Poncia, a pesar de su cólera, y con un júbilo que tenía por origen no la felicidad de las señoritas sino la caída de Bernarda Alba, les entregó todas las joyas de la casa, sus propios ahorros y hasta la dote reservada para la boda de Angustias. Las muchachas le rogaron que las acompañara. Pero su sitio –respondió ella– no estaba del otro lado del mar, sino junto a la habitación de Bernarda Alba, cuyos gritos de rabia la arrullarían –así dijo– mejor que el mismísimo océano.

Se fueron.

Mientras Federico expiraba insatisfecho, ellas, cantando a veces los versos del poeta moribundo, atravesaron infinitos campos de girasoles, abandonaron Córdoba y Sevilla, se internaron en la sierra Morena y ya en Cádiz sacaron un pasaje para La Habana, donde llegaron un mes después todavía eufóricas y como rejuvenecidas.

Alquilaron casa en la calle del Obispo, cerca del mar.

Y esperaron (demasiado seguras) el arribo de los futuros amantes. Pero con excepción de Adela, ninguna de las otras hermanas parecía tener suerte con los hombres. Angustias se pasaba día y noche junto a la reja de la ventana, pero en vano. Magdalena, larga y treintona, paseaba todas las tardes por El Prado, logrando sólo que un teniente de dragones la atropellase con el caballo además de insultarla por obstruir el tráfico. Amelia, con su joroba, no recogía más que burlas y una que otra pedrada propinada por algún negrito del Manglar (por cierto que una noche, varios jovencitos del cuerpo de Voluntarios Españoles intentaron tirarla a los fosos del Castillo de Fuerza, acusándola de bruja y de haberle faltado el respeto a los soldados del rey). En cuanto a Martirio, tal vez con la esperanza de que algo se le pegara, no le pedía pie ni pisada a Adela, cuyo vientre aumentaba por días al igual que el número de sus amantes.

Pero aunque las demás hermanas sabían, y se resentían, de la vida amorosa que con tantos éxitos llevaba Adela en La Habana, el escándalo y la condena unánime sólo estallaron cuando ella dio a luz. Veinticinco hombres rotundos (entre ellos seis negros, cuatro mulatos y un chino) reclamaron la paternidad del niño, alegando que el mismo era sietemesino. Las cuatro hermanas, que vieron en el rostro del recién nacido la imagen de Pepe el Romano, no pudieron tolerar aquella ofensa –aquel triunfo– de Adela. La declararon maldita y decidieron abandonarla. También decretaron que el niño no era digno de vivir con una madre tan disoluta, por lo que se lo llevaron, no sin antes bautizarlo en la catedral con el nombre de José de Alba. Adela lloró con sinceridad, pero allí estaban sus veinticinco pretendientes para consolarla.

Angustias, Magdalena, Amelia y Martirio decidieron establecerse cerca del mar, en un pueblo retirado. Luego de hacer numerosas indagaciones optaron por instalarse en Cárdenas.

El pueblo (ahora lo llaman ciudad) era minúsculo, absolutamente provinciano y aburrido, tan diferente de la calle del Obispo, siempre llena de pregones, carruajes, olores, mujeres, caballos y hombres. Cosas todas que de algún modo las desesperaban, obligándolas a ponerse el mejor traje, las mejores prendas, el mejor perfume, y salir a la calle... Pero en Cárdenas nada de eso era necesario. Las vecinas no se oían, y en cuanto a los hombres, siempre estaban lejos, pescando o trabajando en la tierra.

–Nacer mujer es el mayor de los castigos –dijo en voz alta Angustias cuando terminaron de instalarse en la nueva vivienda.

Y, tácitamente, desde ese mismo instante las cuatro hermanas se prometieron dejar de ser mujer.

Y lo lograron.

La casa se llenó de cortinas oscuras. Ellas mismas se vistieron de negro y, a la manera de su tierra, se encasquetaron cofias grises que no se quitaban ni en los peores días de verano, verano que aquí es infinito. Los cuerpos, sin aspiraciones, se abandonaron al sopor y a la desmesura del trópico, perdiendo las pocas formas que aún tenían. Todas se dedicaron, con pasión bovina y reglamentaria, a la educación del sobrino.

Desde luego, en aquella casa jamás se mencionó el nombre de Adela ni por equivocación. José, o Pepe, era para ellas, y aun para él, el sobrino traído de España luego de la muerte en parto de la madre. La historia era tan verosímil como cualquier otra, y como era además patética, todos, hasta ellas mismas, terminaron creyéndola. También con el tiempo –y ya habían pasado dieciocho años de su llegada a la isla– hasta ellas mismas se olvidaron no sólo de la historia de Adela, sino de la misma Adela. Por lo demás, las nuevas calamidades que hubieron de enfrentar unidas les fueron creando nuevos recuerdos o pesadillas: la guerra de independencia, que a ellas las discriminaba, la hambruna del 97, el nacimiento de una república que, en lugar de instaurar el fin de la guerra, parecía más bien desencadenar incesantes rebeliones. Y como si todo aquello fuera poco, una suerte de insolente populacho –*la morralla,* lo llamaban ellas– se había instalado por todos los sitios, y de alguna forma (ya las llamaban despectivamente «las monjas españolas») quería que ellas se integrasen a aquella suerte de barahúnda no sólo escandalosa sino también grotesca.

Pero las hermanas Alba se amurallaron aún más en su castidad y también en la próxima vejez, dedicando todos sus esfuerzos al cuidado de su sobrino, quien era ya un bello adolescente, tímido y de pelo ensortijado (como su padre), y que sólo salía a la calle a vender las flores de papel y esperma o los tejidos de punto que sus tías le entregaban.

A pesar de la envidia de algunos, la vida recogida y realmente intachable de las cuatro hermanas adquirió en toda Cárdenas una suerte de distante admiración. «Las monjas españolas» llegaron a ser las mujeres más respetadas del pueblo. Y cuando se quería elogiar en alguna mujer su moralidad, casi siempre se decía: «Es tan casta como una de las hermanitas Alba». El cura del pueblo (ellas iban siempre a misa acompañadas por su sobrino) las citaba como ejemplo de «tesón y moralidad cristiana». La fama llegó a su apoteosis cuando el párroco las elogió en un sermón un domingo de Pascua. Cierto que Angustias hacía también a veces de sacristana del viejo cura y, acompañada por sus tres hermanas, desempolvaba el altar, barría la iglesia y baldeaba el piso con tanta disciplina que tal parecía que el espíritu de Bernarda Alba la estuviese supervisando. Pero hay que reconocer que aquel trabajo lo hacían ellas no por obligación o por hipocresía, sino por devoción.

Lo único que interrumpía la monótona vida de las cuatro mujeres eran sus visitas dominicales a la orilla del mar. Vestidas de negro hasta los tobillos con sus mejores trajes, con grandes sombrillas también negras, llegaban hasta la costa más bien desolada de Cárdenas y allí, de pie entre la arena y los pedernales, permanecían a veces más de una hora, como extraños y gigantescos cuervos a quienes el incesante batir del mar los hechizase. Antes del oscurecer emprendían el regreso a la casa envueltas en esa luz insólitamente violeta que es atributo exclusivo de aquella región. Entonces parecía como si vinieran de una fiesta. José, sentado en el portal, las esperaba con el producto de la venta, que ese día, por ser domingo, era mayor. Ellas entraban en la casa no sin antes mirar con cierto discreto orgullo la pequeña placa (VILLALBA FLORES Y TEJIDOS) que desde hacía años habían colocado junto a la puerta.

Todo parecía indicar que la vida de aquellas mujeres, cada día más devotas y silenciosas, iba a derivar hacia una beatería casi enfermiza donde todos sus movimientos estarían regidos por el toque de las campanas.

También es necesario tomar en cuenta el comportamiento del sobrino. Solitario, tímido, correctamente vestido (esto es, asfixiándose dentro de aquellos trajes negros), no tenía más trato con el exterior que el estrictamente necesario para realizar la venta de la mercancía de la cual vivían. Tenía dieciocho años pero nadie le conocía novia o amiga alguna. Tampoco parecía que necesitase de otro cariño que de aquel, maternal y a la vez distante, que sus tías le brindaban. Y ese cariño compartido bastaba también para llenar la vida de las cuatro mujeres. Sí, ninguna de ellas se acordaba ya de haber tenido –las palabras son de la Poncia– «una lagartija entre los pechos». Mucho menos de que alguna vez llevaran entre las piernas –la expresión es de Martirio– «una especie de llamarada».

Cierto que nadie puede conocer su fin, pero el de las hermanas Alba en Cárdenas parecía que iba a ser apacible o, al menos, muy remoto de toda exaltación o escándalo.

Algo insólito tendría que ocurrir para sacar a aquellas vidas, extasiadas en su propia renuncia, de sus sosegadas rutinas. Y así fue. Un acontecimiento fuera de lo común sucedió en aquella primavera de 1910. La tierra fue visitada por el cometa Halley.

No vamos a enumerar aquí las espeluznantes catástrofes que, según la prensa de aquella época, ocurrirían a la llegada del cometa. Las bibliotecas conservan esos documentos. Baste con decir que el más popular (y hoy justamente olvidado) de los escritores de aquel momento, el señor García Markos (quien, naturalmente, también se consideraba astrónomo), autor de libros como *Astrología para las damas* y *Lo que las señoritas deben conocer de las estrellas,* además de *El amor en los tiempos del vómito rojo,* dio a la publicidad una serie de artículos que en pocas semanas recorrieron el mundo y donde, con cierta verborrea seudocientífica, se explicaba que al entrar la cola del cometa en la atmósfera terrestre, ésta se vería contaminada («enrarecida») por un gas mortal que significaría el fin de la vida en todo nuestro planeta, pues, citamos, «al combinarse el oxígeno de la atmósfera con el hidrógeno de la cola cometaria, la asfixia inmediata sería inevitable». Esta descabellada información (descabellada ahora que han pasado cuarenta años de su publicación), quizá por lo insólita y dramática, fue tomada muy en serio. Por otra parte, como hipótesis no era fácil de rebatir: el cometa, según García Markos, se acercaba un poco más a la Tierra cada vez que repetía su visita. Ese año –¿por qué no?– podía llegar el fin... También el seudocientífico afirmaba que, conjuntamente con el fin del mundo, nos azotaría una plaga de centauros, hipogrifos, peces ígneos, extrañas aves viscosas, ballenas fosforescentes y «otros monstruos estratosféricos» que, producto de la colisión, caerían también sobre este mundo junto con una lluvia de aerolitos. Y todo eso fue también tomado al pie de la letra por la inmensa mayoría. No olvidemos que aquéllos (como todos) eran tiempos mediocres en los que la estupidez se confundía con la inocencia y la desmesura con la imaginación.

El cura de Cárdenas acogió con fanático beneplácito las predicciones apocalípticas del señor García Markos y de todos sus seguidores. En un sermón inspirado y fatalista vaticinó abiertamente el fin del mundo. Un fin clásico, tal como lo anunciaba la Biblia, envuelto en llamas. Y, naturalmente, ese fin se debía a que las incesantes cadenas de excesos e impiedades cometidos por el hombre durante toda su trayectoria habían colmado ya la cólera divina. El fin no sólo era, pues, inminente, sino merecido. Lo cual no impidió, sin embargo, que muchos de los habitantes de Cárdenas (y seguramente de otros sitios) se dedicaran a la construcción de refugios subterráneos donde perentoriamente guarecerse hasta que el fatídico cometa se alejase de nuestra órbita. Es cierto que también algunos cardenenses, en vez de tomar precauciones contra el desastre, lo adelantaron quitándose la vida. En el municipio se conservan cartas desesperadas de madres que antes que enfrentarse a la conflagración universal prefirieron adelantarse a ella junto con toda su prole.

El cura, por supuesto, condenó esos suicidios, así como también la construcción de albergues para evitar el fin. Ambas acciones, declaró en otro sermón, eran actos soberbios, paganos y hasta ilegales, puesto que intentaban eludir la justicia divina.

Cuando Angustias, Martirio, Magdalena y Amelia volvían de escuchar el sermón, encontraron a su sobrino en el jardín, donde acababa de construir un refugio con capacidad para cinco personas.

–Vuelve a tapar ese hueco –ordenó Angustias con voz lenta pero imperturbable.

Y como el sobrino protestara, las cuatro hermanas volvieron a colocar la tierra en su sitio. Terminada la faena, Martirio comenzó a sembrar las plantas que Pepe había arrancado.

–Mujer –le llamó la atención Magdalena–, no comprendes que todo eso ya es inútil.

Martirio, que sostenía en alto unas posturas de jazmines del Cabo, empezó a llorar.

–Entren –ordenó Angustias empujando a las hermanas–. ¿No se dan cuenta de que están dando un espectáculo? ¿Qué dirán los vecinos?

–¿Y tú no te das cuenta de que eso tampoco tiene ya ninguna importancia? –le dijo entonces Martirio secándose las lágrimas.

Por un momento Angustias pareció dudar, pero enseguida dijo:

—Tal vez nuestros últimos actos sean los que más se tomen en cuenta.

Y las cuatro hermanas entraron en la casa.

Oscurecía.

Llegaba, pues, la fatídica noche del 11 de abril de 1910. Para las primeras horas de la madrugada estaba anunciada la conjunción del Halley con la Tierra, y, por lo tanto, el fin del mundo.

Es de señalarse que, a pesar de las apasionadas e incesantes prédicas del señor cura, algunos cardenenses no las tomaron en consideración. Otros, aunque estaban convencidos de que esa noche sería el fin, no se dedicaron al arrepentimiento y la oración, sino que, por el contrario, como eran ya las últimas horas que les quedaban en este mundo, decidieron disfrutarlas por lo grande. Desde por la tarde empezaron a salir a la calle grupos de jóvenes borrachos, quienes, además de provocar un barullo insólito para aquel pueblo, cantaban cosas atrevidísimas y usaban expresiones no menos desvergonzadas. A esos grupos se les unieron varias mujeres que hasta entonces llevaban una vida más o menos discreta. De modo que el barullo alteraba a veces hasta la letanía de las oraciones que, encabezada por Angustias, era repetida por sus hermanas.

En medio de aquel escándalo, oyeron el ruido de un carruaje que se detenía frente a la casa, y pocos segundos después los golpes de alguien que tocaba a la puerta.

—¡No abran! —gritó Angustias sin soltar el rosario.

Pero los golpes se hacían cada vez más fuertes, por lo que las cuatro hermanas, escoltadas por José de Alba, decidieron asomarse al exterior.

Frente a la puerta, que ahora se acababa de abrir con innumerables precauciones, estaba Adela. Vestía un hermosísimo traje de noche hecho de tafetán verde con encajes rojos, guantes blancos, mantilla también roja y espléndidos botines de fieltro; en las manos traía un bellísimo abanico hecho con plumas de pavo real y un bolso de lentejuelas que tiró al corredor para abrazar a sus hermanas. Pero éstas retrocedieron espantadas. Adela, sin inmutarse, entró en la casa contoneándose a la vez que le hacía una señal al cochero para que bajase el equipaje, un monumental baúl con excelentes vinos, copas de Baccarat, un gramófono y un óleo que era una reproducción ampliada del retrato de Pepe el Romano.

–Parece que la única cristiana que hay en esta familia soy yo –dijo avanzando por la sala–. Me he acordado de ustedes en el momento extremo. Y, además, las perdono.

–Pero nosotras no –rechazó Angustias.

–Chica –respondió Adela, y ya se quitaba los zapatos–, entonces no sé cuál es tu religión, si ni siquiera en un momento como éste eres capaz de perdonar a tu propia hermana.

Y miró para el rosario que Angustias aún sostenía entre los dedos y que en estos momentos le pareció un objeto extraño, casi un estorbo.

–Hermanitas –dijo Adela emocionada y aprovechando la confusión que sus últimas palabras habían causado–, he venido porque ésta es la última noche. ¿No se dan cuenta? ¡La última noche que nos queda en el mundo! Al igual que nos escapamos juntas de aquel mundo que nos pertenecía y aborrecíamos, también quisiera que nos fuéramos juntas de éste donde de tan diferente manera hemos vivido, pero donde nunca, ¡ni un solo día!, he dejado de recordarlas.

Y si algo más iba a agregar no pudo hacerlo. Su cabeza se hundió entre los rojos tules de su falda y comenzó a sollozar.

Martirio fue la primera en acercársele y, arrodillándose, le abrazó las piernas. Al momento llegaron Amelia y Magdalena, también llorando. Por último Angustias le tomó una mano y señalando hacia José de Alba, le dijo a Adela:

—Ése es tu hijo. No creo que tengas ya mucho tiempo para explicarle quién eres.

—Ni es necesario —contestó Adela—. Él ya es un hombre y lo puede comprender todo.

Un hombre, era un hombre, se dijo para sí mismo con júbilo José de Alba, y no pudo impedir que sus mejillas se ruborizasen.

—Un hombre —repitió Adela—. Y muy guapo, como su padre.

Y luego de decirle al cochero que atendiese los caballos, fue hasta el gran baúl y comenzó a desempacar. Puso las copas y las botellas de vino sobre la mesa, sacó el enorme retrato de Pepe el Romano y, antes de que pudiera levantarse protesta alguna, colgó el espléndido lienzo (era una obra de Landaluze) en la pared de la sala.

Ante la vista de aquella imagen, las hermanas Alba quedaron súbitamente transformadas.

—Sí —continuó Adela, mirando arrobada al cuadro y luego a su hijo—, es el retrato de su padre, aunque más guapo. Y pensar que he venido a conocerte precisamente cuando se acaba el mundo. ¡Un sacacorchos!

242

–¿Cómo? –dijo Angustias, asombrada ante esa transición en el discurso de Adela.

–Sí, chica, un sacacorchos. ¿O es que vamos a esperar el fin del mundo sin tomarnos una copa?

Angustias fue a poner alguna objeción. Pero allí estaba Martirio con un sacacorchos.

–¿De dónde lo sacaste? –interrogó Magdalena asombrada–. En esta casa eso nunca se había utilizado.

–No lo utilizas tú porque nunca has cocinado. Pero ¿con qué crees que se abren aquí las botellas de vinagre?

–¡Hombre! Pero parece mentira –interrumpió Adela llenando las copas de un excelente vino rojo–, se acaba el mundo y ustedes discuten por un sacacorchos. Tomad las copas y vamos al jardín a ver el cometa.

–No aparece hasta la medianoche –dijo Amelia.

–Se ve que no estás al día –objetó Adela–. A medianoche es cuando se acaba el mundo, pero desde que oscureció se puede ver el cometa. ¿Es que no han leído los diarios de La Habana?

–Nunca leemos esas cosas –protestó Angustias.

–Ustedes se lo pierden –dijo Adela–, y ya sí que es demasiado tarde.

Y tomando la mano de su hijo, que la contemplaba embelesado, salieron al jardín.

Era una noche espléndida como sólo en ciertos lugares del trópico, y específicamente en Cuba, suelen observarse. De la tierra y del mar brotaba una pálida fosforescencia. Cada árbol parecía sobrecogerse sobre su propia aureola. El cielo, en aquel pequeño pueblo donde aún se desconocía la electricidad, resplandecía con la potencia de un insólito candelabro. Allí estaban todas las constelaciones, las más lejanas estrellas, lanzando una señal, un mensaje tal vez complicado, tal vez simple, pero que ya ellos no podrían descifrar jamás. La Cruz de Mayo (aunque estábamos en abril) se dibujaba perfectamente; las Siete Cabrillas eran inconfundibles, Orión parpadeaba rojizo, lejano y a la vez familiar. Una luna de primavera se elevaba sobre el mar formando un camino que se perdía sobre las aguas. Sólo un cuerpo como una serpiente celeste rompía la armonía de aquel cielo. El cometa Halley hacía su aparición en la tranquila y rutilante inmensidad de la bóveda austral. Entonces, con voz remota, pero muy clara, Adela empezó a cantar.

> Abrir puertas y ventanas
> las que vivís en el pueblo,
> el segador pide rosas
> para adornar su sombrero.

Y súbitamente, como si un poderoso impulso, por muchos años contenidos, se desatase, el resto de las hermanas la corearon.

> El segador pide rosas
> para adornar su sombrero.

Cantaban, y Adela, que había tenido la precaución de llevar una botella de vino, volvió a llenar las copas.

> Abrir las puertas y ventanas
> las que vivís en el pueblo.
> Vamos a casarnos a la orilla del mar.
> A la orilla del mar...

Y otra vez se vaciaron las copas. Entonces Adela comenzó a hablar.

–Sí –dijo, señalando para el cometa–. Esa bola de fuego que ahora cruza el cielo y que dentro de pocas horas nos aniquilará, es la bola de fuego que todas ustedes –y señaló tambaleándose a sus cuatro hermanas– llevan entre las piernas y que, por no haberla apagado en su momento oportuno, ahora se remonta y solicita justa venganza –aquí algunas intentaron protestar, pero Adela siguió hablando a la vez que servía más vino–. Esa bola de fuego es el carbón encendido que Bernarda Alba quería ponerle en la vagina a la hija de la Librada por haber sido mujer. ¡Hermanas!, esa bola de fuego son ustedes, que no quisieron apagar en vida sus deseos, como lo hice yo, y ahora van a arder durante toda la eternidad. Sí, es un castigo. Pero no por lo que hemos hecho, sino por lo que hemos dejado de hacer. ¡Pero aún hay tiempo! ¡Pero aún hay tiempo! –gritó Adela irguiéndose en medio del jardín, mezclando su voz con las canciones que los borrachos cantaban por las calles en espera del fin–. Aún hay tiempo, no de salvar nuestras vidas, pero sí de ganarnos el cielo. ¿Y cómo se gana el cielo? –interrogó ya ebria, junto a una de las matas de jazmín del Cabo–. ¿Con odio o con amor? ¿Con abstinencia o con placer? ¿Con sinceridad o con hipocresía? –se tambaleó, pero José de Alba, que ya se había transfigurado en la viva estampa de Pepe el Romano, la sujetó, y ella, en agradecimiento, le dio un beso en la boca–. ¡Dos horas! ¡Nos quedan dos horas! –dijo mirando su hermosísimo reloj de plata, regalo de un pretendiente holandés–. Entremos en la casa y que nuestros últimos minutos sean de verdadera comunión amorosa.

Las seis figuras entraron tambaleándose en la sala. El

calor del trópico las hizo despojarse, con la ayuda de Adela, de casi todas las indumentarias. Las cofias, los guantes, los sobretodos, las faldas y hasta las enaguas desaparecieron. La misma Adela desprendió a su hijo del bombín, el saco, la corbata y hasta la camisa. Así, semidesnudo, lo llevó hasta el retrato de Pepe el Romano y propuso un brindis general. Todos levantaron las copas.

–No sé lo que va a pasar aquí –dijo Angustias, pero sin acento de protesta; y como se tambaleara, buscó apoyo en el brazo de su sobrino.

–Un momento –dijo Adela, y llegándose hasta el baúl extrajo el gramófono, que colocó en la mesa de centro.

De inmediato toda la casa se llenó de música de un cuplé cantado por Raquel Meller.

No fue necesario organizar las parejas. Angustias bailaba con Pepe, Magdalena lo hacía con Amelia, y Martirio conducía a Adela, quien en ese momento, desprendiéndose de la blusa, confesaba que nunca se había acostumbrado al calor del trópico.

–No fue por amor a Pepe el Romano por lo que te delaté ante mamá –le dijo Martirio a manera de respuesta–, sino por ti.

–Siempre lo sospeché –le respondió Adela–. Y ambas mujeres se abrazaron.

Como el clamor de los borrachos en la calle era ensordecedor (sólo faltaba una hora y tres minutos para que se acabase el mundo), decidieron cerrar las ventanas, correr las cortinas y poner el gramófono a todo volumen. Alguien, en uno de sus giros, apagó las luces. Y toda la casa quedó iluminada sólo por las estrellas, la luna y el cometa Halley.

Cuando la Meller cantaba *Fumando espero* (y de acuer-

246

do con los cálculos sólo faltaban cuarenta y cinco minutos para el fin del mundo), Adela, entreabriendo la puerta, le hizo una señal al cochero para que entrase. Éste, un liberto estupendo del barrio de Jesús María, hizo una aparición jubilosa, liberándose al momento de su librea, su chaqueta y sus botas de cuero.

Antes de que se le acabase la cuerda al gramófono, tanto José de Alba como el cochero habían abrazado respectivamente a las cinco mujeres, ya muy ligeras de ropa. Volvieron a llenarse las copas, y todos, ya desnudos, se entregaron al amor bajo el enorme retrato de Pepe el Romano.

–No vamos a esperar el fin del mundo dentro de estas cuatro paredes –dijo Adela–. Salgamos a la calle.

Las cinco hermanas Alba salieron desnudas a la calle acompañadas por José, que no se había quitado los calzoncillos, y por el cochero, quien sólo llevaba puestas sus espuelas.

Nunca, mientras el cielo gire (y confiamos en que no cese de girar jamás), se oirán en las calles de Cárdenas alaridos tan descomunales como los que entonces se emitieron. El cochero, instruido, justo es confesarlo, por Adela, poseía sucesivamente a las cinco mujeres, siendo sustituido de inmediato por José de Alba, quien debutó con verdadera maestría. Por último, numerosos campesinos («gañanes», según palabras de la propia Angustias) se unieron también a la cabalgata, poseyendo repetidamente a todas las mujeres, quienes al parecer no se daban por vencidas. Sólo Martirio aprovechaba a veces la confusión para abandonar los brazos de algún rufián e irse hasta los pechos de Adela. Hubo un momento en que estas dos hermanas (y ya sólo faltaban quince minutos para el fin del mundo) entraron en la casa, regresando al momento con el cuadro de Pepe el Romano.

—Ahora podemos continuar —dijo Adela, poniendo el óleo de cara a las estrellas.

Sólo faltaban cinco minutos para que el cometa Halley ocupase el centro del cielo.

Y lo ocupó. Y siguió su trayectoria. Y desapareció por el horizonte. Y amaneció. Y al mediodía, cuando las hermanas Alba despertaron, se sorprendieron, no por estar en el infierno o en el paraíso, sino en medio de la calle mayor de Cárdenas completamente desnudas y abrazadas a varios campesinos, a un cochero y a José de Alba, cuya juventud, inmune a tantos combates, emergía una vez más por entre los cuerpos sudorosos. Lo único que había desaparecido era el retrato de Pepe el Romano, pero nadie lo echó de menos.

—Pues a la verdad que parece que no se acabó el mundo —dijo medio dormida Adela, y desperezándose convenció a sus hermanas de que lo mejor que podían hacer era volver a la casa.

Guiaba la procesión Angustias, cuyos cincuenta y ocho años por primera vez recibían en pelotas la luz del sol; la seguía Magdalena del brazo del cochero; detrás, Amelia, con alguien que decía ser carpintero sin empleo. Y remataba la comitiva la apretada trilogía formada por Martirio, Adela y José. Así cruzaron el jardín, siempre oloroso a jazmines del Cabo, y entraron en la casa.

Pero antes de transponer el corredor, Adela arrancó la placa de la puerta, VILLALBA FLORES Y TEJIDOS, y la sustituyó esa misma tarde por otra más pintoresca y reluciente que ostentaba el nombre de EL COMETA HALLEY.

El cometa Halley fue uno de los más famosos y prestigiosos prostíbulos de toda Cárdenas, e incluso de toda Matanzas. Expertos en la materia afirman que podía competir con los de la misma Habana y aun con los de Barcelona y París. Durante muchos años fue espléndidamente atendido por sus fundadoras, las hermanas Alba, educadas y generosas matronas como ya en esta época (1950) no se encuentran. Ellas congeniaban el amor con el interés, el goce con la sabiduría, la ternura con la lujuria... Pero aquí hacemos mutis, pues nuestra condición de respetables caballeros de la orden de la Nueva Galaxia (sí, somos astrónomos y condecorados por el municipio de Jagüey Grande) nos impide dar más detalles sobre la vida de esas señoras. Sólo podemos afirmar, y con amplio conocimiento de causa, que ninguna de ellas murió virgen.

Miami Beach, enero de 1986

Algo sucede en el último balcón

Un pájaro, cantando sobre
los hilos del tendido eléctrico.
Si yo pudiera, también cantaría
así, hasta desgañitarme.

Ahora el hombre miraba para la calle (enjaulada por miles de hilos que cumplían distintas funciones). Y se puso a pensar. Ningún ruido llegaba hasta el balcón donde el hombre pensaba. De la calle subían voces, ronquidos de motores y conversaciones inexplicables, imprecaciones y chillidos, música que no era música, sino un ruido más en el desconcierto de los ruidos, retazos de himnos y desfiles, silbidos y jerigonzas... Pero todo ese escándalo se iba disolviendo entre los pisos más bajos, de modo que en el último, donde él se encontraba, solamente hubieran podido llegar los rezagos de un ruido extraordinario que nunca se producía... El pájaro cantaba, sobre los hilos de telégrafo, o de teléfono, o del tendido eléctrico. El pájaro estaba como pegado a los hilos y el hombre le sacó la lengua y lo amenazó con las manos; pero el pájaro no se fue, y siguió cantando. No importa, enseguida se hará de noche y tendrás que largarte, dijo el hombre en voz alta. El pájaro alzó más su cantaleta, de modo que el hombre tuvo que hacer un gran esfuerzo para poner en orden sus pensamientos de acuerdo con el tiempo. Pero la tarde, *excluyendo a ese animal estúpido*, se prestaba para pensar. De pie, junto al vacío, el hombre sentía las ideas ir y venir; y algunas veces se quedaban por un rato jugando frente a él, que las veía acercarse como pequeñas llamaradas. Y comenzó el recuento.

Un coro de ideas fijas rodearon al hombre y lo dejaron desnudo. Una de ellas, muy arrugada y gruesa, se le tiró a la cabeza desde la azotea del edificio, y el hombre se encogió, y se hizo muchacho. Se vio, desde arriba, correr por las calles pregonando periódicos en una bicicleta destartalada, huyéndole a la madre, que le perseguía con el palo de trapear, muerto de risa y soñando que se caía... Allá arriba, las ideas aparecían y desaparecían, cambiando de indumentarias e instrumentos, llorando o soltando extrañas carcajadas, arrastrándose por el piso o alzando el vuelo, cantando o tocando cornetas, moviendo las nalgas o haciendo ademanes indefinibles, de manera que todo fue un batallar de furias insólitas que en enrevesado trajín caían incesantemente a la calle llenando, aunque invisibles, las aceras... Era el mediodía y la madre estaba sentada en el sofá, en el centro de la sala. Tu padre ha muerto, dijo cuando entró el muchacho. Tu padre ha muerto, dijo. El muchacho fue a lavarse las manos en el palanganero, pero la palangana estaba seca. Se paró en puntillas para ver si quedaba alguna gota de agua en el fondo y entonces el palanganero se fue al suelo y la palangana soltó el esmalte. ¿Cuál padre?, preguntó el muchacho. La madre llegó hasta él y le pegó en la cabeza con la palangana, descascarándola aún más, de manera que el recipiente quedó hecho una lástima; una lástima que empezó a dar gritos mientras soltaba los pedazos. Rompiste la palangana, dijo la madre. Rompiste la palangana... Era la hora en que no es de día, pero tampoco es de noche; la hora en que las cosas cambian su figura, aumentando o disminuyendo su tamaño, sacándose del fondo todas las sombras que durante el día habían permanecido agazapadas y que ahora podían estirarse hasta unirse y formar una sola sombra. Desde su atalaya, el hombre pudo ver el sol sumergiéndose, entre estertores y una gran humareda, en el mar. Abajo, el muchacho se las arreglaba para cruzar la calle sin que los vehículos lo aplastaran. Se escurrió entre dos rastras, hizo chocar a varios automóviles, atropelló a un viejo que al llegar a la esquina murió de furia; al fin, salió ileso. Llegó a la casa, corrió hasta el baño y comprobó con horror que se estaba volviendo un monstruo: todo lleno de pelos donde él nunca se había imaginado que podrían salir. Con los brazos en alto fue hasta el espejo, luego fue corriendo rumbo a la máquina de coser, tomó las tijeras y se arrancó hasta las pestañas y las cejas. Y más tranquilo salió al patio. Pero al otro día le sucedió lo mismo, y aunque no pudo decírselo a nadie sintió unos deseos enormes de ponerse a dar gritos... Los gritos, que no se dieron, llegaron hasta el hombre que batallaba con las ideas en el último balcón, ya que eran ruidos extraordinarios. El hombre, furioso, tiró un grupo de ideas al vacío; y el muchacho quedó transformado. Así llegaron los angustiosos días de la adolescencia, sin tener un real para meterse en el cine, fumando a escondidas y masturbándose con la cara de una muchacha pelada al rape. Tienes que trabajar, dijo la madre; con el inglés que sabes puedes conseguir trabajo. «Joven», puso en el periódico, «con amplios conocimientos de inglés desea trabajar»... Arriba el hombre había echado a andar. Caminaba rápido de una a otra esquina del balcón; a veces se asomaba por la baranda. Las luces comenzaban a aparecer... Al otro día llegó el aviso de que se presentara en una fábrica de aguardiente. Fue, y aunque se dijo *no me da la gana de que me suden, cabronas,* cuando llegó a la fábrica ya tenía las manos empapadas. Con ellas chorreando caminó por entre columnas de botellas que le desviaban el rumbo, dejando a su paso pequeños charcos. Pero el empleo no dio resultados. Sí, era cierto que dominaba el inglés, pero ahí no estaba la cuestión. El idioma estaba bien, pero hubiera bastado con saberlo chapurrear; es más: no convenía que lo supiera hablar tan bien, y mucho menos en ese tono shakesperiano. ¿Cómo iba a convenir ese tono trágico e isabelino en la garganta de un muchacho cuyo trabajo consistía en ir hasta los barcos de turistas y convencerlos («como fuera») para que lo acompañaran hasta la fábrica de aguardiente y, una vez allí, se emborracharan? En eso consiste tu trabajo. Convencerlos, ganártelos, arrastrarlos hasta aquí para que se beban nuestro ron. Son veinte pesos al mes... El balcón se nubló por un momento con millares de ideas de todos los tamaños que con sus alas membranosas rozaban al hombre, lo cargaban y lo zarandeaban, elevándolo hasta el techo y depositándolo otra vez en el piso. Entonces, el hombre se recobraba y seguía andando, abriéndose paso con las manos, resoplando y encendiendo cigarros... El primer día logró arrastrar a un americano viejo y abstemio, quien pensó que el muchacho lo llevaba a visitar un museo; al otro día cargó con dos jóvenes que no bebían y que lo que ansiaban era entrar en un prostíbulo; al tercer día llevó a dos mujeres flacas y altísimas que sí se emborracharon, no pagaron y quisieron acostarse con él. Al cuarto día lo botaron, aunque, eso sí, le dieron el importe por sus tres días de trabajo. No sirve para esta clase de empleo, oyó que decían mientras él se agazapaba tras un montón de botellas. Es un muchacho sin sangre; nos hace falta alguien más vivo que traiga a la gente como sea y que no tenga pena de nada.

Y que no tenga pena de nada. Y que no tenga... Ahora todo no fue más que un desandar vertiginoso hasta llegar al mismo punto donde había empezado el recuento, mejor dicho, donde lo terminaría... Se vio entrando y saliendo de restaurante en restaurante, de farmacia en farmacia, de cafetería en cafetería. En fin, un desfile de trabajos inútiles e implacables que le atrofiaban las hermosas imágenes del porvenir formadas en otro tiempo. En todo el recorrido, el momento de mayor sosiego fue el de la muerte de su madre. En cuanto lo supo se fue para el patio (lugar donde se desahogaba de los grandes acontecimientos). Ha muerto, dijo. Se murió, dijo. Entró en el cuarto y la vio con un rostro tranquilo, como nunca, mientras vivía, se lo pudo ver. Él mismo cargó con la caja y pagó el entierro. Todas las tías estaban posadas sobre el panteón, cerradas de negro. Vio el cuadro e imaginó a un aurero devorando a un animal podrido. Ven acá, muchacho, le dijeron llorando las auras. Y él salió huyendo por entre las cruces, y se perdió entre los últimos barullos del día. Algo le decía que se había salvado. Alguien le gritaba por dentro que se había liberado, que ya no sería un hombre oscuro que se muerde los labios y a cada rato recibe una llamada donde se le informa que todo está bien. Y corría por entre la gente. Y quería empezar a gritar: al fin ha muerto mamá. Y lo gritó. Y era como si le hubiesen quitado de encima un carapacho enorme que lo había estado aplastando desde el mismo momento en que nació... Se casó, cambió de trabajo, tuvo hijos, se fue del país. Continuó trasladándose de lugares, huyéndole a un hambre infatigable, eliminando la posibilidad de un descanso, de hacer algo verdadero. Siempre amarrado a la condenada rutina de las horas, pero esperando... Y la vejez fue instalándose hasta en los rincones más mínimos de su cuerpo. Por los periódicos llegaron noticias excitantes sobre los últimos acontecimientos de su tierra. Una revolución, qué sería eso... Regresó con toda la parentela. Allá arriba, la batalla con los seres membranosos casi concluía; la mayoría había huido; otros se daban por derrotados y desaparecían en el aire. Sólo los más enormes quedaban, implacables, amenazando con sus picos. Se oyó el alboroto de los niños en la sala y a la madre, que cerraba la puerta del pasillo. Han llegado, dijo el hombre. Y con un gesto hizo desaparecer a todas las alimañas. Pero las más poderosas se treparon enseguida por las paredes, por los caños de desagüe y, decididas a permanecer, se interpusieron entre el hombre y la puerta. El escándalo de los niños dejó de oírse. Ahora sólo hablaba la mujer, pero él tampoco la oía. Estoy seguro, decía. Estoy bien, decía. Estoy tranquilo. Y palmoteaba contra las ideas que, cobrando forma de mosquitos, zumbaban en sus oídos, le aguijoneaban el cuello. Con gran trabajo entró en el recuento de los tiempos actuales. Había recorrido en brazos de esas alimañas toda su vida, y se veía ahora tranquilo, con el triunfo (¿era ésa la palabra?) que atenúa lo horrible de todo envejecer. Volvió a oír el estruendo de los muchachos. Estoy bien. Aquí está la casa, mi casa, y, detrás de la puerta, mi mujer y mis hijos. Disfruto de un buen retiro. Aquí está la casa. Y pasaba las manos por las paredes, como si fuera un animal manso... Se oyó la voz de la mujer que lo llamaba. Ya voy, dijo él. Ya voy, ya voy. Y tanteó en la oscuridad tratando de encontrar la puerta. He aquí la paz: casa, retiro y un tiempo invariable. Y un tiempo invariable, repetía como queriendo impulsar los pasos con la palabra. Y un tiempo invariable, dijo nuevamente, deteniéndose. Luego se acercó otra vez a la baranda. Allá abajo, tras las redes metálicas, hormigueaban las luces, en pleno apogeo... Se oyeron voces que el hombre no oyó. Gesticulando como un bataclán, pasó los pies por la baranda, y quedó sujeto a la reja con una mano. Así se dejó desprender, sin apuro, como quien se sumerge en una piscina desde la misma superficie del agua. ¿Es que no vas a entrar?, preguntó su mujer desde el comedor. Y salió al balcón. Oh, dijo la mujer, levantando una mano que no fue a posarse en ninguna región del rostro, sino en el cuello. Así entró en el comedor y, en forma decidida, comenzó a servir la comida... El hombre, reventando hilos, astas y anuncios lumínicos, descendía con una sonrisa pícara. Haciendo añicos las últimas bombillas, cayó de cabeza sobre el lomo de un auto, rebotando tres veces... El muchacho, desde la acera, lo vio llegar al suelo y hacerse trizas. Tomó entonces su destartalada bicicleta y siguió pregonando los periódicos, pero con más entusiasmo. Estaba satisfecho por haber disfrutado de aquel espectáculo que sólo había visto en algunas películas cuando (rara vez) tenía el peso para la entrada.

El pájaro, espantado por el golpe, se fue haciendo círculos por el cielo completamente rojizo que ya iba descendiendo. Al fin se posó sobre el tendido eléctrico de una calle de barrio. En la oscuridad se le oyó cantar por un rato.

La Habana, 1963

La Gran Fuerza

Cuando la Gran Fuerza creó todo lo que existe, incluyó, desde luego, al género humano. Pero una vez que tuvo conocimiento de cómo se comportaba este engendro –bastaron para ello unas horas–, remontó aterrorizada el espacio, temiendo por su propia vida. Ya en la cumbre prosiguió con sus diversas creaciones, incluyendo su obra maestra, o lo que al menos ella consideraba que era su obra maestra. Un ser perfecto que le reflejase y exaltase: su hijo. En un estado de poderosa plenitud, la Gran Fuerza compartió con sus seres queridos algunos años, olvidando casi por completo aquel sitio remoto habitado por los rastreros o terrestres, como en su corte llamaban a los humanos. No pudo sin embargo evitar que su hijo se enterase de aquella errada creación, mucho menos (así son los hijos) impedir que quisiese visitar y hasta dialogar con los habitantes de la región abominable. Mientras mejores y más irrebatibles argumentos le ofrecía la Gran Fuerza al hijo sobre la maldad de los rastreros, más grande era el interés de éste por conocerlos y enmendarlos. Si a esto agregamos los estímulos con que los amigos más íntimos de la Gran Fuerza incitaban al hijo para que hiciese su descenso –no hablemos de los enemigos, que pintaban aquel planeta como el mismísimo paraíso–, se comprenderá que en pocos meses el hijo hizo su descenso a la Tierra. Luego de un largo recorrido por numerosas galaxias, el hijo llegó al sitio anhelado donde pudo ver un hormiguero multitudinario que se despedazaba a sí mismo. Eso es, dijo el hijo (que para todo tenía la respuesta precisa), porque se están buscando a ellos mismos y no se encuentran. Pero yo les enseñaré quiénes son y en lugar de destruirse comenzarán a amarse... Una vez en la Tierra, el hijo comenzó sin mayores trámites sus prédicas sobre el conocimiento y el amor, lo que desató una violencia y un odio aún mayores que los que ya caracterizaban a aquellos seres. Los conservadores calificaron aquellas prédicas como un insulto a la moral establecida; los liberales atacaron al hijo por considerarlo reaccionario ya que no practicaba la violencia. Los poderosos temieron por su estabilidad, y los humildes imaginaron que todo aquello no era más que una artimaña de los poderosos para aumentar sus usuras. En cuanto a los envidiosos, que sumaban prácticamente toda la población, lo negaron de plano por el simple hecho de que no podían tolerar que alguien brillase más que ellos... De modo que el hijo apenas tuvo tiempo de comprender dónde se había metido, clamar por la ayuda de su padre y ser rápidamente despedazado. Pero la Gran Fuerza (fuerza al fin) resucitó al hijo y, rescatándolo, lo remontó a toda velocidad por el cielo. El alboroto que esto produjo en la Tierra fue unánime. Verdugos y cómplices, es decir, todo el género humano, cayeron de rodillas y comenzaron a adorar a aquella figura que ya desaparecía. Desde ese momento, entre tropelías y flagelaciones, esperan seguros a aquel que vendrá a redimirlos. Pero el hijo ya no es el joven delgado y melenudo que para reafirmarse tuvo que desobedecer a su padre. Dueño de una gigantesca nebulosa, cultiva asteroides fluorescentes, ha perdido casi todo el cabello y tiene una hermosa prole (orgullo de la Gran Fuerza, algo debilitada por los años) a la que le está vetado el conocimiento de la astronomía. Por lo demás, el hijo ni siquiera recuerda ya dónde está situada la Tierra y ni remotamente piensa en visitarla.

–Eso es lo que cree el idiota del narrador que ha contado esta historia. Yo sólo aguardo la menor oportunidad para escaparme y realizar mi segundo descenso.

Nueva York, 1987

Memorias de la Tierra

Uno
Monstruo I

En aquella ciudad también había un monstruo.

Era una combinación de arterias que suspiraban, de tráqueas que oscilaban como émbolos furiosos, de pelos encabritados y vastos, de cavernas cambiantes y de inmensas garfas que se comunicaban directamente con las orejas siniestras. De manera que todo el mundo elogiaba la belleza del monstruo.

Imposible de enumerar serían las odas compuestas por todos los poetas de renombre (los demás no pudieron ser antologados) en homenaje al delicado perfume que exhalaba su ano; o mejor, sus anos, pues un solo intestino no habría dado abasto. Tal era su capacidad de absorción y engullimiento. ¿Qué decir de la variedad de sonetos inspirados en su boca? Boca que, dividida en varios compartimentos, guardaba en uno de ellos los vómitos que el monstruo, en sus momentos de mejor orgía, repelía; y en ese gran estanque quedaban depositados, sufriendo una suerte de cocido al natural, caldo de cultivo aún más delicioso al paladar monstruoso... En cuanto a sus ojos, siempre rojizos y repletos de lagañas, los versos que inspiraron no se podrían someramente consignar. De su cuerpo, hecho a la medida de varios hipopótamos deformes, sobra decir que fue la fuente de creación perenne tanto para las más frágiles damas como para los efebos más viriles... Héroes, estudiantes, soldados, obreros, ministros y profesores supieron extasiarse ante tal continencia. A Mirta Aguirre pertenecen estos «villancicos» que, de entre millones, el azar puso en mis manos:

> Alto como el Turquino,
> radiante como el sol matutino,
> su voz no es voz, sino trino;
> su paso no es paso, sino camino.

En aquella ciudad todo el mundo amaba al monstruo.

Al él cantar –así le decían a los estragos que producía su garganta–, qué multitud congregada devotamente aplaudía. Al defecar, qué inmensa cola para aspirar de lejos el monumental vaho monstruoso.

Pero un día ocurrió algo extraño. Alguien comenzó a hablar contra el monstruo. Todos, naturalmente, pensaron que se trataba de un loco, y esperaban (pedían) de un momento a otro su exterminio.

El que hablaba pronunciaba un discurso ofensivo que comenzaba, más o menos, de esta forma: «En aquella ciudad también había un monstruo. Era una combinación de arterias que supuraban, de tráqueas que oscilaban como émbolos furiosos...». Y seguía arremetiendo, solitario y violento, heroico... Algunas mujeres, de lejos, se detuvieron a escuchar. Los hombres, siempre mas civilizados, se refugiaron tras las puertas. Pero él seguía desquiciando contra el monstruo: «Sus ojos, siempre rojizos, repletos de lagañas...». En fin, como nadie lo asesinaba, todos comenzaron a escucharlo; luego, a respetarlo. Por último lo veneraron y parafraseaban sus discursos contra el monstruo.

Ya cuando su poder era tal que había logrado abolir al monstruo y ocupar su lugar, todos pudieron comprobar –y no cesaban de hablar contra el monstruo– que se trataba del monstruo.

Dos
Los negros

Los negros ahora no eran negros. Eran extremadamente blancos. Pero, quizá para mantener la tradición, o por un resentimiento más poderoso que la razón y que el mismo triunfo, los blancos, que eran totalmente negros y ocupaban el poder, seguían llamando negros a los negros, que ahora eran absolutamente blancos y perseguidos hasta el exterminio. Fue al final, después de la Quinta Guerra Supertérmica («La Guerra Necesaria»), al consolidarse la Gran República-Monolítica-Universal-Libre, cuando la persecución de los negros se intensificó de tal modo que todos perecieron. Realmente fue grandiosa aquella cacería. Lanzallamas invisibles, ondas sonoras que rajaban los cuerpos, desintegrantes que lanzaban al aire los cuerpos convertidos en pequeñas partículas luminosas, ratas atómicas y, sobre todo, aquella jauría voraz de perros supersónicos comprados a la Séptima Galaxia (nuestro enemigo) gracias a un despiadado convenio que casi nos llevó a la total ruina, dieron cuenta de los perseguidos en un tiempo récord, superando los planes previstos por el Ministerio del Acoso. En las pailas infatigables, en la atmósfera convenientemente viciada, en las garras metálicas de las fieras de presa, en la madrugada engañosa (y por suerte ya abolida), desde todos los sitios hubimos de escuchar sus alaridos que ya no se repetirían jamás. Desde luego, numerosos fueron los titanes de aquellas gloriosas batallas, numerosos los condecorados, los que perecieron y también fueron homenajeados. La lista de los héroes anónimos –esos soldados patrióticos que casi nadie recuerda, esos muertos gloriosos, esos niños hechos odio y coraje– es casi tan infinita como infinito es nuestro imperio.

Antes de terminar este informe quisiera registrar un hecho curioso. La breve historia de uno de los perseguidores más encarnizados de los negros. Él solo, se dice, suprimió de este sacro dominio el porcentaje más elevado de negros. Sin él (se dice), a pesar del opulento convenio y de la heroica actitud de nuestros soldados, mujeres y niños, quizá no se hubiese podido lograr tan perfecto exterminio. Y hasta hoy en día algunas de aquellas criaturas despreciables deambularían por recovecos y escombros. Él hubo de evitarnos esa vergüenza.

–¡Reprimerísimo Gran Reprimero del Primero y Eterno Gran Imperio! –gritó bajo las remotas columnas del Reprimer, Reprimerísimo Palacio–: ¡Ya he liquidado a todos los negros!

Entonces el Gran Sol –nuestro Gran Reprimerísimo– salió al portal Reprimero.

–Te equivocas –dijo nuestra Reprimera Excelsitud, alzando sus excelsidades–: Aún queda uno.

Y sacando la desintegradora a perpetuidad, eliminó al perseguidor.

Cuando cayó, curiosamente pataleando, todos pudimos testificar el color de su piel; asquerosamente blanca. Indudablemente era un negro.

Recuerdo su final, y aquellos gritos.

Tres
La mesa

Aquellos tiempos eran horribles. El enemigo se había apoderado de todos los astros colindantes y la tierra estaba asediada de amenazas, estampidos, ofensas que contaminaban la atmósfera y se esparcían, enrareciendo nuestras esperanzas más persistentes... El enemigo había alterado los movimientos de traslación cósmica. Las constelaciones giraban enloquecidas. En cualquier momento podía llegar el fin. El enemigo nos había invadido con una extraña planta que ahora se extendía sobre el mar y las rocas. Y presionaba, asfixiando... En medio de aquella claridad que avanzaba, veíamos el descascarado rostro de la luna, también en poder del enemigo, lanzándonos irradiaciones mortíferas. El enemigo (nos decían) provocaba aquellos estallidos subterráneos, y entre desmoronamientos y estruendos perecíamos. El enemigo seguía amenazando. El enemigo prometía eliminar todas las imágenes. El enemigo, de vez en cuando, lograba que el sol emitiese fulgores descomunales que, hendiendo el aire, evaporaban parte de los océanos. Los ríos ya no existían. El enemigo dirigía nuestra locura. El enemigo modificaba nuestro concepto del terror, el enemigo trituraba todas las devociones y los planes a largo plazo. El enemigo cargaba con nuestra culpa.

El enemigo. El enemigo. El enemigo.

Desde luego, nos moríamos de hambre. Tan sólo la furia estimulaba el planeta.

Pero había una mesa.

264

No era una mesa muy larga. No era una mesa bien talada –creo que hasta cojeaba–. Nadie se había preocupado de pulimentarla. Los residuos habían formado una gran escoria y sobre ella planeaba un inmenso enjambre de moscas. Sí, había una mesa y tras ella comenzaba una cola que se perdía en el inseguro horizonte.

La gente, en la cola (el enemigo no cesaba de lanzarnos estruendos fulminantes), mal que podía controlar su histeria. La mesa sólo tenía dos asientos. La gente, en la cola (el enemigo echando a rodar los rugidos de sus amenazas), se arañaba, se golpeaba. A veces desataban tal violencia mientras se descuartizaban que por unos instantes los estampidos del enemigo se opacaban en el aire sometido.

Pero todos, es decir, los que lográbamos conservar la vida en medio de aquel furor y de aquellos estallidos, permanecíamos firmes en nuestros puestos, pateando, degollando con mínimas navajas (dicen que las suministraba el enemigo) a la persona más próxima.

Así persistíamos con nuestras jabas y botellas, platos y cucharas; todo guardado y defendido a riesgo de nuestra vida. Así persistíamos, fijos en la inmensa fila que desembocaba ante aquella mesa vacía... El enemigo, desde luego, hacía todos los esfuerzos por dispersarnos; nosotros, todos los esfuerzos por aniquilarnos.

Pero cuando los dos que el azar reunía llegábamos a la mesa y nos sentábamos, ya de espaldas a la muchedumbre desplegábamos nuestras comidas y bebidas (conservadas gracias a meses de abstinencias) y empezábamos a mirarnos sin dejar de reír. Y era tanta la felicidad que en ese momento experimentábamos, era tanto el amor, que nos olvidábamos de la comida, de las bebidas, de las amenazas, de los golpes recibidos y recíprocamente propinados –del perenne espanto–. Y consumíamos nuestro breve turno riéndonos y contemplándonos mientras sobre nuestras cabezas las moscas y los astros zumbaban estallando.

Cuatro
Monstruo II

Tantas fueron las exploraciones y constataciones, las elucubraciones y resoluciones, las expediciones e investigaciones, que finalmente descubrieron –no quedaba otra alternativa– la existencia del monstruo.

El impacto ante tal descubrimiento fue aterrador.

Las dimensiones del monstruo eran tales que resultaba imposible abarcarlas; ni siquiera detectarlas.

Se sabía que «la fiera» (como ya popularmente se le conocía) no descansaba ni de día ni de noche. Pero se ignoraba si el monstruo tendría nociones de tan efímeros conceptos humanos, *día, noche...* Pero lo que sí se conocía cabalmente era que la forma en que suministraba el terror era infatigable, que se deslizaba con celeridad abrumadora –de manera que parecía que no se movía–, engullendo por todos los intersticios de su inmensa y gruesa piel. La bestia no tenía una sola boca, ni mil, ni un millón. Cifras, en fin, que hubieran podido reducirse gracias a la sobrehumana (infinita) paciencia de los estudiosos, tanto profesionales como voluntarios, que sumaban todos los habitantes del planeta... Y por cada una de esas aberturas, por cada poro, el monstruo se tragaba innecesariamente a uno o a miles de aquellos exaltados y desesperados investigadores.

En verdad, la bestia era quisquillosa y frenética. A veces se convulsionaba, emitía un estruendo y absorbía de golpe una ciudad. Otras, con furiosas flagelaciones, borraba una nave o un país.

Pero –y esto era lo más importante– aunque todos perecían a causa de él (o de ella), nadie había podido aún detectar dónde se encontraba. Y aquí el gesto de los sabios era desconsolador; el de los dictadores, presidentes, reyes y primeros ministros, de recíproca desconfianza. El de la inmensa multitud, de histeria indetenible.

Al margen de esas asambleas, conferencias o congresos universales, la bestia seguía tragando. Así que, por último, dictadores, monarcas, presidentes, ministros, amigos y enemigos se pusieron de acuerdo al menos en un punto: *había que localizar al monstruo.* Ya que haber descubierto solamente su existencia resultaba tan inútil como alarmante, algo parecido a cuando, millones de años antes, se descubrió una calamidad por entonces sin contrario llamada cáncer, o algo por el estilo.

Finalmente, la Comisión de Salvamento Universal, entre un abrumador guirigay, resolvió equipar una nave con todo tipo de artefactos que reponían no sólo las piezas que pudieran deteriorarse o la energía que se consumiese, sino los caprichos más complejos. Tantos habían sido los aportes a esta investigación desesperada, que si infinita había sido la búsqueda del monstruo, infinita sería también la eficacia de la nave, dotada de un reactor (¿o de miles?) capaz de materializar en el vacío un recuerdo o un tornillo.

Abajo, trillones de brazos desesperados saludaban y

despedían, agitando las inevitables banderas y consignas. En la nave, ojos, en su mayoría envejecidos y fatigados, escrutaban.

El flamante artefacto se deslizaba, reflejando en la superpantalla el menor aerolito, la constelación más gigantesca y lejana, o el fulgor de una estrella extinguida desde hacía millones de años. Pero ni a un lado y al otro, ni ante el espacio sin límites, aparecía la figura del monstruo.

El concilio de sabios se reunía, discutía. Seguían avanzando infatigables y desesperados. Hasta que una vez uno de aquellos hombres dejó de mirar la perspectiva del infinito. Se volvió, y vio, detrás de la nave que avanzaba, al monstruo.

A la voz de alarma, todos se detuvieron y observaron.

Describiendo incesantes torbellinos, la bestia se debatía rítmica y enfurecida por el espacio. Su inmensa silueta circular se ensombrecía por un lado y centelleaba por el otro. Su ávida y escarpada piel, ya acuosa o endurecida, se inflamaba o replegaba, se abría y se cerraba, tragándose a una o a un millar de aquellas figuritas que no dejaban, hasta el último instante, de saltar.

Queriendo constatar lo que ante sus ojos se desarrollaba, los tripulantes miraron hacia la superpantalla. Todos pudieron ver en perfecto y abrumador *close up* la redonda y enrojecida cara de la Tierra.

El monstruo, finalmente, había sido detectado.

Ahora, despejado el enigma, sólo se trataba de salir huyendo. Elevarse cada vez más y volar por el infinito (la nave era un sitio seguro) atravesando luminarias y constelaciones: la inmensa noche deshabitada, no por centelleante menos noche.

Pero, tácitamente, todos acudieron a la sala de controles. Manipularon los mecanismos y, descendiendo, regresaron.

Monstruo I: La Habana, 1972; Los negros: La Habana, 1973; La mesa: La Habana, 1969; Monstruo II: Nueva York, 1980

Final de un cuento

THE SAUTHERMOST POINT IN USA. Así dice el cartel. Qué horror. ¿Y cómo podría decirse eso en español? Claro, «El punto más al sur en los Estados Unidos». Pero no es lo mismo. La frase se alarga, pierde exactitud, eficacia. En español no da la impresión de que se esté en el sitio más al sur de los Estados Unidos, sino en un punto al sur. Sin embargo, en inglés, esa rapidez, ese *Sauthermost Point* con esas tes levantándose al final nos indica que aquí mismo termina el mundo, que una vez que uno se desprenda de ese *point* y cruce el horizonte no encontrará otra cosa que el mar de los sargazos, el océano tenebroso. Esas tes no son letras, son cruces –mira cómo se levantan– que indican claramente que detrás de ellas está la muerte o, lo que es peor, el infierno. Y así es. Pero de todos modos ya estamos aquí. Al fin logré traerte. Me habría gustado que hubieses venido por tu propia cuenta; que te hubieras tirado una foto junto a ese cartel, riéndote; y que hubieses mandado luego esa foto para allá, hacia el mar de los sargazos (para que se murieran todos de envidia o de furia) y que hubieses escupido, como lo hago yo ahora, a estas aguas donde empieza el infierno. En fin, me habría gustado que te quedaras aquí, en este cayo único, a 157 millas de Miami y a sólo 90 de Cuba, en el mismo centro del mar, con la misma brisa de allá abajo, el mismo color en el agua, el mismo paisaje casi; y sin ninguna de sus calamidades. Hubiera querido traerte aquí –no así, casi a rastras– y no precisamente para que te perdieras en esas aguas, sino para que comprendieses la suerte de estar más acá de ellas. Pero por mucho que insistí –o quizá por lo mismo– nunca quisiste venir. Pensabas que lo que me atraía a este sitio era sólo la nostalgia: la cercanía de la Isla, la soledad, el desaliento, el fracaso. Nunca has entendido nada –o, a tu modo, has entendido demasiado–. Soledad, nostalgia, recuerdo, llámalo como quieras–, todo eso lo siento, lo padezco, pero a la vez lo disfruto. Sí, lo disfruto. Y por encima de todo, lo que me hace venir hasta aquí es la sensación, la certeza, de experimentar un sentimiento de triunfo... Mirar hacia el sur, mirar ese cielo que tanto aborrezco y amo, y abofetearlo; alzar los brazos y reírme a carcajadas, percibiendo casi, de allá abajo, del otro lado del mar, los gritos desesperados y mudos de todos los que quisieran estar como yo: aquí, maldiciendo, gritando, odiando y solo de verdad; no como allá, donde hasta la misma soledad se persigue y te puede llevar a la cárcel por «antisocial». Aquí puedes perderte o encontrarte sin que a nadie le importe un pito tu rumbo. Eso, para los que sabemos lo que significa lo otro, es también una fortuna. Creíste que no iba a entender esas ventajas, que no sabría sacarles partido; que no iba a poder adaptarme. Sí, ya sé lo que has dicho. Que no aprenderé ni una palabra de inglés, que no escribiré más ni una línea, que ya una vez aquí no hay argumentos ni motivos, que hasta las furias más fieles se van amortiguando ante la impresión ineludible de los supermercados y de la calle Cuarenta y dos, o ante la desesperación (la necesidad) por instalarse en una de esas torres alrededor de las cuales gira el mundo, o la certeza de saber que ya no somos motivo de inquietud estatal ni de expedientes secretos... Sé que todos pensaban que ya estaba liquidado. Y que tú mismo estabas de acuerdo con estas intrigas. No voy a olvidar cómo te reías, casi satisfecho (burlón y triste) cada vez que sonaba el teléfono y cómo aprovechabas la menor oportunidad para recriminar mi disciplina o mi vagancia. Cuando te decía que estaba instalándome, adaptándome, o sencillamente viviendo, y por lo tanto acumulando historias, argumentos, me mirabas compasivo, seguro de que yo ya había perecido entre la nueva hipocresía, las inevitables relaciones, el pernicioso éxito o la intolerable verborrea... Pero no fue así, óyelo bien, veinte años de representación, obligada cobardía y humillaciones no se liquidan tan fácilmente... No voy a olvidar cómo me vigilabas, crítico y sentencioso –seguro–, esperando que finalmente me disolviera, anonimizándome por entre túneles estruendosos y helados o por las calles inhóspitas, abatidas por vientos infernales. Pero no fue así, ¿me oyes? Esos veinte años de taimada hipocresía, ese terror contenido, no permitieron que yo pereciera. Por eso (también) te he arrastrado hasta aquí, para dejarte definitivamente derrotado y en paz –quizás hasta feliz– y para demostrarte, no puedo ocultar mi vanidad, que el vencido eres tú.

Como ves, este lugar se parece bastante a Cuba; mejor dicho, a algunos lugares de allá. Bellos lugares, sin duda, que yo jamás volveré a visitar. ¡Jamás! ¿Me oíste? Ni aunque se caiga el sistema y me supliquen que vuelva para acuñar mi perfil en una medalla, o algo por el estilo; ni aunque de mi regreso dependa que la Isla entera no se hunda; ni aunque desde el avión hasta el paredón de fusilamiento me desenrollen una alfombra por la cual marcialmente habría de marchar para descerrajar el tiro de gracia en la nuca del dictador. ¡Jamás! ¿Me oíste? Ni aunque me lo pidan de rodillas. Ni aunque me coronen como a la mismísima Avellaneda o me proclamen Reina de Belleza por el Municipio de Guanabacoa, el más superpoblado y rico en bujarrones... Esto último te lo digo en broma. Pero lo de no volver, eso sí que es en serio. ¿Me oyes? Pero tú eres diferente. No sabes sobrevivir, no sabes odiar, no sabes olvidar. Por eso, desde hacía tiempo, cuando vi que ya no había remedio para tu nostalgia, quise que vinieras aquí, a este sitio. Pero, como siempre, no me hiciste el menor caso. Quizá, si me hubieses atendido, ahora no tendría que ser yo quien te trajese. Pero siempre fuiste terco, empecinado, sentimental, humano. Y eso se paga muy caro... De todos modos, ahora, quieras o no, aquí estás. ¿Ves? Las calles están hechas para que la gente camine por ellas, hay aceras, corredores, portales, altas casas de madera con balcones bordados, como allá abajo... No estamos ya en Nueva York, donde todos te empujan sin mirarte o se excusan sin tocarte; ni en Miami, donde sólo hay horribles automóviles despotricados por potreros de asfalto. Aquí todo está hecho a escala humana. Como en el poema, hay figuras femeninas –y también masculinas– sentadas en los balcones. Nos miran. En las esquinas se forman grupos. ¿Sientes la brisa? Es la brisa del mar. ¿Sientes el mar? Es nuestro mar... Los jóvenes se pasean en *short*. Hay música. Se oye por todos los sitios. Aquí no te achicharrarás de calor ni te helarás de frío, como allá arriba. Estamos muy cerca de La Habana... Bien que te dije que vinieras, que yo te invitaba, que hay hasta un pequeño malecón, no como el de allá abajo, claro (es el de aquí), y árboles, y atardeceres olorosos, y un cielo con estrellas. Pero de ninguna manera logré convencerte para que vinieras, y, lo que es peor, tampoco logré convencerte para que te quedaras, para que disfrutaras de lo que se puede (allá arriba) disfrutar. Por la noche, caminando a lo largo del Hudson, cuántas veces intenté mostrarte la isla de Manhattan como lo que es, un inmenso castillo medieval con luz eléctrica, una lámpara descomunal por la que valía la pena transitar. Pero tu alma estaba en otro sitio; allá abajo, en un barrio remoto y soleado con calles empedradas donde la gente conversa de balcón a balcón y tú caminas y entiendes lo que ellos dicen, pues eres ellos... Y qué ganaba yo con decirte que yo también deseaba estar allá, dentro de aquella guagua repleta y escandalosa que ahora debe de estar atravesando la avenida del Puerto, cruzando la Rampa, o entrando en un urinario donde seguramente, de un momento a otro, llegará la policía y me pedirá identificación... Pero, óyelo bien, nunca voy a volver, ni aunque la existencia del mundo dependa de mi regreso. ¡Nunca! Mira ese que pasó en la bicicleta. Me miró. Y fijamente. ¿No te has dado cuenta? Aquí la gente mira de verdad. Si uno le interesa, claro. No es como allá arriba, donde mirar parece que es un delito. O como allá abajo, donde es un delito... «Que el que mirare a otro sujeto de su mismo sexo será condenado a...» ¡Vaya! Ese otro también me acaba de mirar. Y ahora sí que no puedes decirme nada. Los carros hasta se detienen y pitan; jóvenes bronceados sacan la cabeza por la ventanilla. *Where? Where?* Pero a cualquier lugar que le indiques te montan. Verdad que estamos ya en el mismo centro de Duval Street, la zona más *caliente*, como decíamos allá abajo... Por eso también (no voy a negarlo) quise traerte hasta aquí, para que vieras cómo aún los muchachos me miran, y no creyeras que tu amistad era una gracia, un favor concedido, algo que yo tenía que conservar como fuera; para

274

que sepas que aquí también tengo mi público, igual que lo tenía allá abajo. Esto creo que también te lo dije. Pero nada de eso parecía interesarte; ni siquiera la posibilidad de ser traicionado, ni siquiera la posibilidad (siempre más interesante) de traicionar... Te seguía hablando, pero tu alma, tu memoria, lo que sea, parecía que estaba en otra parte. Tu alma. ¿Por qué no la dejaste allá junto con la libreta de racionamiento, el carné de identidad y el periódico *Granma*...?* Ve, camina por Times Square, aventúrate en el Central Park, coge un tren y disfruta lo que es un Coney Island de verdad. Yo te invito. Mejor, te doy el dinero para que salgas. No tienes que ir conmigo. Pero no salías, o salías y al momento ya estabas de regreso. El frío, el calor, siempre había un pretexto para no ver lo que tenías delante de tus ojos. Para estar en otro sitio... Pero mira, mira esa gente cómo se desplaza a pesar del mal tiempo (aquí siempre hay un mal tiempo), mira esos bultos cómo arremeten contra la tormenta; muchos también son de otro sitio (de su sitio) al que tampoco podrán regresar, quizá ya ni exista. Oye: la nostalgia también puede ser una especie de consuelo, un dolor dulce, una forma de ver las cosas y hasta disfrutarlas. Nuestro triunfo está en resistir. Nuestra venganza está en sobrevivirnos... Estrénate un pitusa, un pulóver, unas botas y un cinto de piel; pélate al rape, vístete de cuero o de aluminio, ponte una argolla en la oreja, un aro con estrías en el cuello, un brazalete puntiagudo en la muñeca. Sal a la calle con un taparrabo lumínico, cómprate una moto (aquí está el dinero), y vuélvete punk, píntate el pelo de dieciséis colores, y búscate un negro americano, o prueba con una mujer. Haz lo que quieras, pero olvídate del español y de todas las cosas que en ese idioma nombraste, escuchaste, recuerdas. Olvídate también de mí. No vuelvas más...

Pero a los pocos días ya estás de regreso. Vestido como te aconsejé, botas, pitusa, pulóver, *jacket* de cuero, te tomas un refresco y oyes la grabadora que allá abajo nunca pudiste tener. Pero no estás vestido como estás, no te tomas ese refresco que allá abajo nunca te pudiste tomar, no oyes esa grabadora que suena, porque no existes, quienes te rodean no dan prueba de tu existencia, no te identifican ni saben quién eres, ni les interesa saberlo; tú no formas parte de todo esto y da lo mismo que salgas vestido con esos andariveles o envuelto en un saco de yute. Bastaba verte los ojos para saber que así pensabas... Y no podía decirte que también yo pensaba así, que yo también me sentía así; así no, mucho peor; al menos tú tenías a alguien, a mí, que intentaba consolarte... Pero ¿qué argumentos se pueden esgrimir para consolar a alguien que aún no está provisto de un odio inconmensurable? ¿Cómo va a sobrevivir una persona cuando el sitio donde más sufrió y ya no existe es el único que aún lo sostiene? Mira –insistía yo, pues soy testarudo, y tú lo sabes–, por primera vez ahora somos personas, es decir, podemos aborrecer, ofender libremente, y sin tener que cortar caña... Pero creo que ni siquiera me oías. Vestido deportiva y elegantemente miras al espejo y sólo ves tus ojos. Tus ojos buscando una calle por donde la gente cruza como meciéndose, adentrándose ya en un parque donde hay estatuas que identificas, figuras, voces y hasta arbustos que parecen reconocerte. Estás a punto de sentarte en un banco, olfateas, sientes, no sabes qué transparencia en el aire, qué sensación de aguacero recién caído, de follajes y techos lavados. Mira los balcones estibados de ropa tendida. Los viejos edificios coloniales son ahora flamantes veleros que flotan. Desciendes. Quieres estar apoyado a uno de esos balcones, mirando, allá abajo, la gente que te mira y te saluda, reconociéndote. *Una ciudad de balcones abiertos con ropa tendida, una ciudad de brisa y sol con edificios que se inflan y parecen navegar... ¡Sí!, ¡sí!*, te interrumpía yo, una ciudad de balcones apuntalados y un millón de ojos que te vigilan, una ciudad de árboles talados, de palmares exportados, de tuberías sin agua, de heladerías sin helados, de mercados sin mercancías, de baños clausurados, de playas prohibidas, de cloacas que se desparraman, de apagones incesantes, de cárceles que se reproducen, de guaguas que no pasan, de leyes que reducen la vida a un crimen, una ciudad con todas las calamidades que esas calamidades conllevan... Pero tú seguías allá, flotando, intentando descender y apoyarte en aquel balcón apuntalado, queriendo bajar y sentarte en aquel parque donde seguramente esta noche harán una «recogida»... ¡Hacia el sur! ¡Hacia el sur!, te decía entonces –te repetía otra vez–, seguro de que en un lugar parecido a aquél no ibas a sentirte en las nubes o en ningún sitio. ¡Hacia el sur!, digo, apagando las luces del departamento e impidiendo que sigas mirándote en el espejo, en otro sitio... ¡A la parte más al sur de este país, al mismísimo Cayo Hueso, donde tantas veces te he invitado y no has querido ir, sólo para molestarme! Allí encontrarás lugares semejantes o mejores que los tuyos; playas a las que se les ve el fondo, casas entre los árboles, gente que no parece estar apurada. Yo te pago el viaje, la estancia. Y no tienes que ir conmigo... Como siempre –sin decirme nada, sin aceptar tampoco el dinero– sales, salimos a la calle. Tú, delante, caminas por la Octava Avenida. Tomas 51 Street. Cada vez más remoto entras en el torbellino de Broadway; los pájaros, nublando un cielo violeta, se posan ya sobre los tejados y azoteas del Teatro Nacional, del Hotel Inglaterra y del Isla de Cuba, del cine Campoamor y del Centro Asturiano; en bandadas se guarecen en la única ceiba del Parque de la Fraternidad y los pocos y podados árboles del Parque Central de La Habana. Los faroles del Capitolio y del Palacio Aldama se han iluminado. Los jóvenes fluyen por las aceras del Payret y por entre los leones del Prado hasta el Malecón. El faro del Castillo del Morro ilumina las aguas, la gente que cruza rumbo a los muelles, los edificios de la avenida del Puerto, tu rostro. El calor del oscurecer ha hecho que casi todo el mundo salga a la calle. Tú los ves, tú estás ahí casi junto a ellos. Invisible sobre los escasos árboles, los observas, los oyes. Alborotando a los pájaros atisbas ahora desde las torres de la Manzana de Gómez; te elevas y ves la ciudad iluminada. Planeando sobre el litoral sientes la música de los que ostentan radios portátiles, las conversaciones (susurros) de los que quisieran cruzar el mar, la forma de caminar de los jóvenes que al levantar una mano casi te rozan sin verte. Un barco entra en el puerto sonando lentamente la sirena. Oyes las olas romperse en el muro. Percibes el olor del mar. Contemplas las aguas lentas y brillantes de la bahía. Desde la plaza de la Catedral la multitud se dispersa por las calles estrechas y mal iluminadas. Desciendes; quieres mezclarte a esa multitud. Estar con ellos, ser ellos, tocar esa esquina, sentarte precisamente en ese banco, arrancar y oler aquella hoja... Pero no estás ahí, ves, sientes, escuchas, pero no puedes diluirte, participar, terminar de descender. Impulsándote desde ese farol tratas de tocar fondo y sumergirte en la calle empedrada. Te lanzas. Los autos –taxis sobre todo– impiden que sigas caminando. Esperas junto a la multitud por la señal del WALK iluminado. Cruzas 50 Street y pareces difuminarte en las luces de Paramount Plaza, de Circus Cinema, Circus Theater y los inmensos peces lumínicos de Arthurs Treachers; ya estás bajo el descomunal cartel que hoy anuncia OH CALCUTTA! en árabe y en español, caminas junto a la gente que se agolpa o desparrama entre voces que pregonan *hot dogs*, fotos instantáneas por un dólar, rosas naturales iluminadas gracias a una batería discretamente instalada en el tallo, pulóveres esmaltados, espejuelos fotogenados, medallas centelleantes, carne al pincho, *frozen food*, ranas plásticas que croan y te sacan la lengua. Ahora el tumulto de los taxis ha convertido todo Broadway en un río amarillo y vertiginoso. Burger King, Chock Full O'Nuts, Popeyes Fried Chickens, Castro Convertibles, Howard Johnsons, Melon Liqueur, sigues avanzando. Un hombre vestido de *cow boy*, tras una improvisada mesa, manipula ágilmente unas cartas, llamando a juego; una hindú, con atuendos típicos, pregona esencias e inciensos afrodisiacos, esparciendo llamaradas y humos que certifican la calidad del producto; un mago de gran sombrero intenta, ante numeroso público, introducir un huevo en una botella; otro, en cerrada competencia, promete hipnotizar un conejo que exhibe a toda la concurrencia. *Girls! Girls! Girls!*, vocea un mulato en *short* junto a una puerta iluminada, en tanto que un travesti, envejecido y alegre, desde su catafalco se proclama maestro en el arte de leer la palma de la mano. Una rubia desmesurada y en bikini intenta tomarte por un brazo, susurrándote algo en inglés. En medio de la multitud, un policía provisto de dos altavoces anuncia que la próxima función de *ET* comenzará a las *nine forty five*, y un negro completamente trajeado de negro, con alto y redondo cuello negro, Biblia en mano, vocifera sus versículos, mientras que un orfeón mixto, dirigido por el mismísimo Frie-

drich Dürrenmatt, canta «Tómame y guíame de la mano»...
Alguien pregona entradas para *Evita* a medio precio. Otra
mujer, faldas y mangas largas, se te acerca y te da un pequeño libro con las *21 Amazing Predictions*. Jóvenes eroti-
zados de diversas razas, en pantalones de goma, cruzan
patinando en dirección opuesta a la nuestra, palpándose
promisoriamente el sexo. Un racimo multicolor de globos
aerostáticos se eleva ahora desde el centro de la multitud,
perdiéndose en la noche; al instante, una banda de flamantes músicos provistos sólo de marimbas, irrumpe con
un magistral concierto polifónico. Alguien en traje de avis-
pa se te acerca y te da un papel con el que podrías comerte
dos *hamburgers* por el precio de uno. *Free leve! Free leve!*,
recita en voz alta y monótona un hombre uniformado,
esparciendo tarjetas... La acera se puebla de sombrillas
moradas que una mujer diminuta pregona a sólo un dólar, pronosticando además que de un momento a otro se
desatará una tormenta. Un ciego, con su perro, hace sonar
unas monedas en el fondo de un jarro. Un griego vende
muñecas de porcelana que exhiben una lágrima en la me-
jilla. TONIGHT FESTA ITALIANA, anuncia ahora la superpantalla lumínica desde la primera torre de Times Square Plaza. Cruzas ya frente a Bond y Disc-OMat, observas las
vidrieras repletas por todo tipo de mercancías, desde un
naranjo enano hasta falos portátiles, desde un enredón de
Afganistán* hasta una llama del Perú. ¡Yerba!, te aborda alguien en español ostensible. Todos cruzan frente a ti ofre-
ciendo abiertamente sus mercancías u ostentando libremente sus deseos. Por Oreilly, por Obispo, por Obrapía, por
Teniente Rey, por Muralla, por Empedrado, por todas las

* Planta trepadora parecida a la enredadera. *(N. del E.)*

calles que salen de la bahía, camina la gente buscando la frescura del mar, luego de otro día monótono, asfixiante, lleno de responsabilidades ineludibles y de insignificantes proyectos truncos; pequeños goces (un refresco, un par de zapatos a la medida, un tubo de pasta dental) que no pudieron satisfacer, grandes anhelos (un viaje, una casa amplia) que sería hasta peligroso insinuar. Allá van, buscando al menos el espacio abierto del horizonte, desnutridos, envueltos en telas rústicas y semejantes, pensando *¿será muy larga la cola del frozen?*, *¿estará abierto el Pío-Pío?*... Rostros que pueden ser el tuyo propio, quejas susurradas, maldiciones solamente pensadas; señales y ademanes que comprendes, pues también son los tuyos. Una soledad, una miseria, un desamparo, una humillación y un desamor que compartes. Mutuas y vastas calamidades que te harían sentir acompañado. Desde los guardavecinos del Palacio del Segundo Cabo intentas otra vez sumergirte entre ellos, pero no llegas a la calle. Los ves. Compartes sus calamidades, pero no puedes estar allí, compartiendo también su compañía. El chiflido de una ambulancia que baja por toda la 42 Street paraliza el tráfico de Broadway. Sin problemas atraviesas lentamente Times Square por entre el mar de automóviles; yo, detrás, casi te doy alcance. La avenida de las Américas, la Quinta Avenida hacia el Village, sigues avanzando por entre la muchedumbre, mirándolo todo hoscamente, con esa cara de resentimiento, de impotencia, de ausencia. Pero, oye, quisiera decirte tocándote la espalda, ¿qué otra ciudad fuera de Nueva York podría tolerarnos, podríamos tolerar?... La Biblioteca Pública, las fastuosas vidrieras de Lord and Taylor, seguimos caminando. En la calle Treinta y cuatro te detienes frente al Empire State Building. ¡Y fíjate que lo he pronunciado perfectamente!

¿Me oíste? Hasta ahora todas las palabras que he dicho en inglés las he dicho a las mil maravillas, ¿me oyes? No sea cosa que vayas a burlarte de mi acento o a ponerme esa otra cara entre compasivo y fatigado. Claro, ninguna cara pones ya; es posible que ya nada te interese, ni siquiera burlarte de mí, ni siquiera quitarme como siempre la razón. Pero de todos modos quise traerte hasta aquí antes de despedirnos; quise que me acompañaras en este paseo. Quiero que conozcas todo el pueblo, que veas que yo tenía razón, que hay aún un sitio donde se puede respirar y la gente nos mira con deseo, al menos con curiosidad. ¿Ves? Hasta un Sloppy Joe's es igual, qué igual, mucho mejor que el de La Habana. Todos los artistas famosos han pasado por éste. Día y noche se oye esa música y se puede disfrutar (si no con el oído, al menos con la vista) de esos músicos. Aquí Hemingway no tiene que preocuparse por la vejez: jóvenes y más jóvenes, todos en *short*, descalzos y sin camisa, bronceados por el sol, mostrando o insinuando lo que ellos saben (y con cuánta razón) que es su mayor tesoro... No en balde la Teneessee Williams plantó aquí sus cuarteles de invierno, soldados no le han de faltar... ¿Viste los vitrales de esa casa? Old Havana, dicen. ¿Y ese corredor con columpios de madera? Chez Emilio se llama, algo latino por lo menos. ¡Mira! Un hotel San Carlos, como el de la calle Zulueta... Desde el Acuario estamos ya a un paso de los muelles y del puerto. Éste es el malecón, no tan grande ni tan alto, pero hay la misma brisa que allá, o más o menos... Oh, sí, ya sé que no es lo mismo, que todo aquí es chato y reducido, que esos edificios de madera con sus balconcitos parecen palomares o casas de muñecas, que estas calles no son como aquéllas, que este puerto de mierda no puede compararse con el nuestro, no tienes que insinuarme nada, no tienes que empezar otra vez con la letanía. Sé que estas playas son una basura y el aire es mucho más caliente, que no hay tal malecón ni cosa por el estilo y que hasta el mismo Sloppy Joe's es mucho más chiquito que el de allá. Pero mira, pero mira, óyeme, atiéndeme, ya aquél no existe y éste está aquí, con música, bebida, muchachos en *short*. ¿Por qué tienes que mirar a la gente de esa manera como si ellos tuvieran la culpa de algo? Trata de confundirte entre ellos, de hablar y moverte como ellos, de olvidar y ser ellos, y si no puedes, óyeme, disfruta de tu soledad, la nostalgia también puede ser una especie de consuelo, un dolor dulce, una forma de ver las cosas y hasta de disfrutarlas. Pero sabía que era inútil repetir la misma cantinela, que no me ibas a oír, y además, ni yo mismo estaba seguro de mi propia verborrea. Por eso preferí seguirte en silencio por el largo *lobby* del Empire State. Tomamos el elevador y, también en silencio, subimos hasta el último piso. Por otra parte, lo menos que te hacía falta era conversación: el tumulto de unos japoneses (¿o eran chinos?) que subían junto con nosotros no te hubiera permitido oírme. Llegamos a la terraza. La gente se dispersó por los cuatro ángulos. Nunca había subido de noche al Empire State. El panorama es realmente imponente: ríos de luces hasta el infinito. Y mira para arriba: hasta las mismas estrellas se pueden divisar. ¿Dije «tocar»? Da igual; cualquier cursilería que emitiese, tú no la ibas a oír, aunque estuvieras, como estás ahora, a mi lado. De todos modos, te asomaste por la terraza hacia el vacío donde relampagueaba la ciudad. No sé qué tiempo estuviste así. Serían horas. El elevador llegaba ya vacío y bajaba cargado con todos los dichosos (así lo parecían) japoneses (¿o serían coreanos?).

Alguien cerca de mí habló en francés. Experimenté el orgullo pueril de entender aquellas palabras que nada decían. Detrás de los cristales del alto mirador, un hermoso y rubio niño me miraba. Sin yo esperarlo, me hizo un amplio y delicioso ademán obsceno. Sí (no vayas a creer que fue pura vanidad –o senilidad– mía), así fue; aunque después, no sé por qué, me sacó la lengua. Tampoco yo le presté mucha atención. La temperatura había bajado bruscamente y el viento era casi insoportable. Estábamos ya solos en la torre y lo que más deseaba era bajar e irnos a comer. Te llamé. Como respuesta me hiciste una señal para que me acercara junto a ti, en la baranda. No recuerdo que hayas dicho nada. ¿No? Simplemente me llamaste, rápido, como para que viera algo extraordinario y por lo mismo fugaz. Me asomé. Vi el Hudson expandiéndose, ensanchándose hasta perderse. ¡El Hudson!, dije, ¡qué grande!... ¡Imbécil!, me dijiste y seguiste observando: un mar azul rompía contra los muros del Malecón. A pesar de la altura sentiste el estruendo del oleaje y la frescura inigualable de esa brisa. Las olas batían contra los farallones de El Castillo del Morro, ventilando la avenida del Puerto y las estrechas calles de La Habana Vieja. Por todo el muro iluminado la gente caminaba o se sentaba. Los pescadores, luego de hacer girar casi ritualmente el anzuelo por los aires, lanzan la pita al oleaje, cogiendo generalmente algún pez; rotundos muchachos de piel oscura se desprenden de sus camisas abiertas y se precipitan desde el muro, flotando luego cerca de la costa entre un alarde de espumas y chapaleos. Grupos marchan y conversan por la ancha y marítima avenida. El Júpiter de la cúspide de la Lonja del Comercio se inclina y saluda a la Giraldilla del Castillo de la Fuerza que resplandece. Verdad que por un costado del mar había salido la luna. ¿O era sólo la farola del Morro la que provocaba aquellos destellos? Cualquiera que fuese de las dos, la luz llegaba a raudales iluminando también las lanchas repletas que cruzan la bahía rumbo a Regla o a Casablanca. En el cine Payret parece que esta noche se estrena una película norteamericana: la cola es imponente; desde el paseo del Prado hasta San Rafael seguía afluyendo el público, formando ya un tumulto... Tú estabas extasiado, contemplando. Te vi deslizarte por sobre la alta baranda y descender a la segunda plataforma que ostenta un cartel que dice NO TRESPASSING, o algo por el estilo. No creo que yo haya intentado detenerte; además –estoy seguro–, nada ibas a permitir que yo hiciera. ¿No es verdad? ¡Dímelo!... De todos modos te llamé; pero ni siquiera me oíste. Volviste a asomarte al vacío. Usurpando el sitio donde estaba el oscuro y maloliente Hudson, un mar resplandeciente se elevaba hasta el cielo donde no podían fulgurar más estrellas. Sobre el oleaje llegaban ahora los palmares batiendo sus pencas, erguidos y sonoros irrumpieron por todo el West Side, que al momento desapareció, y cubrieron el paseo del Prado. Cocoteros, laureles, malangas, platanales, almácigos y yagrumas arribaron navegando, borrando casi toda la isla de Manhattan con sus imponentes torres y sus túneles infinitos. Una fila de corojales unió a Riverside Drive con las playas de Marianao. El paseo de la Reina hasta Carlos III fue tomado por las yagrumas. Salvaderas, ocujes, laureles, jiquíes, curujeyes y marpacíficos anegaron Lexinton Avenue hasta la Calzada del Jesús del Monte. Los balcones de los edificios de Monserrate se nublaron de pencas de coco, nadie podía pensar que una vez esa calzada verde y tropical llevase el raro nombre de Madison Avenue. Todo Obispo era ya un jar-

285

dín. El oleaje refrescaba las raíces de los almendros, guasimas, tamarindos, jubabanes y otros árboles y arbustos cansados quizá del largo viaje. Una ceiba irrumpió en Lincoln Center (aún en pie) convirtiéndolo súbitamente en el Parque de la Fraternidad. Un júcaro curvó sus ramas, bajo él apareció el Parque Cristo. La calle Veintitrés se colmó de nacagüitas –quién iba a pensar que en un tiempo a eso se le llamase la Quinta Avenida de Nueva York–. Al final del Downtown estalló un jagüey, su sombra cubrió la Rampa y el Hotel Nacional. Desde La Habana Vieja hasta el East Side que ya se difuminaba, desde Arroyo Apolo hasta el World Trade Center, convertido en Loma de Chaple; desde Luyanó hasta las playas de Marianao, La Habana completa era ya un gigantesco arbolario donde las luces oscilaban como cocuyos considerables. Por entre los senderos iluminados la gente camina despreocupadamente, forma pequeños grupos que se disuelven; vuelven a divisarse a retazos bajo la fronda de algún paseo; otros, llegando hasta la costa, dejan que el vaivén del oleaje bañe sus pies. El rumor de toda la ciudad estibada de árboles y conversaciones te colmó de plenitud y frescura. Saltaste. Esta vez –lo vi en tu rostro– estabas seguro de que ibas a llegar, que lograrías mezclarte en el tumulto de tu gente, ser tú otra vez. No pude en ese momento pensar que pudiera ser de otro modo. No podía –no debía– ser de otra manera. Pero el estruendo de esa ambulancia nada tiene que ver con el del oleaje; esa gente que, allá abajo, como hormiguero multicolor se amontona a tu alrededor, no te identifica. Bajé. Por primera vez habías logrado que Nueva York te mirara. A lo largo de toda la Quinta Avenida se paralizó el tráfico. Sirenas, pitos, decenas de carros patrulleros. Un verdadero espectáculo. Nada hay más llamativo que una catástrofe; un cadáver volador es un imán al que nadie se puede resistir, hay que mirarlo e investigarlo. No creas que fue fácil recuperarte. Pero nada material es difícil de obtener en un mundo controlado por cerdos castrados e idiotizados, sólo tienes que encontrarle la ranura y echarle la *quarter*. ¡Y dije *quarter!* –¿Me oíste?–. ¡En perfecto inglés! Como lo pronunciaría la mismísima Margaret Thatcher, aunque no sé si la Thatcher habrá pronunciado alguna vez esa palabra... Por suerte tenía un poco de dinero (siempre he sido cicatero, y tú lo sabes). A las mil maravillas pronuncié las palabras *incineration, last will* y todas esas cosas. Ya sólo tenía que colocarte en el dichoso y estrecho nicho –¿viste?, hasta para un trabalenguas se prestaba el asunto–. Pero ¿por qué tener que dejarte en ese sitio reducido, frío y oscuro, junto a tanta gente meticulosa, melindrosa, espantosa, junto a tantos viejos? ¿A quién le iba a importar que un poco de ceniza se colocara o no en un hueco? ¿Quién iba a molestarse en averiguar tal tontería? ¿A quién, además, le importabas tú? A mí. A mí siempre. Sólo a mí.... Y no iba a permitir que te metieran en aquella pared entre gente de apellidos enrevesados y seguramente horrorosa. Una vez más hube de buscar la ranura del cerdo y llenar su vientre. No sé si en Nueva York estará de moda salir de un cementerio con una maleta. El caso es que así lo hice y a nadie le llamó la atención. Un taxi, un avión, un ómnibus. Y aquí estamos, otra vez en el *Sauthermost Point in USA,* luego de haberte paseado por todo Key West –y fíjate que lo pronuncio perfectamente–. No quise despedirme de ti sin antes haberte proporcionado este paseo; sin antes haberme yo también proporcionado este paseo contigo. Cuántas veces te dije que éste era el sitio, que había un sitio parecido, casi igual, a aquel de allá abajo. ¿Por qué no me hiciste caso? ¿Por qué no quisiste acompañarme cada vez que yo venía? Quizá solamente para molestarme, o para no dejarte convencer, o para no caer en la cobardía de aceptar a medias una solución, suerte de mutilación piadosa e inevitable, que te hubiera permitido más o menos recuperar algunos sentidos, el del olfato quizá, parte de la vista tal vez. Pero tu alma, pero tu alma seguramente había seguido allá abajo, en el sitio de siempre (de donde no podrá salir nunca) mirando tu sombra acá deambular por calles estruendosas y entre gentes que prefieren que les toques cualquier cosa menos el carro. *Don't touch the car! Don't touch the car!* ¡Pero yo sí se los tocaré! ¿Me oyes? Y les daré además una patada, y cogeré un palo y les haré pedazos los cristales; y con esta historia haré un cuento (ya lo tengo casi terminado) para que veas que aún puedo escribir; y hablaré arameo, japonés y yídish medieval si es necesario que lo hable con tal de no volver jamás a una ciudad con un malecón, a un castillo con un faro ni a un paseo con leones de mármol que desembocan en el mar. Óyelo bien: yo soy quien ha triunfado, porque he sobrevivido y sobreviviré. Porque mi odio es mayor que mi nostalgia. Mucho mayor, mucho mayor. Y cada día se agranda más... No sé si en este cayo a alguien le importe un pito que yo me acerque al mar abierto con una maleta. Si fuera allá abajo ya hubiera sido arrestado, ¿me oyes? Con una maleta y junto al mar, adónde podía dirigirme allí sino a una lancha, hacia un bote clandestino, hacia una goma, hacia una tabla que flotase y me arrastrara fuera del infierno. Fuera del infierno hacia donde tú vas a irte ahora mismo. ¿Me oíste? Donde tú –estoy convencido– quieres ir a parar. ¿Me oyes?... Abro la maleta. Destapo la caja donde tú estás, un poco de ceniza parda, casi azulosa. Por última vez te toco. Por última vez quiero que sientas mis manos, como estoy seguro de que las sientes, tocándote. Por última vez, esto que somos, se habrá de confundir, mezclándonos uno en el otro... Ahora, adiós. A volar, a navegar. Así. Que las aguas te tornen, te impulsen y te lleven de regreso... Mar de los sargazos, mar tenebroso, divino mar, acepta mi tesoro; no rechaces las cenizas de mi amigo; así como tantas veces allá abajo te rogamos los dos, desesperados y enfurecidos, que nos trajeses a este sitio, y lo hiciste, llévatelo ahora a él a la otra orilla, deposítalo suavemente en el lugar que tanto odió, donde tanto lo jodieron, de donde salió huyendo y lejos del cual no pudo seguir viviendo.

Nueva York, julio de 1982

Últimos títulos

598. Antes de que hiele
     Henning Mankell

599. Paradoja del interventor
     Gonzalo Hidalgo Bayal

600. Hasta que te encuentre
     John Irving

601. La verdad de Agamenón
     Crónicas, artículos y un cuento
     Javier Cercas

602. De toda la vida
     Relatos escogidos
     Francisco Ayala

603. El camino blanco
     John Connolly

604. Tres lindas cubanas
     Gonzalo Celorio

605. Los europeos
     Rafael Azcona

606. Al encuentro de mí misma
     Toby Litt

607. La casa del canal
     Georges Simenon

608. El oficio de matar
     Norbert Gstrein

609. Los apuñaladores
     Leonardo Sciascia

610. La hija de Kheops
     Alberto Laiseca

611. La mujer que esperaba
     Andreï Makine

612. Los peces de la amargura
     Fernando Aramburu

613. Los suicidas del fin del mundo
     Leila Guerriero

614. El cerebro de Kennedy
     Henning Mankell

615. La higuera
     Ramiro Pinilla

616. Desmoronamiento
     Horacio Castellanos Moya

617. Los fantasmas de Goya
     Jean-Claude Carrière y Milos Forman

618. Kafka en la orilla
     Haruki Murakami

619. White City
     Tim Lott

620. El mesías judío
     Arnon Grunberg